一枕書夢

朱航满 著

广西师范大学出版社
·桂林·

序

张宗子

当代的读书随笔作家中,航满是我读得多、又喜欢的一位。说读书随笔,并不能涵盖他写作的范围。关于书的文章,细分起来种类甚繁,论文和学术专著不必说了,仅在散文或时下习称的"美文"的领域,就还有书评和比随笔更随意的读书记,后者多是从书信和日记中摘抄编选出来的,如著名的《越缦堂读书记》,这些都以谈读书的所得为主。另外一大类则是偏重于记事的,如访书记、藏书记之类,写人和书的故事,如郑振铎的《劫中得书记》,是当年读后颇感动的书,郑先生的境界,寻常人不易达到。这大致的两类里,第一类最能看出作者的渊博精深,文字的底蕴是作者的眼界和见识,试想人所共知的常识,或一眼即可看出的东西,何劳你来费辞,你总得有一些个人的独见,而且是让行家读后首肯甚至佩服的独见。第二类看作者的经历,觅书如觅同志,爱书如爱亲人,阅书多矣也就是阅人多矣。寻觅和喜爱都不是一件简单的事,需要全身心地投入,并持之以恒。此中多有甘苦,有奇遇也有遗憾,遇上不平凡的时代,遭际可能是惨痛的。我觉得航满的文章好,首先一个原因,便是他写这两类文章,都能得心应手。他是读书人,也是爱书人,博览兼博识,陶养出他文章的趣味。

说到这里,就想到谈书的文章中特别的一类,所谓书话。航满在本书的自序中对于书话这种体裁有详尽的介绍,谈到唐弢先生的定义,或曰一篇书话的题中应有之义,更洋洋洒洒地细数现当代的书话名家和名作,堪称一篇要言不烦的"书话小史"。在我看来,书话是谈书的文章中相对"专业"的一类,又是综合性的、比较全面性的一类。专业性在于,书话谈书的掌故,书的版本源流,书的传承和遭际,就是唐弢要求的"一点掌故"和"事实",这些,如航满兄所言,非"编辑家、出版家、藏书家"和"极有情趣的文人学者"莫办。我平生第一爱好是读书,爱屋及乌,也爱读关于书的文章,自己的写作,更以读书随笔为主,但我写不了书话,这便是条件的限制。航满笔下的《雪天访书》《北大书事抄》《鲁迅故居买书记》等,我只能望洋兴叹,同时却不由自主地沉迷到他"逛冷摊,拨寒灰,访师友"的世界里去了。张岱《西湖梦寻·序》中说:"余犹山人,归自海上,盛称海错之美,乡人竞来共舐其眼。"张岱的意思,是感叹往事过眼即空,我倒觉得这段话很好地表达了我的艳羡之情。

中国古代宫廷和民间,多铸造一种钱形的吉祥物,用于节庆、纪念、赏玩、祝愿和厌胜辟邪，品类纷杂，难以尽举。后来统一名称，一律叫"花钱"，以示都非通行用的货币，尽管这些小古董不一定都是"花里胡哨"的。我读了航满的书，就想，也许可以把书话的标准放宽泛些，把论文和文学评论之外的较轻松随意、文字淡雅、既有知识性又有趣味性的文章，都归为书话，这样谈论起来，会方便很多。事实上，锺叔河先生编选的那套脍炙人口的《知堂书话》，也不是每一篇都满足了唐弢"四个一点"的标准。知堂虽不以书话家自命，但他的书话，无论学养的浑厚、思想的深邃、见解的通达，和文字的隽永，几乎无人可出其右。与作为思想家、启蒙主义者和战士的鲁迅不同，知堂是个富于读书情趣的文人，他对于历代笔记尤其是清人笔记，对民俗和乡邦文献，以及神话、童话和儿歌的搜集，不亚于专业的藏书家，这就给他写作书话提供了丰富的材料。鲁迅虽也注重书籍的集藏，如收集古小说、地方史志、中外美术资料，用意却在学术研究，但他偶有近似书话的文章，如《买〈小学大全〉记》等，便也是此中的杰作。不知有没有人像锺叔河先生那样，用相对的宽标准，同样编一本《鲁迅书话》。

书话一词，大约是由杂谈诗词的"诗话"和"词话"变化而来，而其精神，则与苏轼和黄庭坚的题跋一脉相承，便是亲切随和，从容舒缓，寓识见和情绪于趣味之中，而且文字要好。这里说好，并非专注于某一种风格：东坡的活泼与山谷的峭拔固然有别,欧阳修的温厚又是一路,往后八百年,李慈铭的严肃板正之中仍有一丝拈花微笑的情致在,无论性情如何不同,总要温和朴实地娓娓道来才好,平淡而山高水深。如果说书话之谈书,源头和理想可追溯到苏黄等宋人那里,谈书的得失聚散,则很可以从明清人的小品里学到一些东西,记人记事,议论抒情,文字简约清雅,形成一种似乎刻意、其实多半是很自然的风韵。我和航满相见的机会不多,见面,时间也有限,没有机会听他谈自己的读书故事。他的老师陆文虎先生是著名学者和作家,我多年前即已读过他研究钱锺书的文章,印象甚深。后得航满以陆先生大作《一子厂闲话》相赠,细读之下,充分领略到他古典文学功底的精纯。航满受教于陆先生,正所谓名师高徒,长期的熏陶浸润,于文字中自可想象其万一。英语作家不熟读莎士比亚是不可思议的,就连著侦探小说八十余部的阿加莎·克里斯蒂,一半以上的书里都大量征引莎士比亚,以揭示人性,乃至以莎剧的情节和诗句作为破案的线索。中文写作如无坚实的古典诗文基础,结果就是孔子所说的,言之无文,行而不远。我说航满的谈书文章写得好,这便是第二个理由。

唐弢收藏新文学版本,黄裳收藏明清古籍,韦力是古籍善本的大收藏家,谢其章收藏现代人文期刊,这都是航满感佩的人物。他自己,据我所知,也许不准确,主要收集当代文学作品,偏重于散文和谈书的书,对于知堂的著作,搜罗尤其用心,故而成绩可观。虽然前面说,"书话"以随意为主,航满在他专精的领域,纵横论道,意气风发,谈版本如数家珍,令人叹为观止。自序谈书话,从唐弢开始,到姜德明和黄裳,到郑振铎、阿英、叶灵凤、周越然,直到辛德勇、董桥和王强,加上孤峰卓立的周作人,以及既是大编辑又能操笔为文的锺叔河和范用先生,一气列举了二十多位人物,几乎把现当代的书话家一网打尽。同样令人叹为观止的还有书中几篇专写周作人著作的文章,《周作人选集过眼》《辛丑购知堂著作记》《知堂遗墨琐谈》,特别是其中的《周作人选集过眼》,详加论列,像是一篇关于这个题目的四库总目提要。任何热爱周文而对书目版本不很了解的人,完全可以用此作为搜书的指南。比如他说锺叔河先生编选的《知堂谈吃》,"收集了周作人几乎所有与吃有关的文字,不但晚年写给鲍耀明、孙旭升等人的书信有摘录,早年的《戊戌日记三则》《江南杂记七则》等日记杂感也收,晚年的集外文尽可能全部收录,甚至翻译日本汉学家青木正儿的《中华腌菜谱》……也都一并收录。"这样的介绍,读得真是让人悠然神往。另一本锺先生编选的《周作人文选》,航满说,由于编选者掌握资料最全,故选本也能别有新意,如选了《希腊拟曲》译本的一条注释"BAUBON"《一九六五年四月八日的日记》和《遗嘱》,"就很有意思"。

这些文章,使我想起多年前为《万象》杂志写题为《伥鬼》的长文,本来手头的资料已然不少,因不愿有太多遗漏,就去图书馆遍查几种大型类书,包括历代笔记大全,把关于伥鬼的资料全部抄下来。这些资料，如果掰开来细细地写，足可写成一本小册子。这样写文章的方法，要说还是从周作人那里学来的，范例之一是他的《鬼的生长》。纪晓岚说他写文章，满屋子铺了一床一地的书，人像是淹没在书丛中。航满写作这些大文，大约也和纪晓岚一样，把知堂老人的书摊得满坑满谷。航满喜爱并颇学知堂文，想必说起此中的辛苦和乐趣，是很可以会心一笑的。

就此而论，书话岂是小道呢。记得读完他的《书与画像》，当时在日记里写道："其中写鲁迅的几篇，颇为大气，更有文学评论的特点。"这也是航满文章的可喜和难得处之一，他其实是有学者的气质的。

近年每次回国，在北京停留，必求和航满兄见上一面。一顿饭、一杯咖啡间的叙谈，真如老话所说，胜过数年读书。我在海外，相对于中文世界，等于僻处一隅，虽然网络发达，仍不免孤陋寡闻。航满却是手眼和腿脚俱勤，访书，读书，写作，结交同道，拜望前辈，足迹遍及辇毂之下。他和杨绛、周有光、李文俊、扬之水等都有来往，与锺叔河和孙郁两先生关系尤为密切。和他们交流，以所闻之只言片语，与自己之所读所思参照，学到书本上学不到的东西。大学者大作家一生的经验，说出来，往往是一句平常的话，易被当作老生常谈，有心人听了，便能受启发。和航满一起的时候，我们交换对前辈和当代作家的看法，谈写作的体会，航满的话总能使我开阔视野，引我去想一些没有想过的问题。这样的交谈不是随时随地可得的,按他喜欢的说法,是一种机缘。

韩愈说,"仁义之人,其言蔼如",航满的文章便给我这种感觉。一方面,是他语言的不疾不徐,温和中有自信在里头;另一方面,是他的态度始终沉稳而诚挚,如对老友的挥麈清谈。我喜欢韩愈的说法,正如我喜欢随和宽厚的为人。航满者,恂恂如一君子也。

二〇二四年二月七日

与张宗子（左）在玲珑公园

自序

近来编了一册关于书的文集,本拟名为书话集,想起唐弢先生在《晦庵书话》中对书话的阐述,乃是"一点事实,一点掌故,一点观点,一点抒情的气息",并被热爱书话的朋友奉为圭臬。作为也曾自以为写过几册书话著作的作者,我读唐弢先生的这个对于书话的定义,感觉颇有道理,但对比时下各种书话作品,却总是觉得不是滋味。由此想来,书话作为一种特别的文体,可以看作是关于书的纪事,关于书的闲话,关于书的掌故,以及关于书的趣闻,这也便是唐弢先生所说的"一点事实,一点掌故"。对于热爱写作的朋友来说,写作书话,其实并不是难事,难的是有无这"一点事实,一点掌故"。真正的书话写作,其实并非人人可为,而是掌握这些"事实"与"掌故"的作者,他们或者是编辑家、出版家、藏书家,甚或是极有情趣的文人学者。而由此,书话,也才能成为他们在闲余之际所写的一种特别文章。我以为很少有专门的书话家,因为关于书的"事实"与"掌故"毕竟是有限的。作为藏书家的黄裳先生，晚年就常常会为写文章没有材料而苦恼。书话作为一种文体，又因为这"一点"的缘故，多是短的，很少长篇大论；又因为"一点观点，一点抒情的气息"，它则又是言之有物和活泼可读的，而绝不是材料堆砌的八股东西。

谈起书话，首先想到《晦庵书话》。那么，不妨先来谈谈这一路的书话写作。唐弢先生是现代文学研究者，也是著名杂文家，而他的另一个醒目的身份，则是新文学版本的收藏者。唐弢的新文学版本收藏极为丰富，现代文学馆的藏书，或有半壁为其捐赠，后来中国现代文学馆专门印制了《唐弢藏书目录》作为纪念。因为这几种特殊的身份叠加，让唐弢在写作书话时，能够游刃有余，谈书作文颇如囊中取宝，而先生又总是平静而克制的，那抒情的气息是淡淡的，令人如闻清香。这才是真正读书人的神采。继承唐弢新文学书话写作衣钵的，是供职于《人民日报》社副刊的编辑家姜德明先生。姜先生对唐弢先生是极为追慕的，除了大量收藏新文学书籍之外，姜先生还善于交游，且还写一手漂亮的文章。在二十世纪八九十年代，姜先生的散文写作十分活跃。此外，姜先生早年还专门研究鲁迅，并就此曾写过一部研究鲁迅的书话作品，与唐弢先生的研究，亦有承接之意。无论是唐弢先生，还是姜德明先生，他们的书话写作，都是建立在对现代文学史料进行深入研究的基础之上的，由此使得他们能够对掌握的材料迅速做出精准判断，从而写出一篇篇隽永有味的短文。我把唐弢和姜先生，看作是藏书家一路的书话家。

或许是唐弢先生的《晦庵书话》太有名气了,追随者众,但有大成就者少。黄裳曾写过一篇《拟书话》,便是对唐弢的书话体文章的仿写。作为著名藏书家和散文家的黄裳,按说可以就此写出一大批的"书话"作品来的。但我理解,在黄裳的心中,这个"书话"是有特别的含义的,乃是属于唐弢和新文学版本领域,故而他的这篇《拟书话》,所谈也是难得一见的新文学珍本,而他或也有将自己的谈古书文章与此作以区别的。黄裳是著名藏书家,主要收藏明清珍籍善本,他的关于藏书的文章,却少以"书话"来命名。作为藏书家,黄裳最有代表的谈书文集,一本为《书之归去来》,另一本应为《来燕榭书跋》,这两本书都是他人难以写来的。前者写他收藏古籍珍本的经历,有得书的喜悦,又有失书的沉痛,颇有"沉郁顿挫"之味。得书之作,有《西泠访书记》《姑苏访书记》《湖上访书记》等多篇,皆为云霞满纸的好文章。失书之作,则有《书之归去来》等多篇,还有篇谈他购读《药味集》后又意外的失而复得的故事,堪为奇事。他还写过不少关于藏书家的记人文章,写过一系列谈坊间书贩的文章,谈人亦谈书,别有一种风味。《来燕榭书跋》是黄裳用文言写"题跋"笔记,读来颇感文情俱胜,亦可当一种书话来看。

藏书家写书话有着得天独厚的优势,若是能够有一支妙笔,则能如岩中花树一般,寂寞的藏书生涯也变得灿烂起来。作为藏书家代表的书话家,除了黄裳、唐弢和姜德明,最为著名的,还有收藏古籍的郑振铎、阿英、叶灵凤、周越然等名流前辈,其中以郑振铎的《西谛书话》最为可看。郑振铎在抗战中,与虎狼之辈争夺典籍,乃是真正的"虎口夺食",用他的话来说,便是"劫中得书记",这劫难是民族文化的灾难。后来黄裳写他在"文革"中的失书与失而复得的事情,乃是又一种"劫中得书记",可谓异曲同工也。郑振铎能够写得一手极漂亮的文章,而他又总是不掩饰自己哀乐,得书之幸与失书之痛总是跃然纸上。当代藏书家众,能如郑振铎和黄裳这样写写藏书闲话的,却是寥若晨星。其中可以推举的,则是京城的韦力和谢其章二位,两位都是有名的民间藏书家。韦力先生以中国古籍版本收藏享誉,谢其章先生以收藏现代人文期刊著名,两人也均是著作等身,其中韦力先生的《得书记》《失书记》与谢先生的《搜书记》《搜书后记》,堪为佳品。《得书记》与《失书记》多写拍场上的得失掌故,是颇为好看的。而《搜书记》和《搜书后记》则是一位民间藏书人辛苦辗转于冷摊的记录,其中的喜怒哀乐,读后令人扼腕。

谈以"书话"为名的著作,除了《晦庵书话》,另一本书话名作,应该是周作人的《知堂书话》。周作人是现代以来读书极为博杂的文人,他的著作如《夜读抄》《书房一角》《秉烛谈》之类,均显示出浓浓的书斋气息,但以"知堂书话"来命名,实为锺叔河先生的手笔。其实,锺先生的这个命名并不准确。周作人作为极有书卷气的文章家，创造了一种特别的"抄书体"写作范式，成为一代文体大家。但周氏的读书随笔，很少写关于书的"一点事实，一点掌故"，可以列举的，仅有《东京的书店》《厂甸》《旧书回想记》《我的杂学》《陶集小记》些许篇章。我曾有意搜罗周氏关于买书、藏书、写书的闲谈文字，成一册真正书话著作，并拟名为《苦雨斋书话》。周作人的这种读书文章，我称为文章家的读书记，追随这种特别的写作的，最为称道的有北京的谷林、苏州的王稼句和定居纽约的张宗子，前者的代表作为《书边杂写》，后者的代表作为《看书琐记》，张宗子的代表作则是《书时光》。当今关于读书随笔的文章可谓满坑满谷，难以列举，虽然不能列在狭义的书话行列，但我以为这样的文章也是很难写好的，如要写得隽永有味，更是难上加难。

钟叔河先生编选《知堂书话》，已成为当代读书随笔的经典文本。而钟先生作为编辑家，除了大半生为周作人编选文集之外，还曾主持"走向世界丛书"，更是影响巨大。但遗憾的是，作为一生为书操劳的编辑家，钟先生并未出版过一册以"书话"为名的集子。后来偶读钟先生的书信集，得知先生早年曾有过一册《念楼话书》，而未得出版。我有幸得钟先生允诺，重操此事，并终成一册。《念楼话书》是一册关于书的书，更是一册编辑家的书话书。在此书的出版选题中，我曾这样写道："本书为著名出版人钟叔河先生的随笔，分为四个部分，一为'书人书事',二为'"走向世界"及其他',三为'周作人的书',四为'读书一束',分别选录锺先生的书话、读书笔记和序跋文字的代表作,展现锺叔河先生在寻书、读书、编书、写书等方面的成就和追求,将生平经历与编书生涯编织在一起,是其人生和创作精髓的全景展现。"此外,我还为此书写有推荐语,称此书为"一位著名出版家专门谈书忆旧的精选文集,一本向《知堂书话》致敬的书话著作,一个可以快速而全面了解一位著名出版家人生历程的窗口,一册可以反复咀嚼耐人寻味的散文选本"。

诸如锺叔河先生这样的编辑家书话,坊间也有不少,但如锺先生这样成绩显赫、经历坎坷而又百折不挠者,则是寥寥无几。在《念楼话书》的编后记中,我有这样的感慨:"锺叔河先生一生经历坎坷,所幸与书为伴,成果多玉汝于困苦之中。"锺叔河先生获得自由以后,立即投身到编辑出版事业之中,而他的幸运在于,赶上了中国改革开放的新时期,从而得以大显身手。而锺先生出版"走向世界丛书"以及其他诸多好书,有开风气之举,对于推动时代的思想解放具有重大贡献。甚至可以说,新时期文化的复兴与繁荣,与锺叔河这样一大批的出版人和编辑家有着重要的关联,他们所写的书人书事也是最为值得关注的。其中,南有锺叔河,北有三联书店的范用,但范先生似乎并不善写书话文章。我最为关注的,则是一册由范先生编选的《爱看书的广告》,体例特别;后继者沈昌文先生,出版过一册《阁楼人语》，是主编《读书》杂志的絮语闲话，也算是一本特别的书话。作为编辑的扬之水在三联《读书》杂志供职十年，写过诸多的读书随笔，如果要算书话的话，她的日记《〈读书〉十年》也是特别，其中买书、读书和编刊的闲话掌故，俯拾皆是。

无论是藏书家的书话，还是编辑家的书话，我都将之称为"文人书话"，因为他们兴趣广博，性情可爱，文笔雅致。他们的书话文章，我均称为文章家的书话。与之相对应的，我想应是学者书话，而这其中最为有趣的，是学者因买书、读书和写书所写的文章，这些文章多是就其研究领域而闲闲写来，其中不经意间又谈及诸多关于学问的点滴心得，涉及学林掌故，又读来令人痛快，这是文人书话所不具备的特点。这样的书话著作，也是极多的，我所留意且欣赏的，则是北大的辛德勇先生和浙江大学的应奇先生，前者研究古籍版本和历史，后者研究政治哲学，都是尽精微而致广大。辛德勇先生谈书的书，颇为繁杂，但若以书话来论，首推他的一册《蒐书记》，其中最为有趣的，又要算上《东洋书肆记》《大东购书漫记》和《东京书市买书记》等篇章，写其在日本访书的经历，有事实，有掌故，有见识，更有其犀利洒脱的性情，是十分难得的书话佳作。关注应奇先生，乃是读他的一册《北美访书记》，后来又陆续搜集多种，直到最新出版的《读人话旧录》，虽然所谈都是我并不熟悉的政治哲学类书籍，但他对书的痴爱，买书的热情，乃是心有戚戚焉。

关于书话的书，并非我的这篇短文所能阐述一二的。诸如对于英美书籍的访求和收藏，除了上面谈到的那册《北美访书记》，关于访求域外典籍的书话佳品，我还知道有董桥先生的《绝色》、王强先生的《书蠹牛津消夏记》、潘小松先生的《书国漫游》、马海甸先生的《我的西书架》、刘柠先生的《东京文艺散策》等，都是令我大开眼界的。可惜我对域外书籍少有研究，读他们的书，就只能叹为观止了。对于这些书，我无法领略其中的"一点事实，一点掌故，一点观点"，更多的只是感受他们笔下的"一点抒情的气息"。此外，还值得一提的是供职于图书馆的工作人员。我一直认为能在图书馆工作，真是一件十分幸福的事情。博尔赫斯曾说："天堂应是图书馆的模样"，但我想说，能有这样的话语者，大都不是真正的图书管理员，而多是一个图书馆的漫游者。故而我能读到写得很好的图书馆员所写的书话，只有一册沈津先生的《书丛老蠹鱼》。沈津曾在哈佛燕京图书馆中文善本室工作多年，又曾受教于版本学家顾廷龙先生，他对书的喜爱与见识，以及他在海外的见闻与掌故，写来都是有趣亦有料的。

如此这般的一番粗略地梳理，再来回看我写就的几本谈书的书，虽然有一册也曾冠名"书话"，但实际来看并非藏书家的书话，也并非编辑家的书话，更非有所专攻的学者书话，充其量只能算是一个爱书人的读书文字罢了。其中的大多文字，都是我写的读书随笔、书人闲话和访书笔记,我所能做的,就是尽量把文章写得轻松和耐读一些。而我所谈的书,也都是一些寻常的书籍,并非难得一见,故而也没有离奇的访书经历,更没有稀见的资料掌故,在我更为重要的是一种书缘与人缘的"抒情"。周作人的文章《结缘豆》,其中有这样的读书人语:"……煮豆微撒以盐而给人吃之,岂必要索厚偿,来生以百豆报我,但只愿有此微末情分,相见时好生看待,不至怅怅来去耳。古人往矣,身后名亦复何足道,唯留存二三佳作,使今人读之欣然有同感,斯已足矣,今人之所能留赠后人者亦止此,此均是豆也。几颗豆豆,吃过忘记未为不可,能略为记得,无论转化作何形状,都是好的,我想这恐怕是文艺的一点效力,他只是结点缘罢了。"很长一段时间,我都把周作人的散文作为范本,更把这些嘉言作为勉励,我也愿以此与同好者结缘。

二〇二四年一月二日,北京

目录

雪天访书 /001

逛旧书店杂忆 /007

塔下买书记 /012

北大书事抄 /019

鲁迅故居买书记 /025

我与布衣书局 /031

因书而美 /037

地坛书市一瞥 /041

辛丑购知堂著作记 /047

元旦杂抄 /053

我的爱读书 /060

海滨消夏记 /064

西湖半月书事 /070

知堂遗墨琐谈 /077

「如窃贼入了阿拉伯的宝库」/083

《周作人散文钞》的注释 /090

周作人选集过眼 /096

周作人与北京风土书 /108

废名谈新诗 /114

「我用我的杯喝水」:
《念楼话书》编后记 /121

陈乐民的士风 /131

喝茶、读城与文坛掌故 /136

我的老师陆文虎 /141

君子文章 /148

有了"Google 或百度",「吾衰矣」 /154

我看《蒲桥集》 /160

年年岁岁一床书 /166

藕汀画册两种 /200

张充和题字闲话 /206

旧书摊与翻译家 /212

谷林「情书」 /216

锺叔河先生的信 /219

老饕三笔 /231

清谷子张 /235

我读期刊的记忆 /240

芳草地谈书 /246

我的第一本书 /250

逛冷摊,拨寒灰,访师友 /255

雨窗闲话书 /260

跋 /265

雪天访书

立冬前一天,北京先是下起了小雨,随后就变成了雨夹雪,天突然就冷了下来。我从地铁出来,拐到佟麟阁路,是一个很清幽的巷子,问一位岗亭里值班的大爷,知不知道圣公会教堂在什么地方,他说你找书店啊,就在前面一百米远。我其实正是要找开在教堂里的模范书局。拐进一个院子里,看到一个屋顶甚高,但墙面却是清代样式的老建筑,走近,才知道这便是了。门前有个水泥标识,告知这里是国家重点文物,墙上有块文物局特制的金属牌子,有关于圣公会教堂的介绍。我粗粗看了一下,这个教堂建于一九○七年,由英国传教士史嘉乐(Charles Perry Scott)主持建造。由此,我立马对这个开在一百年的文物遗迹中的书店,深感惊讶。难怪这个位于教堂的书店已成为网红书店,也是有道理的。我步入书店,又被大大地震撼了,这哪里像是一家书店,倒像是博尔赫斯笔下的"天堂应是图书馆的模样"来形容的地方,又难怪这家书店被称为"诗空间"。哥特式的屋顶,木质的地板,彩色的玻璃,高耸的书架,古典的音乐,很难判断,你走进的会是一家书店。

其实,我早就对开在这座教堂里的书店有所耳闻,但一直未能前来造访。一来我逛书店,目的在书,而非欣赏风景或拍照打卡;二来这家书店名为"诗空间",我竟简单理解为这里主要是出售诗集的,而我对于诗,是不能欣赏的。但这次雨雪天的访问,却是恰恰说明我之前认识的浅薄。我不但有了一次访古的经历,而这家书店,也绝不是那种售卖咖啡和文创的华而不实。在书店入门口,有个大书架,有册店主姜寻主编的《中国拍卖古籍文献目录》,收录一九九三年到二〇〇〇年京沪各拍卖行所拍卖的古籍善本目录,包括拍卖的时间、地点和拍出的价格,对于研究古籍善本,其实是很有帮助的。之前只知道姜寻是位书籍装帧设计师,没想到他对古籍善本亦有关注。由此想到他策划的广西师大出版社的"煮雨文丛",多是藏书家的著作,或者是古籍善本的研究者的著作。另一个书架上,还有姜寻主编的《中国古籍文献拍卖图录》,四厚大册,拿下来翻了翻,除了基本的拍卖信息外,还附有图片,真是如入宝藏之地。我虽对古籍善本是外行,但欣赏这些古籍拍卖的图录,可以窥得中国古籍之美。看来模范书局是为真正懂书也爱书的人开设的。

到这家"诗空间"之前,其实已经三访这家书店了。年初我与同事C君去前门,欲访位于杨梅竹斜街的模范书局,结果吃了闭门羹。夏天,儿子过暑假,我和他到友谊宾馆旁的科学会堂,天正热,我们钻到位于会堂地下一层的书店,立即周身凉爽。这家位于科学会堂的模范书局，装修甚静雅，但书还是太少，挑了一册董桥新出的《文林回想录》作个纪念，儿子则喝了一杯热咖啡。霜降过后某日中午，我与C君兴起，又去了开在单位附近商场里的书店，这里的书也并不太多，但本本漂亮，特别是不少港台文艺书，令人喜欢。我在这家店里，买了一册香港牛津版的董桥《小风景》，又购了一册台湾远流版的傅月庵《蠹鱼头的旧书店地图》，C君则买了一套香港牛津版的赵园《非常年代》。这家名为"源书坊"的分店里，有张爱玲的许多港台老版本，诸如张爱玲翻译海明威的《老人与海》，是香港今日世界的初版本，若不是售价甚高，一定是上好的选择。还有香港著名书话作家许定铭先生著作，我便看到了至少四五种之多。而这次到"诗空间"分店，则是大呼过瘾，真是好书太多，即使买不起的书，看看装帧，翻翻内容，也是一件很开眼界的事情。

在模范书局"诗空间"，逐个书架翻看了一遍，后来选了几册特别的书。其一是北京大学出版社二〇一六年出版的《灰娃七章》，蓝灰色的布面精装，握在手中分外舒服。这本书由编辑家汪家明先生编选，画家冷冰川插图，学者谢冕先生作序，而装帧设计，则由担任过河北教育社《周作人自编集》美编的张志伟先生设计，堪称一次高手云集的合作。我虽然不懂诗歌，但灰娃的诗还是知道的。这位老诗人，绝对是诗歌写作中的另类，谢冕先生评价她的诗风"诡异"，而我的最大感受，则是"冷冽"，甚至觉得这本书的呈现，也是这样一种格调。特别是用冷冰川版画作为插图,但又不直接印在书中,而是以独立作品的形式,夹在书页间。冷冰川的版画,细腻、冷艳、神秘,多与女性有关,倒是与谢冕先生评价灰娃的诗是"神启"一样恰切,不但是绝妙的配合,且又毫无喧宾夺主之感。我也一直喜欢张志伟先生的设计作品,认为他的作品甚有传统文化韵味,又多具书卷气息。之前知道此书的平装本,却从未见过精装本,故而一下子就被吸引了。后来在孔网查了一下,竟然整个孔网,也没有一册精装本。不由暗喜,莫不是捡漏了一册特装本。

在"诗空间"选的另一册书,则是模范书局二〇一八年九月印制的《物外》。这本书其实是社科院扬之水先生治学著述的版本图录,我早就听说过。之前,在模范书局的另外两家分店,也向店员打听这本图册,但告知均已售罄。这次在"诗空间",竟然发现了三册,其中两册为毛边本,仅剩下的一册为普通平装本。我买此书并非收藏,故而还是选了一册平装本。店员看我喜欢,说还有个特装本,是精装的毛边,十分隆重,看看定价,只能却步了。打开塑封,才知道平装本印了二百九十九册,我的这一册是第二百四十二册。书前的衬页上,贴了一张版画藏书票《演乐》,下面还有扬之水的签名,并有一枚"止水"的朱文小印章。除了扬之水的著述书影,图录还收师友书评札记,扬之水的跋文《"个边哪有这样"》,以及"著作年谱"。我其实挺喜欢读写给学者的书评,原因是可以更好地理解这个学者。也有种特别的感觉,一个学者和为其写书评的作者,往往是气味相契，文风和趣味亦是相近的。回家翻阅这个图录，发现一篇未署名的文章，非常熟悉，仔细读来，竟是我十余年前写的一篇小随笔。当初刊发时，编辑改了文章名，所以连我都忘记了。

我在这家书店还选了一册黄裳的《来燕榭文存》，这本书多年前就买过，后来不知放在什么地方了，这次看到一册，品相甚好，便再买了一册；还有一册徐雁教授和他的弟子江少莉合作编选的《旧时书坊》，也买了一册。在旧书店买一册谈旧书店的集子，也是一件很有意思的事情，其实主要还是近来刚在网上买了一册徐雁先生的大作《中国旧书业百年》，想来这应是那本学术著作的副产品吧。本来还打算买一册《周作人论》，这是陶明志编选的民国文人谈论周作人的一册集子，由北新书局民国二十三年出版，因为其中首次刊发《周作人自述》而多被研究者提及。此书旁边还有册民国版的《谈虎集》，拿下来翻了翻，由此突然想到上海书店曾经影印过一套"中国现代文学史参考资料"，于是立即在网上查了一下，果然均有影印。网上的《周作人论》，价格很便宜，尽管模范书局的这本品相甚好，也只好向网络低头了。还有册香港苏富比拍卖行印制的董桥展览图录《读书人家》，印制十分精美。其中有董桥的书房照片，我还是第一次欣赏，真是古香古色。尽管这本图册还有董桥的签名，但价格颇是不菲，犹豫了好一会儿，终于还是放弃了。

二○二一年十一月七日，立冬

模范书局·诗空间,位于北京中华圣公会教堂遗址。拍摄于二〇二一年冬。

逛旧书店杂忆

逛旧书店是一件极有兴味的事情，北京可能是最适宜的城市了。琉璃厂过去是旧书铺子林立，留下了很多文人的踪迹。如今琉璃厂只有中国书店，相比苏枕书笔下的京都古书街，差距可能很大了。尽管如此，我还是很喜欢到琉璃厂去看旧书，清幽的街道、古朴的建筑，以及书店内静怡的氛围，都太适合淘书了。在中国书店寻书的一大乐趣，就是偶尔可以碰见一些名家的旧藏。台湾出版人吴兴文就是在中国书店翻到了中国第一张藏书票，堪称奇遇。而我读到一则关于香港报人张契尼的掌故，其人藏书甚丰，但他去世后，藏书基本被后人送到了中国书店。这位作者写他赶到中国书店，看到两架子的张先生的藏书，挑了一些，其中有一册 *Aduven Tures in English Literature*，此书中每一页，都写有英文的批注。我当然没有这么幸运，但也屡有一些小收获。有次我去中国书店，在书架上翻到了一些旧书，记得便有岳麓版初印的《瓜豆集》、上海古籍版初印的《唐诗百话》以及花山文艺社的《暮年上娱》，尤其是后一种,我寻觅已久。这些书的扉页上都盖有一枚"鉴斋"的藏书印,且保存极完好,应是位老先生的藏书。

琉璃厂的中国书店,我是过段时日,便会去转上一回。散落北京的其他中国书店,大多则都是邂逅。在北京读书时,距离中关村的中国书店最近,但那时候爱逛新书店,有次去昊海楼买书,和友人在旁边的中国书店,看到玻璃柜中有各种名家的签名书展,非常悦目。归来后,还特别写了一篇《签名本风景》,此后也就格外留意签名本了。印象亦深的一次,也和签名本有关。有次去北大听课,出小西门后,到中国书店,在二层看到一个签名本的展售,其中不少是吴小如先生的旧藏。我颇喜欢北大中文系吴组缃先生毛边签赠的《历代小说选》。去新街口的中国书店,则是某次去三十五中的周氏兄弟旧址参观,也就是过去的八道湾。出了地铁不远,竟是中国书店,于是折进去看了看,买了一套舒展编选的《钱锺书论学文选》,品相极好。几年前的春节,去黄寺访友,在地安门转车时,偶然见到了中国书店的雁翅楼店,于是带妻儿进去看了看。还有一次,和儿子去郭沫若故居参观,亦顺道到这家中国书店去看书。记得那次买了一本钟敬文先生的《西湖漫拾》,是民国翻印本,很古朴的小书。有位女店员,待客很富耐心,买书也有如沐春风之感。

北大和清华附近,过去也是旧书店甚多,如今已多烟消云散了。过去北大每到周末,便在小西门附近有旧书市,那时我常去闲转,但似乎并没有买到什么特别的书。倒是北大浴池的对面，曾有一个很小的旧书铺子，我在傍晚时分从那里经过，匆匆进去，看到满架旧籍，灯光昏暗，花了十元钱，买了一册钱锺书的《谈艺录》精装初版本。出了北大西门，在北大资源楼后面的一个车库里，亦有一家旧书店。有次和几位同学去逛，不知什么缘由，与书店老板聊起了王小波，一时颇为投机，谈兴甚浓。那天买书后，店主一定要赠我一册李银河和艾晓明编选的《记忆王小波》。清华的旧书店似乎也集中在西门附近，记得去过几次蓝羊书坊，但那里除了旧书，主要是文艺青年淘电影碟片的好去处。一个假日的雨天，我特意去了清华西门的前流书店，在一个小胡同里，店门前绿藤缠绕，更显清幽。那天遇到一位老者，似乎常来旧书店，他感叹说，买书是会上瘾的，但一生读过的书，只不过是沧海一粟。可谓对书爱恨交加，不由会心一笑。在前流书店，我买到清华美院的一位老教授的藏书，是郁达夫的《闲书》，扉页有这位教授的毛笔字签名，很清秀。

网络时代的到来，旧书店大多都闭门谢客了。姜寻主理的模范书店可谓后来的昙花一现。模范书局一改旧书店的简朴乃至寒酸，而是显得分外时尚和典雅。我去过几家，其中一家设在杨梅竹斜街的一栋二层老建筑里，一家设在中华圣公会的教堂里，还有一家设在北京科学会堂。在模范书局，几乎不需要淘书，这里的每一本书，都是经过书店主人精心挑选的，就是看你是否有兴趣。在模范书局里，捡漏是不可能存在的，我曾略略抱怨这里的书价昂贵，姜寻却说，好书就应该如此。模范书局的几家店，我都去过，只有杨梅竹斜街的模范书局，去过一次，正好关门谢客。模范书局有很多港台本，诸如张爱玲、董桥、许定铭等人早年的书，非常齐全，但价格都不菲，我买过其中一两本。想着来日方长，但现在看看，买自己喜欢的旧书，必须趁早。有段时间，我很想把董桥在OXFORD出版的集子收齐，便想着去模范书局看看，但姜先生去世不久，这家书店就关张了。我极欲买到的那几册集子，便曾在模范书局的架子上。而我还曾和姜先生约定，待我的新书出版了，也要放在他的店里出售。如今，我的书已经出版了，但模范书局却没有了。

与模范书局有些类似的，应是佳作书局。有次去798，恰好同游的友人也是位爱书人，他带我去了佳作书局。这里有一个专门出售外国艺术画册的区域，我虽然对画册极有兴趣，但并不研究艺术史，故而对这些异国珍籍，敬而远之。尽管如此，我很是希望这家书店能够长久的存在。说来我之所以希望旧书店存在，是因为在每一家旧书店里，都有几乎不同的收获，那是过去无数旧书的重新组合，犹如无尽的宝藏一样。而在新书店里，特别是在趣味相近的新书店里，你的感受往往是一致的。故而在旧书店里看书，很像是一次次的奇遇，十分美妙。如今网络旧书店兴起，但我依然还是喜欢那种旧书店里淘书的感受，因为你的一次逛旧书店，就是一次特别的旅行，是半日的闲暇，是一种别样的仪式。在网上淘书，这种感觉完全是没有的。在旧书店，可以去摩挲、翻阅、比照这些旧书，甚至可以闻到旧书所散发的独特的气味。甚至还可以在这些旧书之中看到你所偶然见到的一些东西,而这些东西如果在网上,便被店主告知了,这些突然带来的兴奋,完全消失了。故而网络旧书店带来的,可能是便捷;但丧失的,很可能是读书人长久对书的兴趣。

大钟寺过去也有几家旧书店。印象中,这里曾经卖出过初版本的《域外小说集》,记得藏书家陆昕先生曾兴致很高地与我谈起,其经过真是一波三折。大钟寺旧书店似乎很快衰落了,我去过几次,有一次也是从这里经过,进去看了看,竟买到一册南京《开卷》杂志的特辑,为全国书市印制,印量很少。这本读书民间刊物,我之前在南京就见过,再相逢,似乎颇有种他乡遇故知的感受,也从此和这家小刊物结缘了。大钟寺的红墙绿树,分外古朴与幽静,读书人在这里淘书,似乎也有着特别的雅趣。什刹海的荷花市场过去也有几家旧书铺子,可惜我没有去过。中国社科院外文研究所的潘小松先生曾在那里淘到一册《莎氏乐府本事》,品相极好,是英国兰姆姐弟写的 *Talas From Shakespeare*。他还买到一册《法国戏剧》的合订本,售价四百元,他用一千元的新书来了个以物易物,真是颇有古风。荷花市场我后来去过多次,游廊蜿蜒,古木参天,荷花摇曳,游船在什刹海上荡漾,真是如在画中游一般,而这里的书店,早已杳无踪影了。之所以提及潘先生的买书旧事,乃是这里很有些像法国巴黎塞纳河畔的旧书摊,但遗憾最终没有成为永久的风景。

二〇二二年十月二日

塔下买书记

知道万松老人塔很久了,觉得不过就是一座古塔罢了。偶然读了施康强先生的一篇《砖塔胡同》,才知道这个胡同便是因此塔而得名。北京最早的胡同,可追溯到元代,也就是这个砖塔胡同。这个胡同里,曾短暂居住过鲁迅、老舍、张恨水等民国名流,故而也更为令人遐想了。令我感兴趣的,这个万松老人塔的古迹之中,还有一个专门出售与北京城有关著述的书店。恰好近来集中读了一些有关北京城的书,可谓杂七杂八,想读的,不想读的,一股脑地乱买了一通,便想着能到这家特别的书店,既可看看书,也可感受一些访古的幽思。待导航到了西四路口处,才发现这里之前来过好多次。我对北京城的地理实在糊涂,经常搞不清地名,出门全靠导航,结果错过许多偶遇的惊喜,想想这也是现代人的一种无奈。不过,万松老人塔位于一座小院,门前和院子里有几棵大槐树,而塔又不甚高,明代《帝京景物略》云其"砖甃七级,高丈五尺,不尖而平"。若是不特别注意,即使从塔前的街道上经过,还真有可能发现不了这座距今数百年的古塔了呢。

万松老人塔所在的院子,院落很小,转一圈,可能三分钟都不需要。也由此可以理解这里何以有一家书店了,就像圣公会教堂遗址里的模范书局一样,真是利用古迹的一个好办法。不过,正阳书局除了门口的木牌子上有个书店的名字之外,走进这个院落,真是看不出这里会是一家书店。南北的两排房子里各有一处售卖书籍的地方,倒像是北京人家的两个书房。南边书店的门口,有棵很有些年代的槐树,枝叶婆娑,树荫下有几张椅子,坐了两位游客,闲闲的样子,似乎这里更像是一户人家。我掀开了书店北面房子的竹帘,正对着门的并不是书架,倒是一些北京的兔儿爷。书店的房间不大,有三架的书,看了看,许多书之前都买过了。倒是有个书架上,有些旧书,其中顶层,是一排的英文精装著作。书架的旁边,还有一个展台,放着几本特意推荐的与北京有关的书,其中就有瑞典汉学家喜仁龙(Osvald Sirén)的经典名作《北京的城墙与城门》(*The Walls and Gates of Peking*)、朱祖希的《北京城》以及一册摄影集《两代摄影师 一座北京城》。

喜仁龙的《北京的城墙与城门》早就买过了,朱祖希的这册《北京城》也是知道的,倒是这册摄影集感到很新鲜,于是拿起来翻了翻,原来是北京建筑设计院的两代建筑师对北京城的摄影。这本书的编排非常有趣,常常是对一个地点,在经过半个多世纪后进行原位拍摄,然后将两张照片编排在一起,形

正阳书局

万松老人塔

成了很鲜明的对比。有趣的是，此书第一百一十八页是拍摄于一九六一年的万松老人塔，一百一十九页则是拍摄于二〇一一年的万松老人塔。两相对比，此处遗迹，倒是差别不甚大。这本摄影册对万松老人塔有介绍，乃是北京内城唯一一座密檐式砖塔，金元年间禅宗曹洞宗万松行秀禅师的葬骨塔。此外还特别介绍了古塔的用途变化，明代曾沦为酒食铺，清代中期重修后，至民国又沦为肉铺，二十世纪五十年代改为药店，八十年代又先后改作服装店、图片社，二〇一四年将此砖塔小院改为特色书店而对外开放，也就是现在的这家规模甚小的正阳书局。旁边的店员看我对这本摄影册很感兴趣，告诉我这本书是他们书店策划的，让我很有些吃惊。

　　店员还告诉我，展台上这本瑞典汉学家喜仁龙的《北京的城墙与城门》以及朱祖希的《北京城》都是他们策划和整理出版的，而且朱祖希的这本《北京城》还出了英文版。我随即翻了翻她递给我的这本英文版的《北京城》，其中的图片都是铜版纸印制，简直堪称惊艳。可惜我英文欠佳，当时并未购买，但回家后，竟又感到一些遗憾。我问这个年轻的店员，坊间出版的《北京的城墙与城门》版本甚多，何以还要由一家书店来印制这本书？她说他们印制的这本是因为店主收藏了原版的初版本。喜仁龙的初版本由一家私人出版社印制，全部铜版纸印制，十分精致，当时仅印了八百本，每册都编号，店主收藏的是第一百三十九号。现在许多流传的版本，都是后来收录在英国企鹅出版公司的版本。这本书的初版本正躺在书架的柜子顶端，作为这家书店的镇店之宝。我真想一睹这部珍藏宝物的美颜，但这店员话语一转，告诉我他们策划的这本书，便是以这个原版为蓝本印制的，也是八开大小，然后特别翻到第一页的序言，乃是一九八五年侯仁之先生为此书所写序言的手稿。

我见这位女店员对店里的书如数家珍，很有些吃惊。便问书架上的几册英文书是否都与北京城有关，这位店员随意拿了一本蓝色的英文精装书 Moment in Peking，介绍说这就是林语堂的《京华烟云》初版本，厚厚的一册，竟然还是毛边本。林语堂的这本小说我是知道的，但英文初版本，还是头次见到，且印制十分精美。店员看我感兴趣，又拿出一册同样精装的 A Chinese Lady（《中国淑女》），介绍说这是一个名叫谢福芸的英国作家所写的小说，其人曾在培华女子中学任教，林徽因也在这所学校读书。恕我孤陋寡闻，对这位谢福芸还真不了解。听这位年轻女店员娓娓道来，心里颇有几分佩服。后来我查阅了一下相关资料，这位谢福芸原名 Dorothea Soothill Hosie，便是那册颇有些影响的著作《寻找苏慧廉》中的主人公的女儿，一生经历也是颇为传奇。谢福芸曾以自己在中国的经历先后写过四册小说，分别为《名门》《中国淑女》《崭新中国》和《潜龙潭》，被称为"英国名媛旅华四部曲"。谢福芸被称为"英国的赛珍珠"。我对谢福芸的小说实际上并无太多的兴趣，而这位店员对于英文原版著作的熟悉，倒是让我颇有几分的醉意了。

在一个新书的展示台上，还有几册特别推荐的新书，其中有册陈鸿年的《北平风物》。这是陈鸿年一九四九年迁居台湾后的追忆之作，曾在台湾报纸上连载多年。台湾曾有过不少对北京城的忆旧佳作，诸如林海音的《城南旧事》、梁实秋的《雅舍谈吃》、唐鲁孙的《故园情》、郭立诚的《故都忆往》等。赵珩先生对陈鸿年这本书评价较高，认为此书"正是以纯正的老北京文字语汇，将那个时代的风貌呈现给读者，可谓是活灵活现，呼之欲出"。在赵先生心中，写北京城的书籍甚多，但令他满意的，其实并不多，"金受申先生写老北京最为精彩，掌故俯拾皆是，民俗信手拈来；唐鲁孙熟知不同阶层的社会形态，衣食住行无不描摹尽致，都可称是大家笔法，生活亲历，无半点虚无矫饰的弊病"。想起此前刚刚读过周作人谈论他喜爱中的北京城著述，多是明清笔记，诸如明代的《帝京景物略》、清代的《燕京岁时记》《天咫偶闻》《藤阴杂记》等。周氏介绍的明清书与赵珩谈及的民国书，虽然都是一己之见，但也可以作为我们认识北京城的导读书目。在这家小书店的架上，这些书都是可以寻觅到的，这简直是可以看作一个专题阅览室了。

新书展台上还有两本推荐的新书，一册是旅居纽约的作家张北海的长篇小说《侠隐》，此书后来曾被姜文导演成电影《邪不压正》。还有一册奥地利学者雷立柏的著作《我的灵都》，乃是其在中国生活二十多年的记述，他把北京城亲切地称为"灵都",又称作"东方的罗马"。张北海的小说、陈鸿年的回忆，以及雷立柏的记述，倒是让我想起了一个关于北京城的评价，北京是一座来了就不想走，走了就会永远让你怀念的城市。而这些关于北京城的记忆之书，也就是记录他们曾经拥有的美好回忆。那天，我在这个颇具古意的塔下书店，买了几册上述的著作，店员也高兴，送我了一个纸袋来放书，但见纸袋上印着这样的一句话："你去那羊市角胡同总铺门前来寻我。"此乃元人李好古在《张生煮海》杂剧中里的那个有趣的片段，不由会心一笑。元人杂剧中写张生与龙女定情，家童与龙女的侍女调情，家童云："梅香姐，你与我些儿什么信物！"侍女云："我与你把破蒲扇，拿去家里扇煤火去！"家童又云："我到那里寻你？"侍女云："你去兀那羊市角头砖塔儿胡同总铺门前来寻我。"这里的砖塔，便是万松老人塔，一个可以遇见美好的地方。

二〇二三年四月二十九日

北大书事抄

早春尚寒，居家闲翻旧岁纪事，不由得想起 *Yesterday Once More* 中的歌词："那段多么快乐的时光，就在不久前。"二〇一六年六月十日，星期五，端午节后一天，我前往燕园，乃是北大中文系的李浴洋博士告知，此日有陈平原教授和夏晓虹教授的共同授课。之前我曾旁听过一学期陈先生的课，夏教授的课则无缘聆听，听说这次还是他们夫妻的一次合奏，岂不妙哉。上午，我如约到北大二教，当天学生甚多，课堂很快就座无虚席。待夏晓虹教授开讲后，我才知道，这门课系陈平原和夏晓虹两位合开的《中国近代文学研究纵横谈》，也才知道，此为夏教授北大教职生涯的最后一门课程的最后一次讲授，以后，夏教授就从北大荣休了。陈平原教授那日属于客串，并在夏教授课后进行评述。夏教授的历届研究生从各地赶来参加此次课堂授课，402 教室挤满了学生。两位都是精心准备，夏晓虹教授回顾了自己的学术历程，强调了在近代文学领域进行原创性研究的价值，并倡导阅读报刊史料，返回历史现场，才能使个人研究既有原创意义，又倍显丰满和生动。随后，陈平原教授的评述，娓娓道来，风趣幽默，甚为精彩，有如沐春风之感。

陈夏二位的著述，我之前便有所涉猎。我对陈平原教授的文章很是欣赏，而我的朋友半夏先生，则对夏晓虹教授称赞有加，以为文章更胜一筹。那日印象深刻的是陈教授对于夏教授学术研究的体会："做学问太冷清太热闹都不理想，方兴未艾之际，靠自己摸索，最好玩。"评述夏教授的文章，陈则有此说："不参与论战，不刻薄为文，不喜欢引证时髦的理论，初看不抢眼，实际上更有发展前景，不为任何一种理论模式做注，主张论从史出，包含某种学术野心——长远看，才能意识到这种发凡起例的意义。"对夏教授学生的评价，乃是："好读书，能体贴，有恒心，不张扬，低调，静谧，温润，强调自我修养，显得不合时宜。"听课之后，特意向陈平原先生呈赠了我为花城出版社编选的《中国随笔年选》，因其中收录有陈先生关于抗战中西南联大教授群体的长文《岂止诗句记飘蓬》，此系陈先生为纪念抗日战争胜利七十周年而作。借此机会，请陈平原教授在其著作《自序自跋》上签名，又请夏晓虹教授在其著《燕园学文录》上签名。前者据说系陈先生六十寿诞时，由三联书店特意策划，后者则系复旦大学的"三十年集"系列之一种。在夏教授最后一次授课的日子，请他们夫妇二人签名留念，也是别具纪念意义的事情。

想来十多年前，我在北京读研究生时，每周都会去北大旁听陈先生讲授的《中国现代学术专题研究》，整整一个学期，从不间断，但那时从未想过请他们这些名教授在著作上签名之类的事情。如今随着陈夏一辈的逐步退休，告别讲台，是否也意味着又一代学人即将成为传奇，就像他们的师辈一样，把学术的薪火传递到了更年轻的一辈人身上，而他们自己，也将隐没在历史之中。那天听完陈夏二位授课，我顺道去了北大小西门附近的博雅堂书店和野草书店，在后者购书四种，分别有黄裳的《来燕榭书跋题记》（中华书局，二〇一三年）、冯其庸的《瓜饭集》（商务印书馆，二〇〇九年）、止庵的《旦暮帖》（山东画报出版社，二〇一二年）和秦晖的《从晚清到民国的历史回望》（群言出版社，二〇一五年），前三种都为半价，后一种售价则为八折。野草书店久不来，曾经可是这里的常客，与一位瘦小的店员极熟悉，每次到店里，这位店员总是热情向我推荐新到的人文著述，那天则未见其踪影。之前，野草书店旁边还有一家汉学书店，由北大名宿季羡林先生题写店名，多售文史哲学术著作和古籍经典，惜已关张。此来野草书店，能买到秦晖教授这册少见的论文集，也是一件意外之事。之前我在微信上看到同样喜欢读书的Q兄，以极高的兴致谈及自己在王府井涵芬楼书店买到这部书，心中颇羡慕。偶遇稀见之书，又轻松得来，也算一件快事。

现在看数年前的读书日记，颇为感慨。那时，天下无事，北大校园对外开放，可以去现场旁听名教授的课，也可以去燕园买书和看风景。疫情以来,想进北大校园,自然毫无可能,小西门地下超市的几家书店,也都闭门谢客了。那天我从北大小西门出来,准备坐车,过马路时看到中国书店,想起这里正在举办一个签名书展。于是折进了书店,又上三楼,才见到这个很小众的书展,其中签名本都在玻璃橱柜展示,均有标价。我看中了一册吴组缃先生的小说选,品相极好,取出一看,原来是送给北大历史系老教授吴小如先生的,可惜价却甚昂。玻璃书柜还有白化文、林非、赵园、顾农等当代学人的签名本,价格不等。徘徊之际,发现有一册上海学人刘绪源的随笔集《见山是山,见水是水》,请店员拿出来后,发现也是签赠给吴先生的,且钤有印章一枚。吴先生去世后,藏书散出来不少。所幸此册价格不昂,但因外出匆忙,囊中羞涩,遂告之店员,竟免去了不足。刘绪源系《文汇报》笔会副刊主编,在书话、随笔、评论和儿童文学研究等方面皆有造诣,与北大名教授吴小如有所交往,自是在情理之中。归来翻读此书,发现集子里收有一篇文章,名为《随笔之妙》,系关于吴先生集子《霞绮随笔》书评,故而寄赠一册请其"惠正",也是应该。由这册签赠本,想来足可见证一段前辈情缘,而今又藏在我家,幸甚。

翻读二〇一六年纪事,有关北大的书事,还有两例。其一是此年的十一月八日,我收到北大人文研究院孟繁之老师寄来中文系李零教授文集《小字白劳》,系孟兄帮我求来的一册签名本。我曾在拙编《2014中国随笔年选》中,选录过李零文章

《从燕京学堂想起的》。此文系李零谈北大创办燕京学堂之事，乃是嬉笑怒骂，文章虽短，但颇为犀利，有鲁迅风，我很喜欢，也赞同他对学界好大喜功之风的批评态度。我对李零的随笔甚是喜爱，他的那册杂文集《花间一壶酒》，读后就颇有好感。《小字白劳》收录李零三十七年间所出版三十八册著作的序跋，乃有一书在手，纵览其学术脉络的好处。因系孟繁之精心编选，我便请他也在扉页上写几个字，他谦称字不好，便盖了一个名章。经孟兄介绍，得知此章系台北青年教师的陈昌颖所刻，而李零的不少印章，也都是这位陈先生所刻。孟兄还说，李零教授有数方名为"小字白劳"的印章，这册序跋集中所盖印章，即出自陈昌颖之手。后来偶读唐吟方的《雀巢语屑》，发现唐先生也曾刻过一个"小字白劳"的印章，由此亦可见李零对这四字的喜爱。所谓"小字白劳"，乃是李先生的自谦，与"零"字互补，也是一件学界趣事。

其二是此年岁末，十二月二十六日的下午，我收到北大中文系卢冶博士用快递寄来的随笔文集《倒视镜》。此书系卢冶在《读书》杂志开设的《倒视镜》专栏结集，由三联书店出版，列入颇有影响的"读书文丛"之中。文丛还有江弱水的《湖上吹水录》、王一方的《该死，拉锁卡住了》、汤双的《三汤对话》、李庆西的《老读三国》四本，皆为学界名家，卢冶算是最年轻的一位。卢冶是我读硕士研究生的同学，在校时便知她嗜好读书，文章有才气，人也有灵气。《倒视镜》首篇为随笔《雨中的鱼》，谈日本文人泉镜花，我初在《读书》杂志看到，分外惊喜，便收录在拙编《2013中国随笔年选》之中。在年选的序言中，我开篇便写到了卢冶，称赞她的文章博雅而活泼，令我意外。在寄我的此册上，有她的一句赠语："尽在言语中。"由此想到旅居日本的李长声先生某年回国时，请几位朋友小聚，我和卢冶曾因各作一文谈他的新书，故均受邀。令长声先生惊讶的是，这两篇文章的作者，竟是校友同窗。而那次我与卢冶深谈，发觉经过燕园熏陶，她已功力大增，更深感自己的"退步"了。新书出版，她说来北京了，匆匆未及相见，只寄书过来，我祝贺她，并戏言向她学习，不然就"退步"了。她安慰我说："我眼中的你，永远不会退步。"

二〇二二年三月二十四日

鲁迅故居买书记

鲁迅的北京故居与我工作的单位，只有很近的距离，但去得却很少。有天儿子提及想去参观，便发了信息，问黄乔生馆长，回复说，可以预约参观，馆里还有两家书店，亦开放。儿子读了鲁迅的文章，想参观他的北京故居，我则考虑去故居的两家书店看书。那天带儿子转了一圈，很快便出来了。鲁迅故居的对面是一排老房子，叫作"朝花夕室"。我记得这个地方，过去是鲁博书屋，之前曾来过两次，这次来，感觉故居与这个房子之间的距离，很是逼仄。问了一个保安，说鲁博书屋搬到博物馆的展览厅出口处了。于是带着儿子去看鲁迅的生平展。从展厅出来后，出口处果然有很小的一个玻璃屋子，门口有个木头匾牌，上面有"北京鲁博书屋"几个书法刻字，放在一个玻璃柜子上。玻璃柜子里，摆放着一些纪念品和文化创意产品。进了这个小屋子，有位女店员，问她，书店什么时候搬过来的，说是三年多了。环顾了书架，有不少感兴趣的书，鲁迅的一些旧版本的著作，鲁迅的研究著作，以及鲁迅同代人的相关著作。

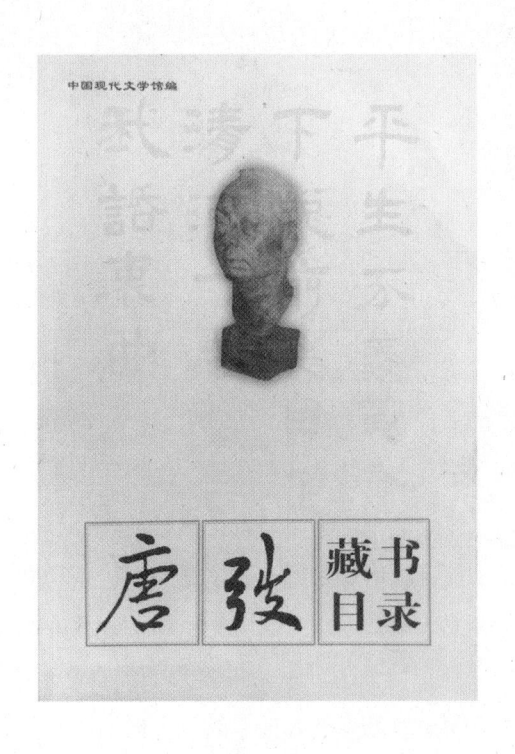

《唐弢藏书目录》

除了鲁迅的一些老版本的旧书以外，大多数新书都是知道的，且也常见，只是这么摆放在一起，倒有一种特别的气息。

在鲁博书屋的书架上，看到一册现代文学馆编的《唐弢藏书目录》，系内部印刷的非卖品，标价一百八十元。唐弢是著名的鲁迅研究专家，也是新文学史料的收藏家，还是散文家，他的这册藏书目录，对于研究现代文学很有价值。唐弢将生前藏书捐献现代文学馆，可谓功莫大焉。现代以来很多名家，在离世前都将藏书捐献各种文化机构，但有些也是将藏书散掉了。其实捐或不捐，都是自己以及其后人的自由，如果是有心人，在这些藏书散失之际，编选一个藏书目录，是很有益的。读这些藏书的目录，就仿佛是到这些名家的书房进行一次巡游。故而我读这册《唐弢藏书目录》，尽管只是简单的书目及版本信息，却能读得津津有味。这位女店员看我对书屋的书很感兴趣，主动与我加了微信，说书屋的新书，她都会在微信朋友圈发布的。我说记得之前，还有位店员，她说是萧老师啊，过去是萧老师和她一起负责，现在则由她一个人经营了。我这才知道那位店员，原来就是萧振鸣先生。记得萧先生有本新书刚刚出版，她说是有一册新书，但卖完了。似乎又记起来，从一个角落里，拿出来一册，还是毛边和签名本，我立即要求买了下来。

萧先生的这册新书《走近鲁迅》，由三百多个关于鲁迅的小故事组合而成，这些故事，或者来源于鲁迅的著作，或者来源于鲁迅同代人的记忆，多是有趣和生动的。虽是小故事，却很见出写作者对于史料的熟悉。有些小故事，过去未曾体味，经萧先生一写，反倒注意了。似乎由此也对萧先生有了一种特别的亲近之感。与萧先生并不熟悉，却有着特别的缘分。十七八年前，我在北京读研究生，抽暇到鲁迅博物馆拜访孙郁馆长，不遇，便到故居对面的鲁博书屋看书。印象很深的是，那天在书屋买了一套一九九五年辽宁教育出版社出版的"书趣文丛"第一辑。买这套丛书，主要是为了买谷林的那册《书边杂写》。早就听说过这本读书文集，但一直未曾见过，竟在这里遇见了。书屋就我一个读者，店员见我对书有热情，便与我闲聊了起来。得知我是关中人，他说陕西是鲁迅研究的一个重镇。又见我对谷林的书感兴趣，便推荐了河北教育出版社的《周作人自编文集》。这套书其实当时已超过我的支付能力了，但最终还是下决心购下了。这次来书店，我才知道，原来那位当时与我闲聊的店员，其实就是萧先生。可惜，这次来鲁博，萧先生已退休了。

从鲁博书屋出来，很快就发现了不远处的鲁迅书店。一家博物馆，有两家书店，这是很少见到的事情。其实，对于鲁迅书店，我亦知道很久了。这原本是朋友李建新和张胜在北京操持的"星汉文章"出版公司的一个书店，可惜"星汉文章"最终悄然落幕。这家特别的书店，也转让给一家文化公司了。虽然书店易手，但书店还是有设计家张胜的风格，简洁，雅致，甚至不乏时尚气息。从鲁博的院子步入鲁迅书店，起先看到一排文化创意产品，有鲁迅的微型雕像，以及印有鲁迅头像的布袋子，其中有几本民国时期的《呐喊》《彷徨》和《新青年》，当即想，是不是这家书店还出售民国旧书或者民国版的影印本，于是立即小心拿了起来，结果大失所望，只不过是个仅有书皮的笔记本罢了。在书店转了转，这里也有很浓的鲁迅气息，有一个书架，都是历年的《鲁迅研究月刊》的合订本，但最多只是一种装饰作用，很难会有读者。有几个书架，是"鲁迅专架"，有《鲁迅全集》的数个版本，其中的两个版本，已是绝版了；还有一些近年来鲁迅研究的专著，有本黄乔生馆长在人民出版社出版的《周氏三兄弟》，装帧很漂亮，是张胜设计的作品。

鲁迅书店还有不少"星汉文章"的作品，其中书店入口处的展台上，便有一册"星汉文章"为孙郁先生出版的《鲁迅书影录》。这本小书，承建新相赠，后来又请孙郁先生题写了跋记，作为留念。但实在没想到，"星汉文章"最终没能坚持下来。星汉出版的一些著作，却是很有价值的。这次在鲁迅书店，见到星汉出版的"孙犁集"六种、"莎士比亚悲剧"四种、《鲁迅先生写真集》等，都是装帧别致，也十分漂亮的；还有建新之前在河南文艺编辑的"汪曾祺集"十种，是建新和张胜合作的前奏，堪为当下文学作品出版的典范。"星汉文章"出版的这些书，因为种种原因，很难见到和买到。这次我在书店就看到了朱金顺先生的《新文学史料学》，这是一册很小众的学术著作，但却在"星汉文章"出版了。其实，当下研读现代文学，或者买新文学书籍，乃至写新文学书话，朱先生的这册书都是十分值得一读的。我们有时对于自己看到的事情，难免一惊一乍，其实便是眼界不够开阔，乃至对于一些基本知识体系掌握不够所造成的。"星汉文章"的书，建新多赠我。这次在鲁迅书店，买了这册《新文学史料学》，以作纪念。

二〇二一年三月十七日，
二〇二三年五月十七日修订

我与布衣书局

黄裳曾有写贩书人的计划,并陆续写过几篇,诸如《老板》《记郭石麒》《记徐绍樵》等。但这个系列没有继续下去,或许相对藏书家来说,贩书人的文章比较难写,但亦有其价值。在《记郭石麒》的文章中,他写道:"在上海买书十年,相熟的书店不少,其中颇有几位各有特点的书友,事后追忆,颇有记述的价值,不但是书林掌故,他们的工作,对保存文化的贡献,也是难以忘记的。"又在《记徐绍樵》中,写道:"他们都是见多识广的,多年来典籍流散都离不开这些中间人。"我读黄裳的这几篇文章,认为都是文情俱胜的佳作,但不如他写著名学者和藏书家的文章有影响。我虽然不像黄裳那样常跑古旧书店,但在京城买书也快二十年了,去过很多的书店,也认识几位书店的老板,但最相熟的,可能还要算是布衣书局的老板胡同。关于胡同和布衣书局的介绍,实际上是不少的,他还曾被拍摄成纪录片,在世界读书日期间播放。他似乎永远都是平头,戴一副黑框眼镜,身材微胖,笑容可掬,有些民国范儿,但更像个乐天派。

十八九年前,我刚到北京读书,恰逢布衣书局初创。记得是在报摊买了一本《读书》杂志,那期杂志的一页补白上,登了布衣书局的广告,是王世襄先生题写的店名,但并没有地址,只有一个简单的书店网址。我在这个网址上注册了会员,并经常去浏览那个书店网店上的书,也常常去书店的"布衣书话"论坛看看。相比当时天涯网活跃的"闲闲书话","布衣书话"谈的多是旧书,更像一个小小的书友雅集。我那时读书,颇寒酸,很少去布衣买书,但却喜欢看他们卖出的旧书。或许胡同是学美术出身的,他经营的网站和论坛,以及售卖的旧书,都有一种特别清幽的气息。那时他也坚持写"贩书日记",并将这些日记内容贴在网上,我很爱读,便在报纸上写了一则介绍短文,其中有这样的评价:"读胡同的这些贩书日记,一是对淘旧书很长见识,其中隐藏着关乎文化、版本、人文、收藏等多种知识,又有京城文人和书友交际的情趣,侧面则是一家书店的成长史。而此可见贩书者也并非等闲之辈,长期浸润,日积月累,读书也非泛泛了。"

后来认识了胡同,我曾表示想到书店去看看,他回复说布衣没有实体店,主要还是在网上卖书。这算是婉拒了我的请求。我倒是有次因为要去为自己的一本小书签名,特意去了他的工作室,那里的书架堆满了书,实际上是个库房,外人很难拣选。布衣出售的书,都是文史方面的著述,大体包括三类,一种是近几十年来的旧书，另一种是民国以前的古书，还有一种则是出版社出版的一些特装书，包括一些名家的签名书、毛边书和精装书之类。我有三本小书，都做了毛边本，也在他那里出售。其实在我看来，能在布衣卖书，本身就是一种荣幸，说明能被这个特别的读书群体所接受。记得《雨窗书话》出来的时候，我请出版社做了一些毛边本，但他们做的，与普通的毛边本完全不一样，不是那种毛茸茸的书页，而是将书边打毛，有一种很特别的书卷气息。记得布衣在做推介时，写了这样一段话："本书不同于一般的毛边书或光边书，而是采用打毛工艺制作，毛状书口。此种书口打毛工艺曾被用于二〇一九年'世界最美的书'《江苏老行当百业写真》。这种独特的制作工艺，与此书古朴雅致柔软的书卷气息十分契合，是设计师的一种创作作品。"

我在布衣书局买的最多的是新书，其实有时倒不是特意追逐布衣的特装本，而是他们选的一些文史书，有些虽小众，但品位很是不俗。另外一个原因，则是介绍的新书，大多先于其他平台，可以先睹为快。那种作者签名和盖印的附加行为，以及极为细心的包装，则带来了一种特别庄重的仪式感。但我最感兴趣的，实际上是一些旧书，古书我则是买不起的，也很少去关注。我在布衣买到的几本旧书，印象较深的有两本。一本是周作人的文集《自己的园地》，系香港实用书局一九七二年翻印，采用的底版是一九二九年上海北新书局的重印版，品相很不错，价格倒是不贵；另一本则是上海学人鲲西的《清华园

布衣书局

感旧录》,当时我刚刚读完鲲西的《三月书窗》,对这位少人关注的读书人很感兴趣,恰好布衣有一册鲲西签赠给"七月派"诗人罗飞的。待这册《清华园感旧录》寄来,令我有些吃惊的是,此册旧书不仅有签名,还有鲲西的一段题跋,并有剪报十余张,书页间还有诸多标记,如此等等,可谓很好的研究资料。我后来据此写了一篇《鲲西签赠本索迹》,勾勒了这册旧书背后的故事。这是在布衣买书的一个意外收获。

我和布衣书局的交往,还有几件小事,但亦可见布衣和胡同的特别之处。一件是黄裳先生去世后,胡同策划一个民间的纪念征文,并拟印制成册。当时亦写了篇小文章,后来没有收入此集,我也没问原因,但还是收到了两册精装的《黄裳纪念文集》。布衣出过两册纪念文集,一册是《纪念王世襄先生专号》,另一册是《黄裳纪念集》,前者应系感念王世襄先生对布衣书局的支持,而后者则有一家旧书店对一代藏书大家的深情怀念。另一件,应是胡同与《藏书报》有过的短暂合作,由他组稿一个书话版,一时书林名家济济,我亦凑趣投稿。一位旧书店的老板约稿谈书,这是很少见的风雅事情,我有幸参与,倍感有趣。还有一件小事,乃是偶然在布衣看到出售作家协会流出的一批会员证,是二十世纪八十年代的旧物,其中有几位熟悉的老作家。我当即决定买下来,送还给这些前辈。其中的一张,是我的老师陆文虎先生的,已经被一位书友买下了。我当即与胡同联系,希望他能帮我协调转让。经过胡同的沟通，这位书友恰巧读过我的小书，亦同意将会员证转给我。这不能不让我感慨，胡同和布衣的书友，多是谦谦君子也。

二〇二二年九月十日，中秋

因书而美

《藏书报》李普曼女史来信,约我谈谈二〇二一年心动的一本书。我欣然同意了,但想想一年来印象颇好的著述,其实还是颇有几册。诸如读《谷林锺叔河通信》,就颇有感慨,尤其是谷林先生那句"知己自在万人丛中也",令我温暖;再如读过止庵的小说《受命》,乃是向多位友人推荐,我颇为陶醉于这本书营造的气氛,此书的美学格调,倒是令我想起杨绛先生的小说《洗澡》;还有缪哲再版的三本译著:《塞耳彭自然史》《钓客清话》《瓮葬》,译笔典雅,装帧别致,堪称书林佳品。锺叔河先生重新编订的《周作人散文》,五卷本选集一直放在手边,随时翻阅。我总是认为,在编书的格调上,长沙的念楼先生,是最能把握周氏的文章气息的。夏日酷暑,我在孔网搜购了全部与白谦慎相关的著述,那段时间很迷恋文人书法,对其编选的《张充和诗书画选》喜爱有加,还在上海的安簃画廊订购了白先生一幅书法作品。年底前,收到南京董宁文主编的一册《书缘集》,严格来说,这是一册印有多位前辈文人手迹的Notebook，但我更愿意把这本册子，看作是由编者、设计者和购买者合作的一本书，如此等等。究竟哪册为最佳，实在有些头疼。

就在我写这篇文章的时候，我在布衣书局订购了一册摄影集《因书而美》，这本书的副标题为《世界图书馆与书店漫游》。此书是作者顾晓光游览世界各地有代表性的图书馆和书店而拍摄的图片，诸如北京的图书馆，就选了有代表性的中国国家图书馆、北京大学图书馆、北京篱苑书屋、北京杂·书馆；北京的人文书店，则选择了老书虫、模范书局、三联韬奋书店、PAGE ONE前门北京坊店、SKP RENDEZ-VOUS书店。顾晓光选择了最美的书风景，这种美，除了设计之美，还隐藏着人类的文明与智慧。不过，图书馆我现在很少去了，因为疫情，需要预约。国家图书馆虽然距离单位不远，一年也才去了两次，而书店则是很喜欢去的。今年上半年，我几乎每周都会带着儿子去一家书店看书，也试图以此带动他爱上纸质阅读，虽然效果并不理想，但由此竟写了一组书店淘书记，并将这些文章收录到了由南京大学出版社出版的随笔集《雨窗书话》之中。我在《雨窗书话》中写到的书店，有前门的PAGE ONE，琉璃厂的中国书店，阜成门的纸上声音书店，美术馆旁的三联韬奋书店，还有成府路上的万圣书园、豆瓣书店、野草书店、雨枫书馆等。我写这些书店，一方面有为疫情防控期间的书店留一份存真，同时也尝试书话散文写作的一种特别体例。

相比《因书而美》中提及的北京书店，绿茶的《如果没有书店》中谈到的书店就全了很多。我与绿茶认识很久了，记得那时他还在《新京报》的书评周刊任编辑，我是给他投稿的作者，可谓相忘于江湖的老朋友了。那时我刚刚来北京读研究生，《新京报》也是刚刚诞生，报刊亭里的人文期刊令人眼花缭乱，北京的书店几乎是遍地开花，特别是中关村的第三极书店隆重开业，一整栋大厦都是任你挑选的好书，如今想来，真是恍然如梦。绿茶在《如果没有书店》中提及的独立书店，我大多都去过，但我依然非常怀念十七八年前北京的文化氛围。我觉得现在北京虽然好书店不少，但更多像是一种景点的点缀，美而孤傲。我怀念在魏公村读研究生的日子，出了学校南门，就是北京席殊书屋的总店。我常常在晚饭后，去那家书店翻翻书，有时还会碰到学校的老师。我那时真是喜欢席殊办的杂志《好书》，但在我还没有毕业的时候，席殊书屋就关张了。我特别怀念距离学校不到十分钟的城市季风书店，就开在理工大学东门的一个玻璃房子，虽然空间不大，但每本书都很有品质，我在那里买了不少的好书。我也非常怀念开在圆明园东门的单向街书店，每个星期都会举办人文讲座，很多青年朋友都会在周末相聚，那是北京最为动人的假日风景。

《雨窗书话》是我至今比较满意的一本随笔集，而其中的一组关于北京书店的随笔，以及关于淘书读书的记忆，是我最愿意与朋友们分享的。我始终认为，除了学校课堂之外，书店、报刊亭以及旧书摊，都是很好的公共学习空间，然而这些地方，如今都在式微，甚至是没落。绿茶在《如果没有书店》中提及的一家参差书店，我一直想去看看。我关注了店主的微信公众号，那是一个热爱读书的文艺青年，她把书店开在北京最有文化氛围的五道口，后来又搬到了商业大厦的十一层，又过了不久，书店搬到了京郊的昌平回龙观，再坚持了一段时间，我在微信公众号上看到，她还是决定把书店关掉。还有非常著名的三味书屋，开在长安街边上，堪称北京一个特别的文化地标。今年上半年，我很想看看这家书店，但三访而不得进入。其中春天的一次，我带儿子去，书店正在装修，装修的工人告诉我，半个月后，书店就重新开张了。过了快一个月，记得是五月四日，北京的风很大，我兴冲冲地去了，依然吃了闭门羹。其实，我是非常期待这些书店都能好好地存活下来，就像一家家超市和饭店一样，常常能够让你不期而遇。

二〇二一年十二月十八日

地坛书市一瞥

地坛我去过至少三次。这三次都是去地坛买书,真正的古迹风景,却一次也没有领略。我颇喜欢在地坛买书的感觉,红墙绿瓦,老树参天,绿荫匝地,一排排的书摊,令人目不暇接,很像庙会一样热闹。此时来地坛的,一定都是爱书人。记得第一次来,是刚到京城读书,买的书现在全忘记了,但回来后兴奋了很久,因为地坛的书价,颇合适我这样的穷学生。第二次来地坛,应该是毕业后,我离开北京,又再次回来,我和读研究生的同窗S君一起结伴去地坛买书。那次到地坛公园,在一个书摊买了北京大学出版社的《胡适文集》,由北大哲学系欧阳哲生教授编选,精装的一大套,半价便买回来了。当时卖书的几位年轻人,经聊天后得知,他们都是刚刚毕业的大学生,因为爱书,于是一起开了书店,当时颇为惊讶。这或许源于我对于卖书人的偏见,现在看来,乃是自己的可笑了。此后一年,地坛书市竟消失了。这消失的集市,令我颇感怅然,因为我刚刚居京,能够有机会奔赴这一年一度属于读书人的节日了,而它却突然消失了。

北京买旧书的地方，我几乎都去过。除了固定的书店之外，潘家园旧货市场是每天天不亮便开市，我去过几次，但毕竟距离太远，后来作罢。北大周末书市，以前每个周末都有，但如今北大校门已不再对外开放，想来这书市也早就取消了。此外，便是每年秋季的地坛书市了。其实，北京还有各种图书集市，也去过一些，但似乎都不怎么有兴致。前段时间，得知地坛书市在停办十年后，又回归了。九月的第二个周末，雨后初晴，我如赴约般前往，还是人流如织，还是绿树红墙，还是书摊林立，久违了。在地坛游走，买书，看来往的人，也欣赏书摊的风景。我甚至在心底对这些来参展的书店和出版社表示敬意，也喜欢这些听来都令我欢喜的书店名，诸如宝廷轩、文雅堂、善缘书社、小宝图书馆、弘文馆、更读书社、稻城及所言 YAN-BOOKS、嘉德书店、老槐树下的书店、七楼书店、九间书库、正阳书局、雨枫书馆、渊集书店、PAGE ONE、伯鸿书店、MPK 黑胶书店、钟书阁、明德书店、礼士书房，这么多的好名字，这么多藏在北京城的好书店。

过去买书，主要是搜寻感兴趣的文史书籍，见到报刊推荐，便买来读它一读。这样便是东读一册，西看一本，也没有特别的范围。这样乱买乱读了一些年，便渐渐缩小了领域，由过去的兴趣漫漶，到近些年主要集中在"一人、一城和一事"，这一人便是周作人，一城便是北京城，一事则是文章事。这次到地坛，一进西门，就看见了中国书店，在书摊上搜寻了一番，发现一册陕西人民出版社1991年出版的《知堂小品》。这册周作人文选，我其实在孔网买到过一册，是太白文艺出版社的再版本。这册陕西人民的初版本，品相实在好，版式也佳，也便再买一册。有趣的是，这本旧书的扉页上，有原藏此书的主人用圆珠笔写的签名，并钤印一枚，旁边还写有一句话："一九九四年十月五日新源里中国书店"。二十年后，这本书又回到了中国书店，且由我在地坛的中国书店书摊购得，也算一个小小的书缘了。在附近的旁观书店，半价购得了戴维娜的《周作人与霭理士》，此店还有一套世纪文景的三卷本《周作人集外文》，仅三折在售，可惜早已购得了。

因为居住京城，对于这个古老又充满新奇的城市，多了些许的关注。故而这些年来，也有意搜寻有关北京城的著作。此来地坛，恰好有本写北京城的新书在搞签售，队伍排了好长一段，人人举着一本书，堪为一道风景。我在故宫书店的书摊上，偶然看到几册《紫禁城100》，在人堆中立即抢了一册。我买这本书，乃是早些年读梁文道的《访问》，有介绍此书的作者赵广超和他的手绘文化遗产功夫，当时此书尚未在大陆出版。没想到这次在地坛，才知道数年前已由故宫出版社引进，且由雅昌艺术印制，可谓美轮美奂。此书定价一百九十六元，此回仅五十八元便购得了，可谓一件快事。在中华书局的摊位上，半价购得了朱传荣的文集《父亲的声音》，这是一册写朱家溍先生的著作。此前，我曾读过朱先生的随笔集《北京闻见录》，对这位旧学驳杂的老北京，以及他笔下的旧京风俗，印象很深。朱传荣的文章颇得其父之真传，诸如《隔海故人来》《故园乔木》《父亲的诗》《怀人天气日初长》《欧斋墨缘》《故家旧事》《得意缘》等，文似静水深流，读来亦如浓荫闲话。

在三联书店的书摊上，买书最多。美术馆的三联书店，每年都要去上几次，会员也才打九折，每次都在书店买上两三本最想看的新书。这次在地坛书市，三联的书摊也都是半价，挑挑拣拣，好书太多，最后也只买了四本，其一为北岛的《古老的敌意》，其二为汉宝德的《如何欣赏建筑》，其三为陈子善先生编选的《比亚兹莱在中国》，其四为牛文怡编选的《最爱北京人》。北岛在三联出版的《北岛集》，印制甚佳，我零散买过几册。《最爱北京人》实际上为"TimeOut北京"书系中的一册，系此刊的同名专栏结集，由三联书店二〇一二年出版。买这本十年前的旧作，或许正是我喜欢北京的一个理由。这本书中写到的北京人，他们或者他们的父辈，其实也并非真正的北京人，而我恰恰喜欢的，便是北京城的这种八面来风的包容，彰显了五彩斑斓的气象。这本书的写作者和写作对象，都堪称一时之选，诸如娜斯写王世襄，宗璞写冯友兰，董秀玉写范用，贾樟柯写刘小东，柴静写崔永元，还有朱传荣写朱家溍，如此等等。真是一席的盛宴。

好文章的书，从来都不能错过。在商务印书馆的书摊上，意外看到一册该社印制的冰心文选《记事珠》。此书一九八二年由人民文学出版社出版过，列在"新文学史料丛书"中，谷林先生曾写过一篇文章，印象殊深。我很喜欢冰心取的这个书名，在《雨窗书话》的第一辑中，曾借用此名。这次商务印书馆重印，由著名装帧艺术家陆智昌设计，封面极为素净，一如冰心的文字。冰心在《自序》中写道："书名为《记事珠》，也是我临时想起的。美其名曰'珠'，并不是说这些短文有什么'珠光宝气'。其实就是说明每一段文字都像一串珠中的一颗，互不相干，只是用'我'这一根细线，把它们穿在一起而已。"周作人有四大弟子之雅，但实际上，周作人最欣赏的，一位是废名，另一位则是燕京大学的冰心了。在纸上声音书店的书摊，看到不少喜欢的书，我买过黄裳的文集《榆下怀人》，静悄悄地摆在展台上，却是少人翻阅；选了一册吴钧陶的《云影》，也是静悄悄地，少人翻阅。《云影》是"开卷书坊"中的一册，三十二开，小精装，淡绿色的封面图案，太美了。

在书市买了十余册闲书杂著，书摊也才逛了一多半。不由得感慨，北京还是最宜读书的，书店多，书多，读书人亦多。在微言小集的书摊，一位女店员说，昨天大雨，人虽不多，但都是细细来看书和买书的，今天人太多，能静下来好好选书的，却是少了。想想地坛雨天寻书，真是好兴致。其实，我也喜欢看书市里的人来人往，那些与同好结伴而来者，切磋心得，闲话读书，方才有几分乐趣呢。可惜 S 君已经离京多年，我也只能来作这样一篇无聊的猎书记了。在地坛逛了大半日,古迹依旧不再去踏访了。打道回府之际,却又发现了嘉德书店,其中多为格调不俗的画册,有册吴冠中的《从粪筐到餐车》。此系吴先生一百周年诞辰在香港举办的展览图册,制作甚精美,每一页裁下来,都能做成一个装饰作品。此店书摊还有不少港版艺术书籍,选了一册陈传席的名作《画坛点将录》,香港三联书店版,繁体字,大开本,封面用林风眠画作,淡绿色的荷叶,真是素雅又烂漫。陈传席先生是艺术史论家,但也是很会作文章的,我把陈先生当文章家来看。

二〇二三年九月十日,北京

辛丑购知堂著作记

自从 Mike 学业减负，不用转战课外培训班，每到周末，便成为我们父子逛书店、看展览、游故居的好时光。过去难得去实体书店，结果今年去了快二十几次，每次都不会空手而归，实在没有可买的书，也便选册知堂的文集作为纪念。年初去前门的 PAGE ONE，买了一册上海译文修订版《周作人俞平伯往来通信集》，精装，过去只买到一册平装本，竟不知还印了这么一册漂亮的精装本。清明假期，到成府路书店一条街，在万圣书园，选了一册上海三联的《夜读抄》，裸脊的装订，插图也好。还有次去中关村图书大厦，翻了些时贤的集子，后来发现一册民主与建设出版社出版的《谈虎集》，也是精装，制作马马虎虎，于是在书店里竟又翻读了许久。我有个很不好的习惯，便是自己喜爱的著作，换个装帧，常常重读，就有新的感受。周作人去世也已半个多世纪了，应已算是古人的行列，故而他的著作，现在是多有出版，尤其是生前的自编集子，近年来也都有近十家出版社在印行。说来，知堂也应是个小众作者，但抵不住名气大，又不用付版税，直接印就是了。如此，我还买过江苏人民出版社的一本《知堂回想录》，以及人民文学出版社的一册《雨天的书》。这些重复出版的集子，我都是挑着买的，算是作个纪念罢了。

周作人的著作，我最关心的是其日记的整理和出版。有次见到周作人的后人周吉宜先生，得知周作人的日记已经整理完毕，交给出版社也甚久了。这几年，现代文学馆的《中国现代文学研究丛刊》在陆续刊登周先生整理的知堂日记，年初人民文学出版社出版的《新文学史料》，亦刊登周作人一九四五年的日记。我赶快到美术馆东街的三联书店，购得一册杂志。之前河南的大象出版社影印过三册《周作人日记》，十年前在万圣书园看到，原价买了一套。后来写过一篇文章，吐槽万圣书园卖书不打折。最近偶然在孔夫子网上查了一下此书，结果书价翻了不止二十倍，颇令我感到有些吃惊。此后见到印刷量少又心仪的好书，无论如何，都是要买的。关于知堂日记，一九九二年中国广播电视出版社的四卷本《周作人散文》，其中第四集便收录有周作人日记，这是我看到的诸多知堂选集中，不多地将日记纳入的。此书选抄了周作人戊戌、己亥、庚子、辛丑、壬寅、癸卯、甲辰、乙巳共八年的日记，距今已经整整两个甲子的时间了。我从孔网购得这套《周作人散文》，感到这套二十世纪九十年代初编选的周氏文集，按照文类之别来编选，还是甚可一看的。锺叔河先生编成的十厚册《周作人文类编》，倒是在编法上与之有些相似。

有次到琉璃厂的中国书店，看到一册《周作人年谱》，是张菊香做主编在南开大学出版的初版本，远比张菊香与张铁荣合作的修订本价格要高，但我看初版本印得实在是质朴，还是买了下来。这倒是令我对作为南开学人的张菊香有些兴趣。借助孔网，我陆续购得了张菊香编选的几册周氏文集，一九八六年十月百花文艺出版社初版的周氏文集《乌篷船》，一九八七年六月百花文艺出版社初版的《周作人散文选集》，以及一九八七年五月黄河文艺出版社的《周作人代表作》。这三册著作中，《周作人散文选集》和《周作人代表作》都以不同形式再版过多次。我买到这三册旧书，还颇有些意思。其中的《乌篷船》一册，扉页处粘贴一张购自北京市新华书店西四门市部的收据，时间为一九八八年四月三日，旁边粘贴有电台介绍周作人《乌篷船》的消息稿，书末还粘贴两张剪报，其一系舒芜的《周作人的两条日记》，题目旁有钢笔注释"88.3.27（4），光明"，其二系薛涌的杂文《天下文章一大抄》。显然，这位爱书人，很关注收集有关知堂的各类信息。而《周作人散文选集》这册，我买来一看，扉页竟然有个很特别的藏书章，印文为"太原石山"，颇为意外。山西有两个名为"石山"的作家，我倒是认识其中的一位韩先生，研究现代文学，立即发微信询问，竟然就是了。

如此说来，买书也是一种缘分。诸如《知堂回想录》，除了上面提及的江苏人民版，我在今年还购得了其他数种。青岛姚法臣是位爱书人，他认为资深的爱书人，一般都会喜欢周作人和钱锺书，对此，我很赞同。就像西方的读者，一般都会喜欢兰姆、博尔赫斯、本雅明、艾柯这样的作家，亦会收藏他们的著作。因为这些大佬作家，堪称作家中的作家，他们博学而迷人。法臣兄来信说他购得了一册香港牛津版《知堂回想录》，装帧漂亮极了。我受他的蛊惑，亦在网上购了一册牛津版，精装，竖排，封面用的是香港三育初版的图案，确实很精美；在此基础上，我又购得一册牛津版的《知堂回想录 药堂谈往 手稿本》，印刷一千五百册，我购得的这册，编号1198。此书还印有一个毛边本版，装帧不同，另有书号，亦是十分特别。我所购此影印本，装帧堪称豪华，布面精装，书名及图案烫金，全部采用高级铜版纸，且有函套，还附赠一张特别的藏书票。我在网上看到，毛边本版藏书票上有周作人的印章一枚，很珍贵的。手稿本前印有周氏一九四三年半身照一张，又有三十年代在八道湾苦雨斋所拍摄全身照一张，并附周吉宜的"后记"。另有牛津社"出版说明"，起首一句极佳，乃是："《知堂回想录》是一部伤逝之作。"

关于《知堂回想录》，我于辛丑年还购得过两个特别的版本。其一是由湖南人民出版社一九八二年出版的《周作人回忆录》，系内部发行，算是较早的一个版本，此版收录曹聚仁的《校读小记》，后来出版的各版本，均删去不用；另一个版本则是敦煌文艺出版社一九九五年三月印行的《苦茶——周作人回想录》。我猜测这个版本，就是根据湖南人民出版社的版本印制的。此版装帧粗糙，封面恶俗，但亦有特别之处，乃是书后附录周作人自订的《知堂年谱大要》，原刊香港一九七五年一月出版的《南北极》杂志第五十六期；又录周作人一九三四年修订的《周作人自述》，选自此年十二月北新书局版的《周作人论》。由此可见，编者是下过一些功夫的，这些资料于了解周氏极有用处。此书的封底用周氏的"五十自寿诗"手迹，亦是漂亮。当然，这本书的版式十分特别，很像古籍著述的设计，颇有书卷气。敦煌版后来改为《知堂回想录》，又印过几次。我读夏春锦兄编选的《谷林锺叔河通信》，其中有谷林致锺书河信，谈到兰州张际会建议锺叔河编选知堂文集，可由其介绍，改由兰州的敦煌文艺社出版。后来我偶读张君的文章，才知道尽管远在西北，亦不乏仰慕知堂的读者，故而才有了这册敦煌版的《苦茶》。

锺叔河先生编选的知堂文集，已成为选编周氏文章的一种权威版本。早年的岳麓版"周作人自编文集"未能全璧，近年来岳麓书社又重新整理，锺编新版，乃在于将周氏所译的文集，亦纳入其中。最近我又购得一册锺编《周作人散文》，由岳麓书社二〇二〇年十二月出版。锺先生编周氏文集，亦是全都再版了。《周作人散文》之前由广州出版社出版，名为《周作人文选》，四卷本，是我很喜欢的一个选本，因为锺先生选编此书的标准，便是一条，"即文章之美"。由此忽然想到锺先生曾为香港编过一册《周作人美文选》，后来亦由岳麓书社再版。在我看来，这册《周作人美文选》，便是《周作人文选》的精简版。岳麓书社此回再版《周作人散文》，增加了一个《索引》，将所选文章按照自选集进行了索引编排，便于读者了解，其中的《饭后随笔》一册，在周氏生前，仅有目录，实际并未出版，后由陈子善先生编成。锺先生编选知堂文集多种，我最喜欢两种，一种便是岳麓社初版的《知堂书话》，另一种便是广州出版社初版的《周作人文选》。当然，锺先生编选《知堂谈吃》亦是很有特色的。《周作人文类编》和《周作人散文全集》两种，则都是有功于现代文学史料保存和研究的，这两套书我前些年买来，放在书架上，十分壮观，却只是偶尔翻翻罢了。

二〇二一年十月十八日

元旦杂抄

元旦得闲，整理一年书事日记。上半年，去京城书店购书较多，有些写成了访书文章，有些未能着笔。特将未有提及的日记文字，摘抄出来。"三月二十日，下午，带 Mike 去朝阳大悦城。在单向空间，买张春田编《物之记忆》，南京大学出版社二〇一六年版，样书九折。单向空间几乎变成了咖啡馆，圆明园东门的记忆一去不复返了。""三月二十七日，下午，带 Mike 到三味书屋，恰逢书店装修，未能成行，发图片到朋友圈，竟引来热烈讨论。与 Mike 步行到西单图书大厦。在图书大厦闲看书，陈卓策划的'陈乐民作品新编'内容、版式、装帧皆佳。""四月十日，下午，带 Mike 去郭沫若故居。郭之故居，甚大。地理位置亦极佳，与北海公园北门仅一箭之距，属于上风上水的地方。故居前的两株海棠花，开得极为繁盛，或许来得正是时候，微风吹过，乃是落英缤纷，Mike 形容说是花雨。出郭之故居，看时间尚早，与地安门之中国书店也很近，带 Mike 到中国书店雁翅楼店，书店二楼正在装修，无什么感兴趣的书可买，只在一楼的旧书展台买一册钟敬文的散文集《西湖漫拾》，系王彬老师策划的'中国现代散文名家名作原版库'之一，仅费五元。""六月五日，上午到单位，应Mike要求，去中关村图书大厦。大厦人很少，和Mike在四楼看书，有桌椅，窗外白杨婆娑，有些在图书馆看书的感觉。闲翻几册书，其中黄恽的《周氏兄弟识小录》，颇多掌故和微意。"

夏天，疫情忽然紧张，加之天气太热，书店去的次数不多，书也不太想读。对文人字画很感兴趣，槛外人翻读，也是颇可消暑的事情。白谦慎先生的著述和书法作品是我很欣赏的，于是极力搜购白先生的各类展览图册。诸如日记中所记："七月十五日，收到读库策划的NOTEBOOK《谦慎学书》，第一幅字'好学是福'，很喜欢。""七月二十五日，上午，收到上海安簃寄来的白谦慎书法展览册子两本。安簃的两本册子为自印，一为《醉墨销忧：刘涛、白谦慎、薛龙春作品》；另一为《清气满乾坤：章汝奭、白谦慎师生作品》；二〇一八年八月在安簃举行'开卷丛书'发布会上，我曾从安簃带回来两册作品册子，一为《风规自远：白谦慎作品》，另一为《翰墨知己：白谦慎、华人德作品》。""八月五日，收到孔网订购的《白云深处》。此系松荫艺术画廊二〇一八年出品的书法展览特辑，为白谦慎的书法展册，由松荫艺术老板潘敦主编，据说印数不多。此册瘦长型，布面精装，十分精美。白谦慎的书法作品书卷气浓，亦有金石味，清雅中吐露刚劲，儒雅而绝不放浪，是温润的谦

白谦慎先生编，王方宇和沈慧藏八大山人书画作品的图册 *IN PURSUIT OF HEAVENLY HARMONY*，英文原版，购自孔夫子旧书网。

谦君子。""八月六日，收到孔网订购的图册 IN PURSUIT OF HEAVENLY HARMONY，此系白谦慎编王方宇和沈慧藏八大山人书画作品的图册。本以为是一个小册子，收到后是一个很厚的宽大图册。在美国印制这样一个图册，还是很特别的，这可能是孔网唯一的一册。"

立秋，到琉璃厂中国书店，看到一册孙旭升编选的《书画家轶事丛抄》，想起几年前买过孙旭升的文集《苦雨斋背后的故事》，孙与周氏晚年有交往，但为人所知不多，也使得我对这个写作者颇有兴趣。于是在网上搜购其作品，如下："九月九日，晨起有雨，被雨声惊醒，今年是个多雨的年份。在孔网将孙旭升的其他几本书下单，分别是《西湖笔记小品选译》《晚明小品名篇译注》《笔记小说名篇译注》《竹枝词名篇译注》。""九月十三日，昨夜略饮酒，起床后竟还有醉意。收到孔网订购的孙旭升《我的积木》《竹枝词名篇译注》。微信夏烈，请其帮助查询孙旭升联系方式，因后者是杭州作协会员。夏烈联系作协，得孙电话。又咨询原工作单位，得知作协资料很有限，其原工作单位是杭州延安中学，而夏烈就是这个中学毕业的，应是其前辈，故他也有兴趣。我告诉此公曾与周作人通信数年，并去看望过周，夏烈也感到有趣。打电话两次，均未有人接。""十二月三十一日，收到当当网订购的《苦雨斋背后的故事》。这本书出版后就买了，放在书房的书架上，却怎么也找不到了，还是书房太小了，书放得重重叠叠，找起来太困难，索性重新再买一本。"

近年来一直在搜购周作人的各种版本，已经写了几篇"购藏周作人著作记"，但翻看日记，这一年搜购与周氏有关的著述，还有未提及的散漫内容，特抄之。"一月七日，收到孔网订购的余斌著作《周作人》，全新，塑封，瘦精装，果然如友人刘柠之言，十分特别。""三月二十六日，收到孔网订购的《中国现代散文总书目》，略翻，极有用的资料书籍。检出民国时期散文选本中关于周作人的散文，一九三七年是个分水岭，前期出版极盛，收录也多，之后则明显寥寥。""五月二十一日，收到孔网订购的止庵编《周作人集》下卷，原来是不带护封的书，还以为是另外一个版本，但此书的内封印制也是特别，有周作人的一张照片。""十一月四日，下班时，收到当当网订购的《知堂闲趣》。此书印得倒疏朗，但可恶的是，知堂每篇文章后面的写作日期，一概删去。""十一月十一日，今天'双十一'，在网上买了一本孙郁先生新出的《苦雨斋旧事》，系《周作人和他的苦雨斋》一书的增订本。今年'双十一'，似乎没有太多想买的书。""十一月二十九日，收到当当网订购的《知堂谈艺》，锺叔河编订的'周作人作品集'第二辑，以及周运的著作《乘雁集》，没想到后者很厚，其中三分之二的内容都系《知堂藏书聚散考》。目前关于周作人的民间研究，也很有可观之处。"

师友赠书，也是一年来颇值一记的书事。谢泳先生赠其新作《学林掌录》，谈他收藏的"油印之美"，可谓别开生面；合肥胡竹峰兄赠其散文集《雪下了一夜》《击缶歌》各一册。南京董宁文先生赠《宁文笔墨·溧阳展》，小薄册子，雅趣十足。许宏泉先生赠其画册《辛丑销夏记》，大册精装，如贵妇人一般。南通沈文冲先生赠文集《毛边书情调》，亦为毛边，确有情调。文虎师赠香港天地图书有限公司《金庸散文集》，繁体字版，内地少见。其他几册赠书，比较特别。"九月七日，白露。晚，收到肖文苑女儿肖湘寄来的快递，系其父亲的著作《唐诗审美》。我因几年前写过一篇《谁是 Xiao Wenyuan》，刊于报端，阐发了肖文苑散文的海外传播，由此结识了肖先生的女儿。《唐诗审美》由百花文艺出版社二〇一八年一月出版，此书作者简介亦有这样的内容：随笔《离奇的抢劫》收入美国哥伦比亚大学出版的北美高校教材 *The Columbia Anthology of Modern Chinese Literature*。""十一月十八日，下午，扬之水发来短信：'有出版社把《读书十年》做成了真皮本，足下有兴趣吗？有兴趣的话，我给您留一套。'收到这个短信，很惊讶，询问赵老师此书情况，她回复说：'据说很贵，但我不会去买，这是出版社给我的样书，只有三部。'"

止观书局许石如先生近年来策划"中国书房人文艺术丛刊"系列，以极郑重的态度影印国内图书馆典藏文人手稿，颇有影响。今年有幸得赠两种，其一为《赵之谦手札》，另一为《章安杂说》。此两种皆系精印清代赵之谦手稿，蓝布封面，折页印制，古色古香，乃是可赏可藏的佳作。拙作《雨窗书话》年末出版，我寄了一册给郑州的何频先生。他随后又寄我两本书，何频知道我爱书，但他的这种做法，亦是老派人的举动。我在日记中对此有简略记录："十二月九日，昨夜小雪，起床后已融化，湿漉漉的地面。收到何频快递赠书，其中有《瓯歌三集——〈温州读书报〉文选》一册，《鲁迅和他的同时代人》上下册，前者为新书，后者系旧籍。下册版权页有他的题签：'鲁迅，送给挚爱他们两兄弟的人，航满纪念，2021.12.7郑州，赵和平。'上册版权页有：'甘草居，2021.12.7，大雪节气。'附有笺纸一页，有用钢笔抄唐高骈诗《对雪》，后又有跋记：'大雪节气并无雪，钞唐人绝句祈雪而借景，呈文兄航满一诵。甘草居，冬月初四于郑州。'"《瓯歌三集》我刚看到出版消息，很感兴趣，正打算网购一册，不料收到了何频老师的赠书。此书中收录他的随笔《文章也不是越多越好》，想来应是将他的一册样书转赠于我。此乃特别的情意矣。

二〇二二年一月一日

我的爱读书

每到年终岁尾,各类书单令人眼花缭乱,但这类推荐,似乎多与出版销售有着联系。其实,我倒是更倾心陶亢德从一九三五年到一九三六年,在《人间世》和《宇宙风》两本杂志上,先后策划的专栏《一九三四年我所爱读的书籍》《二十四年我的爱读书》和《二十五年我的爱读书》。陶亢德邀请文坛与学界名流,所谈的书籍,有新书,亦有旧籍,还有冷僻的古籍,甚至有尚未翻译的域外著作。我对这种不拘一格的好书推荐,十分赞赏。正如二〇二二年我的爱读书,便均非新作。其中有册《舒国治精选集》,三年前便已出版。五月四日,我在北京图书大厦偶见此书,于是购而读之。之前,我曾读过舒国治的《理想的下午》《流浪集》和《穷中谈吃》数册,但这册精选集,收录了已经出版的几个集子之外的作品,诸如《读金庸偶得》中的两篇文章便是未曾见过的。还有几篇新作,《也谈小津》《眯眼遥看库布里克》《香港有个梁文道》《Bob Dylan 获诺贝尔文学奖有感》等,应系尚未结集的文字。舒国治的文章很特别，他的文字简雅古朴，见识也很不错。我其实尤为欣赏舒国治的散淡性情，有篇《北京一日》，谈他在京城访古、买书、喝茶诸事，安逸极了。

上半年，因疫情而稍得空闲，于是集中读了一些文人谈饮食方面的著作，其中我爱读的，有梁实秋的《雅舍谈吃》、汪曾祺的《旅食集》、林文月的《饮膳札记》、赵珩的《老饕漫笔》。文人谈吃，常常能读到饮食之外的内容。还有一册范用先生编选的《文人饮食谭》，甚得我心。有时我们专门写一类文章，会流于烂俗，而偶作一篇，则仿佛是空谷足音。此书收有吴白匋《谈鲜》、郁达夫《饮食男女在福州》、黄裳《马先生汤》、李一氓《征途食事》、王世襄《春韭秋荸总关情》、丰子恺《湖畔夜饮》等文章，皆甚好。其中两篇，印象尤深。一篇是钱锺书的《吃饭》，文字机智，启人深思，诸如这样的论述："这个世界给人弄得混乱颠倒，到处是摩擦冲突，只有两件最和谐的事物总算是人造的：音乐和烹调。一碗好菜仿佛一支乐曲，也是一种一贯的多元，调和滋味，使相反的分子相成相济，变作可分而不可离的综合。"另一篇，则是李一氓的《征途食事》，写长征中的饮食故事，充斥着一种少见的乐观精神，以及一种对现代文明的迷人向往。此老除了革命之外，书法、饮食、古籍、诗词、文章，皆有很高造诣，且富收藏，又阅历极富，是真名士也。

其实，一年来也买了不少新书，堪称豪举的，便是年末终于购得了整套的《黄裳集》，总计三十册，十分壮观。此前，我已搜购了黄裳生前出版的各类集子。这种搜购，可以体会作者的编辑心路，对认识他们的文字，亦有好处。凡是感兴趣的文人集子，我都尽量穷搜而购。中秋假日，拜访一位画家朋友，见他书架上有港版的董桥文集《记得》《夜望》和《克雷莫纳的月光》数册，于是拿下来翻阅。友人见我喜爱，爽快全部相赠。我十分欣赏香港OXFORD的董桥散文系列，以为中国文人的集子，这套书的印制，几成绝响。此前，曾在三联书店购得一册牛津版的《绝色》，又在模范书局购得《小风景》和《文林回想录》。有位朋友到香港出差，带了牛津版《清白家风》和《立春前后》相赠。我想既然牛津的董桥文集已初具规模，何不陆续收齐。记得模范书局有董桥的集子多种，疫情稍缓，便又去了趟书店，结果架上尚有小牛皮的《记忆的脚注》、特装的《小风景》、毛边本《故事》和初版的《从前》，均是收藏佳品，价格却令我止步。后来，在孔网又购得《今朝风日好》和《故事》，后者竟也是一册毛边本。有位书友转让《青玉案》《读书便佳》和《我的笔记》三种，《青玉案》为签名本，而《读书便佳》装帧玲珑，堪称书林尤物。

  几本师友的赠书，也是我的爱读书。一年之中，我两次收到苏州王稼句先生的赠书。年初，得赠他的《锦绣吴市》一册，此书精装，枣红色封面，由苏州市市场监督管理局策划。虽系一册命题作文的著作，但稼句先生写出了自己的个性和特色，没有官派气息，十分难得。书也出得分外雅致，这便是文人做派。年末，又收到稼句先生寄赠的两册新作，一为《吴门饮馔志》，一为《吹箫小集》，前者是在过去《姑苏食话》的基础上修订的，有知堂的随笔风味，却是一册地方史志；《吹箫小集》是他的"小集"系列的第七册，收录一些散碎新作。稼句先生著述之丰，创作之勤，文章之佳，可喜亦可叹。另一得赠，乃是去年岁末，得知锺叔河先生在病中，未敢贸然打扰，便托王平先生转交一册刚出版的小书。过了些日子，我收到锺先生的两册赠书，一为《谷林锺叔河通信》，另一为《林屋山民送米图卷子》。锺先生在后者的扉页上有这样的题字："此卷子体裁虽旧，却反映了近代中国社会政治变革的一侧面。从胡适、张东荪、冯友兰诸人题句中可见也。我写的前言后记，意欲阐明，而力有未逮，大约亦能得到你的指教。壬寅仲春锺叔河九十一岁于长沙。"赠书之外，锺先生亦有信来，解释病后初愈，迟复了。老先生有古风矣。

二〇二二年十二月三十日

海滨消夏记

很长时间,都想去趟青岛。今年夏天,北京出奇地闷热,于是决定带妻儿去海滨消夏。临行前,打算带本书作为旅途读物,按说应该带本与青岛有关的书才对,但书架上似乎又没有特别有关的著作。我印象中的青岛,却是与书有关的。大学毕业后,我在一个山沟里工作,订阅北京的一份书评周刊,那份报纸办得活泼,很多新书都是从这份周刊上得知的。主编是一位爱书也懂书的青岛人,每期都亲自操刀写文章,介绍他关注的好书。他从青岛到北京客居,亦是为了这份爱书的梦想,后来这份周刊停办了,这位主编便也回到了青岛。数年后,他出版了一本介绍中国文字的著作,策划新书的朋友介绍参加发布会,我有缘见到了这位读书界的前辈,而他原本却是一位职业的书法家。后来因投稿又认识了青岛的数位朋友,我的不少随笔都是经他们之手,刊发在青岛的报纸上的,那些报纸上的副刊园地,曾是书友们雅聚于纸上的一片清荫。还有青岛"良友书坊"策划的书,以及陆续推出的《良友》《闲话》等MOOK,

都是我很喜欢的。青岛就是有着这样一群爱读书也爱写作的书友，我与他们相交于纸上，亦相忘于江湖。故而在我的印象中，青岛是一个十分美丽的海滨城市，更是一个有着特别书香魅力的城市。

但这次到青岛，仅仅叨扰了书友姚法臣，因为我对他了解最少，也最有见面的冲动。两年前，我在《开卷》杂志上读到姚法臣的一篇随笔《Wait and hope》，印象很深。随后便将这篇文章选在了我编选的《2020中国随笔年选》中。之前，对姚先生并不熟悉，但这篇文章写得细腻而动人，在序言中，我特别推荐这篇文章："姚法臣的《Wait and hope：未来总是美丽的》，乃是一位爱书人与一本读书杂志的故事，其间是对于美好的书缘、人缘与情缘的珍惜，令人读后心暖。"后来联系到法臣，我亦寄去自己的一本文集《立春随笔》，这便是以文会友了。不料，法臣不但认真读了拙作，还写来一篇很长的书评《嚼着玫瑰花瓣的夜晚》，令我颇有趣味相投的兴奋。此行我去青岛，亦有拜访法臣的念想。临行前，我想给他带个礼物，作为留念。但巡视书房半日，也没有主意，后来想到他的那篇《Wait and hope：未来总是美丽的》，写到了南京的百岁翻译家杨苡先生，并有幸请杨先生为他题写了书房名。于是想到书房藏有一册资中筠先生的文集《有琴一张》，且系资先生的签名本。我想法臣先生一定会喜欢这本书的，因为资先生是值得尊敬的一位当代学者，而且这本书亦印制得十分精美，可作收藏之用。

得到《有琴一张》这本签名本，说来还有一点因缘，故而赠给爱书的文友，亦是一份情谊。记得数年前，经作家陈徒手介绍，我到北京青年报社参加资中筠先生的讲座。又经陈先生介绍，资先生为我收藏的这册文集签名。资先生是社科院美国研究所的研究员，但没想到她亦喜爱音乐，且颇有造诣，《有琴一张》便是她的音乐生活散记。资先生说她是有书一万卷，有琴一张，有翁一个，故为此书取名"有琴一张"。有书一万卷，自是不必提了。有翁一个，乃是夫君陈乐民先生，系中国社会科学院欧洲研究所的研究员，亦是风骨凛凛，且在研究之余，别爱中国书画。《有琴一张》中有张插页，系资先生在客厅的留影，旁边是一架钢琴，背后的墙上，则是一副书法对联，以及一张水墨山水画的条幅，均出自陈乐民先生之手。《有琴一张》的特别之处，还在于附录了一张资先生的钢琴独奏CD，收录她弹奏的钢琴曲六首，分别是：辛丁的《春潮》，3分23秒；肖邦的《摇篮曲》，4分43秒；柴可夫斯基的《十一月——在马车上》，3分8秒；鲁宾斯坦的《石岛》，6分7秒；李斯特的《安慰III》，3分46秒；张肖虎的《阳关三叠》，6分29秒。法臣读书不倦，亦雅人深致，我想他是会喜爱这种读书人的悠悠士风的。

到青岛的第三天，法臣邀请我到他的书房小坐，这也是此次青岛之行的一个心愿。我在结识他后，断续读过几篇他的随笔，并从中得知他对书的热爱，对写作的痴情，散发着一种沉静而热烈的气息。那天，他带我到位于山上的家中，因为晚上还有其他安排，只是在他书房中匆匆浏览，但亦感受到一位爱书人的喜好。他的书房十分整洁，每本书显然都是精心搜购来的，在书架上放置得十分妥当。这些书也并非收藏家的稀见珍品，但所有的书聚集到一起，便营造出一种很特别的氛围。其中一些文学丛书，我是按兴趣零散的挑着买的，在他则是全套搜购。书桌上有一叠书，有册周作人翻译的《卢奇安对话集》，系人民文学出版社一九九一年出版的，印制很是素雅。我购买周作人的各类文集，但这本周氏翻译的《卢奇安对话集》，之前未曾留意。周作人晚年多次在日记中写道："唯暮年所译希腊对话，是五十年来的心愿，识者当自知之。"此册亦译为《路吉阿诺斯对话集》。青岛归来，我立即在孔夫子旧书网上购得了一册《卢奇安对话集》，尽管之前已购得止庵主编的《周作人译文全集》了。由此想到之前他写文章谈香港牛津版《知堂回想录》，我也是受他影响而网购了。看来我们在搜购书籍的趣味上，亦是十分一致的。

那天，在法臣的书房，他赠我一套读书随笔集《我的文学地图》，由山东画报社二〇一三年出版。这套书精装，上下两册，上册系其读书随笔的合集，下册则系他买书读书日记。我尤其喜欢读他写的那些读书日记，其中有青岛的书人书事，亦有他的读书买书趣味和见解，很是轻松，也很是别致。这本读书日记从二〇一〇年五月八日读茨威格的《昨日的世界》起笔，到二〇一三年六月十三日读村上春树的《无比芜杂的心绪》止，共计二百一十三则，每一篇都是精致的小品，而谈及经眼的好书更多，前一则还记录了他与女儿共读罗曼·罗兰《内心旅程》的点滴，最末一则，则又有他推荐给女儿的纪德自传《假如种子不死》，这亦是这本读书日记的一条暗线，煞是有趣。我在青岛的那几日，便在酒店翻读他的这册读书日记，追随他细腻温润的笔触，看他在青岛的书店里搜书，看他读自己喜爱的书，又看他谈对喜爱作家的理解和见识，很有一种静水流深的感受。其中有些书我读过，有些提及的爱书人也是我的朋友，有些他喜欢的作家我亦喜爱，故而一一读来，颇多共鸣。那天从书房归来的途中，法臣说这些年与女儿一起遍访各地的小书店，留下了很多难忘的记忆。我问青岛哪些书店值得去看看，他说可能要算"我们书店"了。

法臣提及的青岛"我们书店"，在《我的文学地图》中屡有提及，那是他常去巡游的地方。或许是拒绝在网上买书，他的书大都来自书店，来自他与一本本好书在现实中的邂逅。那种带着体温的缘分，是每一本藏书背后的人生记忆。

离青岛前，半天都在下雨，无法带妻儿去海边，便决定到信号山，我看网上介绍，那里既可以登山看风景，又可以参观附近的老建筑，还有个私念，便是附近有一家"我们书店"。不料车到路程一半，严重堵塞，出租车司机建议，下车便是小鱼山，风景一样优美。无奈下车。雨中登上小鱼山，观海，看山，还欣赏了青岛老房子的红瓦绿树。不由得感叹，此次青岛之行，看来便是这样要结束了。没有去成"我们书店"，多少有些遗憾。但那天也是特别，因为一件很小的意外事件，我和妻子被请到了小鱼山的一个活动室，那是一个不开放的场所。活动室视野非常开阔，两面都是落地的玻璃窗，可以远眺大海，室内还有钢琴一架，桌椅数把，更意外的是，这个活动室还有几架子的书，我匆匆浏览了一下书架，品位很是不俗。坐在窗边，选了一本二〇一六年青岛出版社的《青岛老楼故事》，图文并茂，图片尤其好，一一介绍青岛的老建筑，以及它们背后的旧日风采。我想，下次来青岛，可以带上这本书了。

二〇二二年八月二十日，北京

西湖半月书事

七月十五日。晨起,坐复兴号G31赴杭州。带一册《西湖笔记小品选译》,上海文化出版社一九八四年版,扉页有《西湖古今风景点示意图》,实为二十世纪八十年代初西湖之胜景图,与今日西湖可作对照。此书购于数年前,因注者为孙旭升。孙系杭州人,曾与晚年周作人通信。故而未到杭州,书就先买了,但一直插在架上,并未细读。这次读完,发现这本小书,所选的文字,以张岱和田汝成最多,前者著有《西湖梦寻》,后者则著有《西湖游览志》。人文荟萃之地,自然也多文人佳作,诸如开封,则有《东京梦华录》;北京,则有《帝京景物略》;洛阳,则有《洛阳伽蓝记》。此来杭州,实为西湖而来,年初三月到访西湖,只是匆匆一顾,却已为西湖美景所折腰。田汝成在《西湖游览志》中写道:"湖山表里,点饰浸繁。离宫别墅,梵宇仙居,舞榭歌楼,彤碧辉列,丰媚极矣。"

七月十六日。子张告知,住处附近有一丝绸博物馆,馆内有晓风书屋,可以去看看。午饭后,步行到丝绸博物馆。"千里迢迢来杭州，半为西湖半为绸。"在西湖边上设立一个丝绸博物馆，最为恰当。此馆设计感很强，参观了"锦程"展览，后即到"锦绣廊"，晓风书屋即在此处。取了一份博物馆的宣传册，封面用丝绸图案，极美，如用作书封，一定好。晓风书屋早已闻名，目前已遍布杭城，不少店铺开在博物馆、风景区、学校，甚至是社区。在晓风，看到架上有一册旧作《雨窗书话》，又看到同窗夏烈编选新书《杭州啊杭州》。买一册《西湖名人》，杭州出版社出版，介绍与西湖有关的历史名人及故居和纪念馆，可作消遣和导览之用。在前台付款，看到董宁文的小画《偷闲》，很意外，立即拍照发他。回住处后，收到董先生信息，言二楼还有画展，效果甚佳，拟近日再去。

　　七月十八日。早饭后，坐西湖环线公交，到岳坟。这是公交车站点的名称，景点已改作岳王庙。杭州植物园，公交站点叫杭州花圃，应都是沿用老杭州人的称呼。岳王庙对面是竹素园，颇幽静，再往里走，竟是曲院风荷，乃又一西湖十景。荷花开得极盛，恰是观荷的好时节。随后到印学博物馆，在二楼驻观许久。有位女馆员，很年轻，询问后，却是一位高中学生，来此做志愿者。知我对印刻感兴趣，赠一册《西子湖上的明珠》，介绍西泠印社，印三千五百册。从博物馆出来，游西泠印社旧址，颇多小景点，很可流连。在"山川雨露图书室"，看西泠印社的一些新书，很喜欢这个店名。又参观中山公园、浙江图书馆旧址、浙江博物馆和早已享誉的楼外楼，步行到西湖美术馆,坐车返回。晚,收到王犁信息,他新作了一幅小画,名为《西湖山水晴雨时,航满兄来杭》,有丰子恺味。

七月十九日。又去丝绸博物馆,在晓风书屋二楼,参观董宁文画展《此心安处》,看到陈纬所写的序言,用毛笔字写成,颇不俗。在晓风,买了朱赢椿编选的一册《豆腐》,正方形的开本,厚达五百多页,纸张亦很柔软。其中收录二百多位古今文人的长短文字,甚至还有相关的谜语、歌谣和诗词,尤其是摘选小说名作中相关段落,颇有趣。未收孙机先生的名文《豆腐问题》,有些遗憾。临走,又买了一册斯坦因的名作《西域考古记》,向达译,系商务印书馆"汉译世界学术名著丛书"之一。还有本《西湖老照片》,翻阅一过,旧时西湖颇有一种野趣,其中几张雷峰塔的民国旧照,很古朴。李流芳说雷峰塔如老衲,也只能在老照片中找到些许神韵了。店内有个书台,出售各种丝绸展览的册子,印制都很精美,颇有特色。结账时,店员主动打了八五折,因来时提及了董老师。

七月二十日。来杭州前,定海F君曾游南山书屋,并特意发来《杖藜集》有售的照片。这次来杭,网上一查,此店竟然就在西湖边上,离我住所也不远,于是便坐车去了。原来书店就在美院旁的南山路上,进店转了一圈,果然在展台上放了三本《杖藜集》。书架上有一册刘涛的《书法谈丛》,

系台湾惠风社二十多年前版本,数年前在唐吟方书房见过这个版本,属于稀见书。又有台湾秀威版《朱省斋文集》。南山书屋主要出售传统书画方面的著作,选了徐建融的《中国书法史》和周维强的《笔下云烟》,后者系谈沈尹默的题签。晚,许石如在莲花人家请饭,环境甚佳,推窗即是山景。座中有王犁、陈谊、陈纬、蒋建春等,蒋为南山书屋老板,陈谊供职浙江图书馆古籍部。陈谊赠《阁帖千载　宋韵流光》,系杭州文史研究馆举办的"宋《淳化阁帖》刻成一〇三〇周年展"纪念册,陈系撰稿人之一。

七月二十四日。午饭后,乘车去中国美术学院美术馆,旁边有一个民国旧建筑,走近一看,原来是潘天寿纪念馆,立即进去参观了一番。随后又去了美术馆,看了诸乐三的书画展览,算是一个纪念文献展,内容十分丰富,也只是走马观花。美术馆二楼有个缪斯咖啡馆,又有中国美院出版社出版的很多画册,亦有欧美的原版画册,如果有时间,要一杯咖啡,很可以消磨时间的。从美术馆出来,走了几步,看到一个恒庐美术馆,径自推门进入,似乎是一个私人画廊,正在布展,画框都在地下,问了一位好像画廊主人的中年男子,允许参观,但画作却不很出色。有个书架,架上不少画册,其中有几册《恒庐》,大开本,印制颇精美,应是自印的会员刊物,主要帮助爱好者买画、藏画和赏画,内容不俗。选了二〇〇四年十二月的一册,应系创刊号。此刊共印十期,每期一千册。

陈纬题"结缘豆"

七月二十五日。去虎跑公园，子张说这里极有幽趣。到后果然如入城市山林，古木高耸，流水潺潺，游人亦少。公园内有李叔同纪念馆，为李叔同出家之地，亦是其埋骨之地。纪念馆一楼有个图书室，有李叔同雕像，颇佳，很想请一尊。有本《西湖书法》，拟买，但又不卖，云是纪念馆藏书。晚，夏烈在王小波书店二楼苇草餐厅请客，有王犁、陈纬、许石如，又有《西湖》杂志社的李璐，《杭州日报》社孙昌建，等等。孙昌建早知大名，读过其电影笔记，岂不知此老还是杭州通，写过数本杭州掌故书。在王小波书店购张伯驹《烟云过眼》和阿城《威尼斯日记》，陈纬赠《经纬斋笔记》一册。王犁赠其编选恩师吴山明画册《见君欣然》，极厚，甚精美。此店老板是王小波迷，书店内有王小波各书，又有王小波喜爱作家的书，多外国文学作品。夏烈知我爱书，特选此处，甚感。

七月二十六日。坐车到西湖文化广场，在一个小巷子，终于找到徐志摩纪念馆，子张早已等候。赠其文虎师《一子厂闲话》签名本和《杖藜集》毛边本各一册。稍后，馆长罗烈弘来，山羊胡子，谈锋极健。此馆编有徐志摩的研究馆刊《太阳花》，子张是执行主编，每期寄我一册。去年，纪念馆承办第十九届民间读书年会，亦邀我来参会，但因新冠疫情，终未成行。此回访问，也有这样一份特别的情愫。与罗和子张聊天，得知民间读书年会前些日子在天津举办第二十届，宣布从此停办。很意外的一个消息。郑州年会和杭州年会，我均受邀，却都因故未能成行,不料年会曲终,实为憾事。杭州年会编有纪念文集《问书钱塘》,自印五百册,布面精装,彩印。王稼句先生题签,颇增书卷气。此前已通过子张索得一册。没参加年会,又没写文章,无功而得书,颇感惭愧。

二〇二三年八月八日,立秋

知堂遗墨琐谈

近购浙江人民美术出版社出版的《金声长物》，系海上收藏家王金声的藏品集锦，真是美不胜收。王先生着重收藏现代文人的遗物，虽是一鳞半爪，却是可窥中国现代文人之神采。陆小曼的画作，林语堂的烟斗，徐志摩的照片，胡适之的手泽，郎静山的摄影，陈巨来的印章，如此等等，都系精品无疑。我最感兴趣的，亦最为惊讶的，是王先生着意收藏知堂手泽，汲汲经年，颇为可观。在此书中，王金声写道："寒舍二代均好知堂文章，更喜知堂手泽，无论立轴、册页、扇面、书札均有庋藏。"又写道："知堂虽非书家，而字神清骨秀、温润可喜，不乏晋唐人风致，卓然成一家面目，时常拿来欣赏……"《金声长物》中收录了几幅知堂墨迹，系佳作矣。其一是周作人的《五十自寿诗》，这是周作人赠给林语堂的手迹，被林氏刊登在《人间世》杂志上，一时文坛纷议，乃是珍贵文献。这帧手迹写在一张红线竖格纸上，名为《偶作打油诗二首》，署名"苦茶庵"，钤印"苦茶庵知堂记"和"知堂礼赞"各一枚。另一幅

偶作打油诗二首

前世出家今在家 不将袍子换袈裟 街头终日听谈
鬼 窗下通年学坐忘 老去无端玩骨董 闲来随分种
胡麻 旁人若问其中意 且到寒斋喫苦茶

半是儒家半释家 光头更不着袈裟 中年意趣窗前
草 外道生涯湖里蛇 徒羡低头喫大蒜 未妨拍桌拾
芝麻 谈狐说鬼寻常事 只久工夫噢渖茶

语堂道兄哂政 苦茶庵

手泽，系周作人写给艺术家刘既漂的一首杂诗，王金声认为此系"知堂生平中颇为关键和重要的诗稿"。还有一幅手迹，是周作人一九四一年农历冬至赠给"内田先生"的，内容系周氏的一首自作诗，亦是极漂亮。

王金声着重介绍了他收藏的这幅赠给刘既漂的杂诗，内容为："柳绿花红年复年，莺飞草长亦堪怜。于今桑下成三宿，惭愧浮屠一梦缘。"认为此诗颇能看出周作人的思想风貌，而诗后的一段题跋，则尤显珍贵："廿六年六月三日晚，绍原招饮于玉华台，归途想起浮屠不三宿桑下之诫，而不佞流连光景，随处苦住，正合于绍原所说之旅于处，但未得其资斧耳。车上偶得廿八字，适刘君贤伉俪以纪念册属题，因录之以博一笑。知堂"。此处很能反映一九三七年周作人在北京苦住的心境。故此，王先生没有重点介绍有名的《五十自寿诗》，以及周氏抄写给内田的自作诗："饮酒损神茶损气，读书应是最相宜。圣贤已死言空在，手把遗编未忍披。"在这册《金声长物》中，我分外看重王先生收藏的这几幅知堂手泽，还在于自己对于知堂文章的偏嗜，更为惊讶的是，周氏的遗物和手泽在民间存藏甚少，远不及其兄鲁迅遗物的保存收藏，故而知堂的遗泽，能够存藏一件，自是极有缘分的事情。王先生在此书中写道："寒斋原藏周氏著述甚丰，惜多失诸劫灰，现今架上的大都为自己新近搜罗来的初版原著，而刚抽出的那本合订本《人间世》杂志，却是家中所存的旧藏，就是它让当年只有十五六岁的我邂逅了周作人。"

由王金声的存藏,倒是想起一些关于周氏手迹与遗物的记载,亦可见出今日知堂旧物稀见之因由。黄裳在《漫谈周作人的事》一文中,写到了一九四九年后周氏因生活拮据,苦雨斋藏书按斤出售,并写及他在北京东安市场的书店里,就曾见到知堂手稿《关于鲁迅》等数通待售,从而感慨不已,"大张自制稿笺,毛笔书写,精妙非常"。黄裳还写道,他有次到戏曲学者傅惜华家中,看到书房的角落,地上堆着一堆旧书,上面的一本正是乾隆刻一卷《陶庵梦忆》,有苦雨斋藏印,"不禁黯然"。黄裳说,那时的市场书摊上,崭新的知堂著书,有知堂闲章名印者,也是很不少,估计都是从八道湾流散出来的。黄裳的这些文字,可以看出一九四九年后的很长一段时间,特别的政治环境,导致了周氏的东西并不珍贵,甚至是少有被人珍视。在《漫谈周作人的事》一文末尾,黄裳意犹未尽,又写了他在五十年代初,有次去《亦报》社,找副刊编辑唐大郎,"大郎打开抽屉,里面满满一堆原稿,说可以随意选些去。原来都是周作人的手稿,《亦报》重抄后发排,原件就积存在这里"。黄裳选了一批周氏手稿,"都是用日本红格书笺纸,毛笔,一色小行楷,漂亮极了。"这些手稿后来订为一册,因未钤印记,亦未作跋。"'文革'抄家,偕群书俱去。"

张中行是周作人的仰慕者,也是知堂文章遗风的传承者。因其毕业于北京大学,加之趣味相近,故而与周氏有过较密的交往，也曾存藏周氏的著述和手泽。在文章《再谈苦雨斋并序》一文中，张中行写他存藏了几乎全部的周氏著述，有些还是周氏赠送的，这些书因为极为喜爱，他用厚纸包作两大包，插上卡片，写上"一九六六年八月某日封存，待上交，供批判用"，竟躲过一劫。而周氏的手泽，就没这么幸运。张中行写道："这些著作不同，是伴有一些悲凉的。先是手札，都烧了。其他手迹，记得有用日文写的日本俳句，两纸，《侠女奴》和《玉虫缘》扉页上的题词，等等，也烧了。连带一些印件，如《先母事略》和《破门声明》（明信片式），也烧了。还有个陶器花瓶，见于《苦茶随笔》的《骨董小记》，是在日本江之岛对岸的片濑所烧，因为上有'知堂'署名，砸了。"不过，有几件"漏网之鱼"，如一件手书陶渊明《杂诗十二首》立幅、小型斗方一对、扇面等，还有砖石拓片、俞曲园书联、沈尹默立幅等知堂存藏。另有一个旧物，系周氏特别赠送张中行的，乃是寿石工刻的一方长方形石章，文字是杜牧句"忍过事堪喜"。这是周作人八十岁左右，收拾旧时的所谓"长物"，分赠给喜爱这些东西的故旧。

读张中行先生的文章，或可知晓，今天能够得到的知堂遗墨，大多应是这种"漏网之鱼"吧。黄裳在《珠还记幸》一书中，写及知堂手泽失而复得的故事，笔触之下，惊喜交加，与三十年前的态度，大不相同了。那张手泽，原本夹在早年所购的《药味集》之中，"文革"中随群书散去。"文革"后，这本书由巴金在旧书店购得,又送给了他,幸运的是,那张知堂手迹,竟然还夹在书中。旧藏失而复得,堪称奇事。相比黄裳,锺叔河的存藏,便是心头痛事了。锺先生一九六三年曾给周氏写过一封信,求后者为他写一张条幅,当时锺氏已是遭劫之人。周作人不但回信,还抄写了两首诙谐的打油诗,赠给了锺叔河。这两首诗,均抄自《儿童杂事诗》,其中之一为《书房》,另一则为《带得茶壶》。颇为无奈的是,周氏赠送锺先生的两张条幅,因"文革"避祸,"转移时所托非人,被隐匿占有了"。一九八九年夏末,锺叔河为周氏的《儿童杂事诗》笺注,应亦有特别报答之意。后来在《儿童杂事诗笺释》的新版《前言》中,锺先生回忆了这段旧事,又特别强调,周氏赠送给他的条幅,题有上款,他的子女和年轻的朋友们总会留意的。他还特别写道:"周氏的作品,包括他的诗和他的字,确实会有人喜欢,确实有欣赏价值。"

二〇二一年十月三十日

"如窃贼入了阿拉伯的宝库"

北京出版社出版了一册郁达夫编选《周作人散文选》，列入该社策划的"大家小书"丛书之中。起初看到这个消息，很是惊讶，因为从未听说郁达夫曾为周作人编选过散文选集，莫非出版社有了新的发现。周作人生前出版的散文选本，并不很多，一本是章锡琛编选的《周作人散文钞》，一九三二年八月在开明书店出版；另一本则是周氏自己编选的《知堂文集》，一九三三年三月在天马书店付印。二十世纪三四十年代，日本学者松枝茂夫翻译过一些周作人的散文作品，诸如『北京の菓子』『結緣豆』『周作人隨筆集』『周作人文藝隨筆抄』等多册，其中不少是对周氏散文的选编和翻译。这些散文选本之所以特别，因为都是周氏同意并认可的。我对郁达夫编选周氏散文选集感兴趣，不但在于这是一册"大家小书"，还是一册由大家选编的小书。近来恰好读中华书局出版的《陶庵回想录》，其中提及林语堂曾经给郁达夫预先支付五百美金，希望时在南洋的郁达夫翻译他的英文小说 *Moment in Peking*

(《京华烟云》),并作部分稿费。陶亢德认为小说若由郁达夫翻译,会大大提升林语堂的文学地位。不过,林语堂虽然予以重酬,但郁达夫终究还是没有翻译。

郁达夫编选的这册《周作人散文选》,其实并非特意编选的一册散文选本,而是郁达夫一九三五年为上海良友图书公司编选的《中国新文学大系·散文二集》中的部分内容。我不得不称赞北京出版社的这个极有创意的策划,之前他们在"大家小书"中,还出版过周作人的一册《我的杂学》,收录周氏一九四四年在《古今》杂志连载的长文《我的杂学》及相关文章,也是颇具新意的。我喜欢这册《周作人散文选》,也很欣赏出版社将此书印制得古朴和精致。但我也稍有不同意见,既然郁达夫的这个选本,选自《中国新文学大系·散文二集》,就应该在出版说明中指出。实际上,郁达夫编选《中国新文学大系·散文二集》,主要选自中国新文学运动的第一个十年,也就是一九一七年到一九二七年之间的作品,北京出版社在目录上,将郁达夫的选文进行了划分,注明这些选文出自周氏的哪些自编文集。《周作人散文选》中的周作人散文,主要选录《自己的园地》十一篇、《雨天的书》十四篇、《泽泻集》五篇、《谈龙集》七篇、《谈虎集》十四篇、《永日集》四篇、《看云集》三篇,显然,这都是周作人青年时代的散文代表作。准确来说,这册散文选本,应名为《周作人早期散文选》。

北京出版社的这册《周作人散文选》,封底印有郁达夫的几段评价，将之分别抄列下来，其一："周作人的文体，又来得舒徐自在，信笔所至，初看似乎散漫支离，过于烦琐！但仔细一读，却觉得他的漫谈，句句含有分量，一篇之中，少一句就不对，一句之中，易一字也不可，读完之后，还想翻转来从头再读的。"其二："周作人的理智既经发达，又时时加以灌溉，所以便造成了他的博识；但他的态度却不是卖智与炫学的，谦虚和真诚的二重内美，终于使他的理智放了光，博识致了用。"其三："中国现代散文的成绩，以鲁迅、周作人两人的为最丰富最伟大，我平时的偏嗜，亦以此二人的散文为最所溺爱。"这三段话说得非常精彩，实则也系《中国新文学大系·散文二集》所写《导言》的摘选。在《导言》第六部分"妄评一二"中，郁达夫一一点评他遴选作家的散文写作风格，对鲁迅和周作人着墨最多，并将他们二人进行比较，诸如："他们的笃信科学，赞成进化论，热爱人类，有志改革社会，是弟兄一致的；而所主张的手段，却又各不相同。鲁迅是一味急进，宁为玉碎的，周作人则酷爱和平，想以人类爱来推进社会，用不流血的革命来实现他的理想。"

郁达夫编选的这册《中国新文学大系·散文二集》特点十分鲜明，其中之一便是对于他欣赏作家的极力推举。在《导言》中，他就这样写他对周氏兄弟"偏嗜"："一经开选，如窃贼入了阿拉伯的宝库，东张西望，简直迷了我取去的判断；忍心割爱，痛加删削，结果还把他们两人的作品选成了这一本集子的中心，

松枝茂夫编选『结缘豆』，
实业之日本社一九四四年四月出版。

郁达夫编选散文选

从分量上说,他们的散文恐怕要占得全书的十分之六七。"这册《中国新文学大系·散文二集》,选鲁迅散文二十四篇,选周作人散文五十七篇,兄弟两人的散文总计八十一篇,其他如冰心、林语堂、丰子恺、朱自清等十四位作家,郁达夫则只选了五十篇。良友图书公司策划的《中国新文学大系》以十年为阶段进行总结梳理,对现代文学的发展影响深远。其后出版的《中国新文学大系1927—1937》,于一九八六年五月由上海文艺出版社推出,第十集、第十一集为《散文集》,由吴组缃作序,其中第十集收鲁迅散文十一篇,亦收周作人散文六篇。《中国新文学大系1937—1949》于一九九〇年十二月由上海文艺出版社出版,第十集、十一集依然是《散文卷》,由柯灵作序,其中第十一集收周作人散文六篇。虽然不及郁达夫这样的"偏嗜",但周氏兄弟的选文依然特别鲜明。

对于周作人散文的推举,并非仅仅郁达夫,而是当时文坛的一种潮流。从新文学运动起,到抗日战争爆发,周作人的散文小品文的地位,几乎无可撼动。可以与郁达夫这种名家编选本媲美的,应该算是阿英于一九三五年三月在上海光明书局出版的《现代十六家小品》,此书天津市古籍书店一九九〇年八月曾翻印再版过,亦可见其尚有价值。阿英选十六家小品,亦是首推周作人,选小品文十一篇,下来依次是俞平伯七篇、朱自清五篇、钟敬文五篇、谢冰心六篇、苏雪林(苏绿漪)五篇、叶绍钧六篇、茅盾八篇、落华生七篇、王统照五篇、郭沫若六篇、郁达夫七篇、徐志摩六篇、鲁迅八篇、陈西滢六篇、林语堂六篇，同时附录了这十六家小品文集的目录。阿英亦为每位作家的选文写序，其中谈周作人，则写道周作人的小品文："曾经有过大的影响，形成过一个流派，到现在还在发展。"抗战后，周作人散文的选本较少，但值得注意的则是太平书局一九四四年四月编选的《现代散文笔记选》，编者为迅风，周作人亦然排名第一，选文六篇。此选本偏重文史随笔，入选作家多为沦陷区的小品文作家，如纪果庵、沈启无、柳雨生、文载道、陶亢德、周黎庵等，二十一位，计四十六篇。

民国时期的散文选本，有代表性的，还有一册《现代中国散文选》，1935年由北平人文书店出版。此选本上下两册，由孙席珍编选，周作人作序，俞平伯题签。上册选目也是第一选周作人散文，选文八篇，第二选鲁迅散文六篇，第三选俞平伯散文六篇，其他如朱自清、叶绍钧、丰子恺、孙福熙等，每人选文三到五篇；下册则选徐祖正、林语堂、梁遇春、徐志摩、郑振铎、郁达夫、郭沫若、钟敬文等，每人两到三篇。从选文的数量来看，也能看出编选者对于心中散文佳作的"偏嗜"。孙席珍对于周作人的散文推崇备至，他在文章中写道："周作人先生是当代散文的大师，对于他的作品，赞美的话我说不出，我想凡是一切称赞散文的话都可以拿来用上。因为他的无论哪一篇散文都是典型作品。"而此散文选本的特别，还在于周作人的作序，但他在序文中全不谈选文，而是发了一通关于文学的议论，谈他其实不是反对古文，而是反对一切赋得的文字，包括新文学。他之所以愿意为孙席珍的散文选集写序，一方面是由于"孙君是同乡旧友，我觉得义不容辞"，另一方面，则是"又觉得关于这题目还有话可说"，于是便直接上场，当了一次急先锋。

二〇二二年八月二十三日

《周作人散文钞》的注释

近读止庵书信集《远书》,其中有这样一段话:"《周作人散文钞》署'章锡琛编注',实乃托名之作。查周作人日记,一九三二年五月十二日云:'下午编文钞录目,寄给章锡琛君。'五月十九日云:'下午废名来,寄开明文钞注释及序。'据此可知,编者是周氏自己,注者却是废名。故而此书与周氏各种自选集如《儿童文学小论》《知堂文集》《周作人书信》和《苦雨斋序跋文》等性质相当,而有废名作序、作注,意义更其特殊。"此信系止庵二〇〇六年十二月二十三日写给北京藏书家谢其章的,起因乃是谢在拍卖场上以三百元,拍得了开明书局初版的《周作人散文钞》,止庵认为谢之得此书,乃是堪称"物美价廉"。并认为其他藏家以此书与民国周氏其他选本"等观","不免是走了眼了也"。恰好我之前也曾关注这册《周作人散文钞》,对这册选集印象很深,认为极有特色。我倒是对这册编选的目录,出自周作人之手,之前已从周氏年谱有所了解。这册《周作人散文钞》的注释,极有风格,甚是怀疑出自周作人本人之手。此回读到止庵写给谢其章的信，不免很是意外，也颇有些疑惑。

止庵认为《周作人散文钞》系"托名之作"，已经有日记为证。此书编选的提议，应是时为开明书店老板的章锡琛，故最终还是署名"章锡琛"。其实这个问题应该已经解决，一九九四年八月开明出版社重印这册《周作人散文钞》，列入"开明文库"之中，已经不再署名"章锡琛编注"。或许此事没有很明确的结论，故而在时下的各种"周作人自编文集"中，《周作人散文钞》并不在列。不过，我对止庵提及此书由废名作注有些怀疑，虽然周氏的日记中有"下午废名来，寄开明文钞注释及序"，但并没有明确此书的注释一定是废名所为，也有可能系他本人所作注释，待废名所作序送来，一并寄给了开明书店。因为周氏的日记记得过于简略，故而给后来的研究者带来了困难。又查大象出版社出版的《周作人日记》，除了止庵引用的两条日记之外，关于《周作人散文钞》的记述，还有开明书店送支票，以及赠送样书之事，这都是两三个月之后的事情了。有些事情我们现在很关注，当事人却并不觉得重要。通过周氏日记再做探究，显然已经是不可能了。

我最初认为这册《周作人散文钞》的注释出自周作人，乃是一种直觉。现在基本可以断定，此书的编选和作注均非出自章锡琛。《申报月刊》第一卷第四期上刊载有《周作人散文钞》的广告，强调此书为"古色纸精印 五角半"，并有如此广告宣传语:"这本散文钞是作者的友人章锡琛君从他的散文中选出的最精粹的作品,经过作者许多知友的斟酌,并征得作者的同意,才付排印的。每篇并由编者加以精确的注解,以当代第一流作家的散文经过这样慎重的精选,实在可称为第一等的模范文,中等以上的学校用作课外读物极为适宜。"由此可知,章锡琛策划的这册《周作人散文钞》,乃是用于中学生作为"课外读物"的"模范文",如署名"周作人"则是大不妥的。但从经营的角度,如果系废名来作注,广告语若加以利用,应该更有卖点,且也没有什么可以避嫌的。还有令我感到疑惑的是,已经请废名作序,又再劳烦废名作注,也是不太合常理的。而且对这册《周作人散文钞》作注,作者自己基本半日可毕,但对于他人,则是很不容易的事情。

　　当然,我之最初推断《周作人散文钞》的注释出自周氏之手,仅仅是从注释的写作风格来判断的。仅举几例。《苦雨》一文中,"长安道上"一处,有注释为:"其时伏园在西安。"这篇文章是周氏的一篇书信体,写给周作人的学生孙伏园,开篇即以"伏园兄"相称。如果由他人来写这个注释,恐怕不会这样来写,也不会在注释中以这般语气来写。再如,《雨天的书序》中,对此文的第一段话中的"蜘蛛丝"一词作注:"铃木三重吉小说中常喜以此形容细雨。"周作人在这段话中,用"蜘蛛丝"来形容北京的冬雨,"只是蜘蛛丝似的一缕缕的洒下来"。如果不是周氏本人,是很难对这个词语进行注释的,且对日本文学十分了解。还有一些关于绍兴的风俗,如果不是本地人,对风俗有所研究,也是很难作注的。诸如《水里的东西》一文,对"马熊"作注:"不知动物学上是什么,疑是狼,但乡民云似马有鬣,食人,或系熊之一种。"再诸如,《胜业》一文中的"蛤蟆垫床脚",注解则为:"越歇后语,原云'蛤蚆垫床脚——竭力撑',亦是出力不讨好之意。"

周作人作文喜欢抄书,最难注解的是他所读的英文书,这些著作当时多没有翻译成中文。以他最为佩服的霭理斯所写文章来说,《霭理斯的话》中谈到他读霭理斯的著作三种,分别是《新精神》《随感录》和《断言》。对《断言》作注,"Affirmations,《圣芳济及其他》(*St. Francis and Otheres*)一文即在其中"。又如《教训之无用》中,对霭理斯的《道德之艺术》这篇文章作注,"即《人生之舞蹈》(*The Dance of Life*)第五章。"还有对此文中的一段话作注,"希腊有过梭格拉底,印度有过释迦,中国有过孔老,他们都被尊为圣人,但是在现今的本国人民中间,他们可以说是等于'不曾有过'。"这个注解如下:"见《谈虎集》中《新希腊与中国》一文,原出英人 Lawson 著《新希腊民俗与古代宗教》。"要对这几处内容进行注解,不但要很熟悉周氏的著作,还要很熟悉他所阅读的著述,因此非其本人是很难如此注释的。再如《希腊的古歌》中对"须华勃"的注解:"Marcel Schwob 著《拟曲》(*Mimes*)二十一篇,描写古代希腊生活,《域外小说集》中曾译登数首。"

再来看看周氏的名文《苍蝇》,谈及希腊路基亚诺思(Lukianos),对其《苍蝇颂》有注解:"Muias enkomion,英译名 The Fly, an appreciation,见奥斯福翻译丛书本卷三。"由此可知,周氏此处所引文,乃是奥斯福翻译希腊文的英文版。此文还有对法勃耳的注释,并不对法勃耳这个作者进行注解,而是延伸来谈:"关于苍蝇各文,英译集为一册,名 The Life of Fly,又收入 people's Library 中。"名文《两个鬼》中注解六处,涉及面更广,如对"du daimone"注解:"希腊文,英语 two genii 略相近,虽 demon 与原语出一源,但意味大不相同了。"再如对"叫一个铲子是铲子",注解为:"英俗语,To call a spade a spade,直言无所隐讳也。"以上可见对英文和希腊文都是极为熟悉,才能如此顺手拈来。此文又在"从肚脐画了一大圈"处作注解:"见霭理斯著《新精神》中'惠特曼论',言英人忌讳说及下体的事。"这便又涉及他最喜爱的霭理斯的著作了。此文还有两处注释,都要参见他的《雨天的书》中的《破脚骨》一文。再有一处,对"开天堂"注解:"流氓以磁片划额出血,敲诈手段之一也。"一篇文章,六个注解,涉及方方面面的知识,可谓驳杂。

还有几处注解,不但是介绍背景知识,还写得清新可爱,如小品文。如《萨满教的礼教思想》一文,对"萨满教"作注:"Shamanism,即巫或方士教,现行于西伯利亚及满洲朝鲜各民族中,称巫曰萨满,实出于印度语沙门,因易与佛教相溷,故改用此二字译之。"又对《普须该的工作》作注:"Psyohe's TaSk,现改名《魔鬼的辩护人》(*Devil's Advocate*),莆来则博士说明野蛮时代的迷信在文化上亦有用处。罗马亚普刘思(Apuleius)作《变形记》(*Metamorphoses*)中述古希腊童话,云少女普须该为爱神所爱恋,而其姑虐待之,以七种谷类溷合,命其于一夜中分开,后以蚂蚁之助终能办到,书名取此,盖以喻辨憼好坏之难。"《死法》一文中,对"胖大海"作注:"药名,状如橄榄,浸水中则满一杯,以治咳嗽。"对《死之默想》一文中"西方凤鸟"的注释:"传说云凤(phoenix)生五百年而死,吐火自焚,从灰中复生小凤。"《周作人散文钞》收周氏短文三十篇,全是他早期的几本集子中选录的,由此亦可见,周氏文章早期虽清新,但是暗含很多掌故,如不注解,自然也能读懂,却无法更深一层去理解周氏的用意吧。

二〇二二年九月十三日

周作人选集过眼

周作人作为现代散文大师，亦有"小品散文之王"美誉。我是很喜欢读他的文章的，坊间有关周氏的各类文集，都尽可能地搜集。我之爱读，在于通过不同的编选文集，来认识一个较为全面的作家，亦通过不同的编选方式，来认识作家的思想，体悟作家的文章之美。我始终认为，这亦不失一种特别的读书方法。尽管周作人对于编选选集并不感兴趣，他在晚年给香港鲍耀明的一封信中，谈及后者索求的那册《泽泻集》，认为不过是"炒冷饭"罢了。对于作者本人来说，这是可以理解的态度，因为他对于自己的文章，多是了然于胸的。但实际上，周作人自己对于选本也是重视的，开明书店一九三三年八月出版的《周作人散文钞》，初编的目录便是由他本人提供的，后来出版署名则是章锡琛，并由章作一序，另一长序，出自他看重的弟子废名之手，亦可见出隆重。我甚至还怀疑，《周作人散文钞》中的注释，也出自周作人之手，从注者对文章的背景知识、内容解释以及造词用语来看，非作者本人很难完成。尽管

《周作人散文钞》仅收文三十篇,只选了《自己的园地》到《看云集》七个早期文集的文章,但重要性不言而喻。开明书店在一九九四年八月再版了此书,收录在"开明文库"之中,乃是极薄的一个小册子。

经周作人之手的散文选集,总计应有三本,其中《知堂文集》和《泽泻集》是他认可的,《周作人散文钞》暂作存疑。全面抗战爆发之前,曾出过几册周氏的选集,其一为一九三六年四月万象书屋的《周作人选集》,其二为一九三六年四月上海仿古书店的《周作人文选》,其三为一九三七年三月全球书店的《周作人代表作选》。抗战时期,沦陷区的上海三通书局还曾出版两册周氏的选集,一为《自己的文章》,另一为《周作人代表作》。这几本选集,周氏似乎并无见到,或者不甚注意。其中一九四一年二月的《周作人代表作》,编选还算有些特色,其中第一部分为"自叙传",收有《旧日记抄》《自己的文章》《怀东京》《怀东京之二》,其他还有论谭、随笔、散文三辑,各收文章数篇。之后的周氏散文选本,最早应该是南京许志英的《周作人早期散文选》,一九八四年四月由上海文艺社出版,乃是一九四九年后出版的第一册署名"周作人"的散文选本,有重识旧人的作用。一九八七年,天津张菊香编选《周作人散文选集》,由百花文艺出版社出版,也多选周氏早期文集。一九九一年,陕西人民出版社出版《知堂小品》,编选者为刘应争,虽辛苦收集资料,但周氏的《药味集》和《药堂语录》两种,尚未见到。此两种集子，实际上，在周氏作品中是最为重要的。

值得一提的，还有止庵早些年编的两个选集。止庵是周氏著作的痴爱者，他是因读而搜寻，然后再编选。此两种选集，其一是湖北人民出版社一九九四年三月出版的《周作人晚期散文选》，这本书特别收录了周氏生前编订且拟定在百花文艺社出版的《木片集》，同时亦收录晚年所作的其他集外文。《周作人晚期散文选》的出版可谓颇为周折，止庵致友人谢其章的信中曾有谈及，他曾写信给编辑进行争取，陈述文字竟达一万字，后来便成了这本书的编后记；其二是他在新疆人民出版社出版的《关于鲁迅》，收录二十世纪五十年代周氏出版的《鲁迅的故家》《鲁迅小说中的人物》《鲁迅的青年时代》三本集子，以及其他相应未收文集的零散文章，而这些书也是读者多年未见了。锺叔河先生编选的周作人自编文集未竟全功，止庵在与谷林书信中谈及，他曾有编选"周作人文集十种"的打算，也是主要编选周氏晚年的十种文集，这也是后来他在河北教育出版社出版《周作人自编文集》的缘起。《木片集》作为周氏未了之事，也列在了《周作人自编文集》中出版。这些工作，有些现在看来，已经没有再版的价值，但在当时，是有很大意义的。止庵曾有"凡事先难后易"的看法，这是在做周作人文集方面值得称道的事情。

对于做学问的研究者来说，一般来说，选本的意义也并不是很大，止庵在编选《周作人集》的序言中就曾写道："我向来不喜欢读选本，更很少购买，尤其是有可能买到全本的话。"但有一种周氏的选集，对于研读周作人其实是很有帮助的。诸如止庵编选的《关于鲁迅》就是研究鲁迅的很好的资料汇编，而他后来亦编选一册《周作人讲解鲁迅》，也是对研读兄弟二人的文学事业很有帮助。再如钟叔河先生编选的《周作人文类编》《知堂书话》《知堂谈吃》等，对于周氏某一类话题的资料，都可一目了然。钟先生因为掌握资料最全，他的这类书也最值得一看。以《知堂谈吃》为例，可谓集大成，此一例也。这本增订本的《知堂谈吃》，收集了周作人几乎所有与吃有关的文字，不但晚年写给鲍耀明、孙旭升等人的书信有摘录，早年的《戊戌日记三则》《江南杂记七则》等日记杂感也收，晚年的集外文尽可能全部收录，甚至翻译日本汉学家青木正儿的《中华腌菜谱》《日本人谈中国酒肴》《肴核》《鱼鲙》、加太洁二《母亲的味道》、山路闲古《普茶料理》等几篇文章，也都一并收录。周作人本来就有"译文入集"的先例，这些译作也代表他的态度。这种专门收集一类文章的集子，对于写文章和做研究大有好处，方便了许多。

还有两册周氏的选本，在我看来编得甚是巧妙。一册是张丽华编选的《我的杂学》，另一册则是黄德海编选的《知堂两梦抄》。前者收在北京出版社二〇〇五年三月版的"大家小书"丛书，后者由作家出版社二〇一八年五月出版。《我的杂学》原系周作人刊发在《古今》杂志上的长篇随笔，漫谈个人知识谱系，也是了解周作人的一个很好渠道。北京出版社编选《我的杂学》，乃是在周氏长文的基础上，将其在《我的杂学》中提及的书目，而又单独写过文章的，也一并收录，对于深入了解周氏文章及知识谱系有很大帮助。此书虽是一本小册子，但读来却不感到很薄。黄德海的《知堂两梦抄》是对于周作人思想的一次深入认识，这种编书，也算得上是一种课题研究。黄德海从周作人的"一桩心愿""两个梦想""三盏灯火"作为编书的选目主线，一个心愿乃是周氏晚年翻译希腊神话的心愿；两个梦想，乃是他提及的"伦理之自然化""道义之事功化"；三盏灯火，乃是他称之为"中国思想界的三盏灯火"的三位古代思想家，分别是汉代的王充、明代的李贽和清代的俞正燮，以及相关人物。黄德海围绕这个主线来选目，见识独到。对于周氏文章有深入了解者，可以关注这两个选本，前者是周氏的知识谱系，后者则是周氏的思想谱系。

此外，我还想介绍几册周氏的散文选集，这些选集对于了解周氏文章亦大有好处，也是了解周氏散文艺术的很好选本。周氏的文章为何值得这样反复编选，原因无非有二，一是其人知识之驳杂、经历之丰富、思想之复杂、题材之多样，给编选者带来了各种编选的可能，诸如锺先生《知堂谈吃》这样的著作，坊间便还有王泉根编选的《周作人与儿童文学》（浙江少年儿童出版社，一九八五年）、《周作人论日本》（陕西师范大学出版社，二〇〇五年），李洪宽编《性爱的新文化》（山西人民出版社,一九九二年),吴平等编《周作人民俗学论集》(上海文艺出版社,一九九九年),舒芜编《女性的发现》(文化艺术出版社,一九九〇年),张伯存等编《周作人怀人散文》(广西师范大学出版社,二〇一八年)等多种,也均有可观之处;另一则是周作人散文艺术的魅力,无论怎么编选,读来总是有味的。而各位选家对于周氏散文的"偏嗜"是不同的,在编排上也是各有区别,这对于理解周氏文章也是很有趣味的。加之不同的排版方式,亦体现对于周氏散文艺术的理解,每每读来,也都有不同的阅读体验。周氏的散文冲淡如茶,却是越品越有滋味。除了以上谈及的周氏散文选本,在我看来,还有数本周氏的散文选集,也是值得翻读的,亦在此罗列如下。

其一,《周作人散文精编》。此选本由钱理群编选,浙江文艺出版社一九九四年十月版。书前有钱先生撰写的《前言》一篇,谈周作人的散文艺术,对此书的编选亦作了说明,特别指出:"主要选录了周作人所写的记叙性和抒情性的'美文',带议论性的杂感、随笔。而另外一些属于比较专门性的论文或演讲则不在收取范围。周作人日记和书信按语、译(编)后记里的某些篇什,本也是很好的散文,但限于篇幅,均未收入。"钱先生编此书,共收文一百三十八篇,按照写作题材选目,其中选"民俗风物"五十七篇、"生活情趣"十六篇、"追怀故人"二十一篇,以及"文化评论"四十四篇。此书对选文的背景及相关情况虽略加注释,但对于理解周氏文章极有帮助。诸如

《周作人文选》

《石板路》一篇，文末周作人有注："三十四年十二月二日记，时正闻驴鸣。"钱先生对此有注释："本文是周作人于一九四五年十二月六日因汉奸案被捕入狱前所写的最后一篇文章。本日北平各报载：北大代理校长傅斯年（五四时期《新潮社》骨干，是周作人的学生）对记者谈：'伪北大之教职均系伪组织之公职人员，应在附逆之列，将来不可担任教职。'周作人在日记中写道：'见报载傅斯年谈话，又闻巷中驴鸣，正是恰好，因记之文末。'后来周作人还写有《骑驴》一诗，云：'仓卒骑驴出北平，新潮余响久销沉，'暗含讥讽之意。"此书版式简洁，我亦常翻读。

其二，《周作人文选》。此选本由锺叔河编选，广州出版社一九九五年十二月出版。锺先生编选周作人文集，多又再版，其中《知堂书话》再版次数最多。这册四卷本的《周作人文选》编选甚好，但直到二〇二〇年才由岳麓书社再版，改名为《周作人散文》，四卷本亦改为五卷本。再版本增加了一个选文的索引。此选本有张中行序言一篇，又有锺先生"选编者前言"一篇，其中有锺先生对此选集的择选条件，乃是"文章之美"，换一种说明，则是尽量少选钱锺书所言的"疙藤酸涩"之文，故而选文读来多清通。这与后来止庵选文，喜选"别扭的写法"和"古怪的题目"的出发点是有所不同的。锺先生还编选过一册《周作人美文选》，最先在香港的明报社出版，后又在岳麓书社再版。在我看来，这是锺先生从之前的《周作人文选》删减而来的，文章虽然少了，思路却是一致的。锺先生对于周氏资料掌握最全，故而即使选本，亦能别有新意。这几个选本收集外文一百一十五篇，又选未刊稿十三篇。其中几篇选文，很是特别。如选《希腊拟曲》译本的一条注释"BAUBON"，就很有意思。再如选《一九六五年四月八日的日记》和《遗嘱》两篇，都有周作人自我评价和对身后事的交代，这两篇未刊稿，亦是很有意味的。锺先生选文，不拘一格。

其三，《周作人集（插图本）》。此选本由止庵编注，上下两册，花城出版社二〇〇四年八月第一版，收入该社策划的"大家小集"之中。止庵的编选，也比较特别，在周氏创作上进行了分期，分为前期、中期和晚期三个阶段，其中前期选文一百零四篇，中期选文一百九十四篇，晚期选文四十七篇。选目上，止庵在序文中强调以选"好"为主，求"全"为辅，并说："散文之中，一般杂文与限于单纯介绍的'看书偶记'，较少收录；而阐发思想为主的'看书偶记'，'鉴赏里混有批判'的'闲适文章',《中国的思想问题》《过去的工作》《两个鬼的文章》等'正经文章',《赋得猫》《关于活埋》《无生老母的消息》等'古怪题目',《碰伤》《死法》《在女子学院被囚记》等'别扭的写法',以及怀人悼亡之作，要占去主要篇幅。"周氏自己晚年给鲍耀明写信，谈及中国散文，认为其中一种便是如英法两国随笔一样，"我看旧的文集，见有些如《赋得猫》《关于活埋》《无生老母的消息》等，至今还是喜爱，此虽是敝帚自珍的习气，但的确是实情"。在止庵的专著《插花地册子》中，对此书的编选，有所提及："若论个人口味，则最喜欢中期作品，具体说来，就是所谓'文抄公'者。"故此，止庵的这个选本，有可能是最接近周氏喜好的一册选本。

其四，《知堂文丛》。此选本由舒芜编选，四卷本，分为《苦雨斋谈》《看云随笔》《生活的况味》《流年感忆》，天津教育出版社二〇〇七年十一月出版。舒芜是研究古典文学的学者，晚年研究周作人。他研究周作人的散文艺术的文章，颇具耐心，谈及周氏文章有一种特别的美，"周作人的小品文的清冷苦涩，并不是'郊寒岛瘦'那一流，相反地，这种清冷苦涩又是腴润的，周作人说日本作家森鸥外与夏目漱石的文章都是'清淡而腴润'，正可移作自评"，乃是评述得极有味道。他的编选，也应是尽量从这个标准来出发的。我对舒芜编选的这个版本的文选也甚是喜爱，因他编选的这套文选，其实是从文学题材来区分的，与周作人谈儿童、妇女、日本、性、民俗这样的题材，可以成为互补。诸如《流年感忆》，主要是记人忆旧的文章；《生活的况味》，则多是周氏的闲适小品；《看云随笔》则是谈草木虫鱼和自然风景的文字；《苦雨斋谈》则是关于自己的读书趣味、思想观点及知识谱系的文章。刘应争编选的《知堂小品》曾请舒芜作序，谈的便是周作人的散文艺术，其实移用至此甚好。而此书的代序，用了舒芜的《我怎么写起关于周作人的文章》，则似无太大必要。

其五,《苦雨斋文丛·周作人卷》。此选本由辽宁人民出版社二〇〇九年出版,列入该社出版的"苦雨斋文丛"。该文丛除了《周作人卷》之外,还包括《俞平伯卷》《沈启无卷》《废名卷》《江绍原卷》。这套书由鲁迅博物馆主编,《周作人卷》由该馆黄乔生编选。黄乔生认为周作人是有"文体方面的自觉意识",诸如谈周作人的《〈莫须有先生传〉·序》,"把文章比作风和水,议论宏畅而微妙,其实就是在讲自己的文章做法和对好文章的理想";又如谈周作人所写的《半农纪念》《玄同纪念》等怀人文字:"他的长处是能够控制感情,做到本事实力避虚夸,抒感情不露狂态。相交越深,文情越隐曲平淡。周作人注重的是生活的常态,追求的是简单和天然,而不是戏剧化的场景。"关于论说方面的文章,如《中国的思想问题》《道义之事功化》这样的文章,"他更多地追求将抒情论说结合起来……避免雄辩滔滔,不操教训腔调,不武断自是,不强加于人。因此他的文章崇尚简洁,少剑拔弩张之态,尤其是中年以后"。又说:"他自己感到满意的《关于活埋》《赋得猫》《无生老母的消息》等文,材料丰富,情意充盈,委婉体贴,读者从中得到的不仅仅是某种道理,还有道理以外的情感陶冶。"黄乔生对周作人的认识是细腻而敏锐的,他的选本也是别出心裁的。

还有一些关于选集的题外话。黄乔生编选的《周作人卷》,不记得最初在何处买到此书,但一见之下,十分倾心,主要是装帧和版式均古朴和清雅,很合乎周作人的文章风格。我收藏诸多周氏散文选本中,这是装帧设计最好的一种,后来看设计,才知道是设计过河北教育社"周作人自编文集"的张志伟先生。"苦雨斋文丛"二〇〇九年一月由辽宁人民社出版,我陆续购得其中的各册,二〇一六年八月这套书又再版,封面换了样子,但内文版式还保留了原样。止庵编选的《周作人集》我存有两套半,其中一套系二〇一一年在万圣书园购得,另一套购自孔夫子网,因从万圣书园购买的书放在了之前的书房,一时难以找到,便又买了一套;而那半套,说来有些好笑,我在孔网上看到有册《周作人集》,封面为周作人的一帧照片,印制也很好,但之前从未见过这个版本,想来应该是特制的版本,于是立即购下。后来才知道,这个所谓的封面照片版,其实是此书的内封。我之前所买的书,却从未打开来看过内封,故而闹了个乌龙。但也看出这个选本的细致,一般做书,内封不会有这么讲究的。我对止庵的这个选本颇感兴趣,还有选文的配图甚佳,涉及"作者肖像、著作书影和文物照片"等,读来很有些旧时风味,亦可见出周作人特别的艺术修养。

二〇二二年九月六日

周作人与北京风土书

我在北京生活前后也快二十年了,与在故乡的时间基本相当。每每想了解自己生活的这片城土,就有读一点相关书籍的冲动。最先有意识去读的,应是姜德明先生编选的《北京乎》,这是汇编的一册现代作家关于北京城的书,编选和装帧皆佳,流传亦广。此后又读了三联书店印行的一册《抚摸北京》,乃是当代作家关于北京城的书写,其中第一篇,便是法语翻译家施康强先生谈姜先生编选的《北京乎》,亦谈自己在北京生活的感受,文章写得非常漂亮。后来又在网上陆续购得了几册谈北京的文章汇编册子,诸如郑勇编选的《北京城杂忆》、陈平原等编选的《北京读本》、陈建功编选的《卢沟晓月》、张莉编选的《散文中的北京》,都是名家美文的选辑,读来很有佳趣。但遗憾的是,所收文章多是各有侧重,读来未免杂乱而不成系统。也便由此而想系统读点关于北京城的闲书。北京古籍出版社和北京出版社致力于"北京古籍丛书"的出版,从一九六〇年整理出版明代蒋一葵的《长安客话》,一直持续到二〇一年印行清代孙承泽的《畿辅人物志》和孙齐逢《畿辅人物考》，前后将近半个世纪，先后出版相关书目八十册。近些年，北京出版社又陆续整理出版"大家京范丛书"，主要收集和汇编整理民国以来文人谈北京城的著作，诸如老舍、张恨水、张中行、邵燕祥这样的名作家，也有金受申、瞿兑之、翁偶虹、朱家溍这样的掌故名家。

　　北京出版社出版的两套关于北京城的丛书，乃是洋洋大观，对于研究者来说，真是一件功德事情。若有时间，一般爱好者也是可以慢慢读来的，其中欢喜，乃是可以自我分辨。但要是想取一瓢来饮，则是有些难的事情。恰好翻读周作人的文章《关于竹枝词》，其中多处谈到自己喜爱的有关北京的书目。他在为张次溪编选《燕都风土丛书》的题记中写道："所喜读的品类本杂，而地志小书为其重要的一类，古籍名胜固复不恶，若所最爱者乃是风俗物产这一方面也。"随他亦写到所见各地风物佳作，其中涉及京城的，"《藤阴杂记》《天咫偶闻》及《燕京岁时记》，皆言北京事者，常在案头，若《帝京景物略》则文章尤佳妙"。后在《十堂笔谈》中又写道："我们在北京的人便就北京来说吧，燕云十六州的往事，若能存有记录，未始不是有意思的事，可惜未有什么留遗，所以我们的话只好从明朝说起。明末的《帝京景物略》是我所喜欢的一部书，即使后来有《日下旧闻》等，博雅精密可以超过，却总是参考的类书，没有《景物略》的那种文艺价值。清末的书有《天咫偶闻》与

《燕京岁时记》，也都是好的，民国以后出版的有枝巢子的《旧京琐记》，我也觉得很好，只可惜写得太少罢了。"这几段话，几乎可以算作知堂老人对于北京风土书目的推荐了吧。

周作人推荐的北京书目，《帝京景物略》是明清小品中的名作，可不多作解释。对于《藤阴杂记》《天咫偶闻》《燕京岁时记》几册，他亦都写过文章或读书笔记，其中《燕京岁时记》乃是最为欣赏，不但作专文推介，而且采用其中材料，写过《结缘豆》等多篇文章，亦可见其喜爱之情。在这篇文章中，周作人写到他曾在此书的扉页写过一段题记："前得敦礼臣著《燕京岁时记》，心爱好之。昨游厂甸见此集，亟购归，虽只寥寥十三叶，而文颇质朴，亦可取也。"随后摘录《燕京岁时记》中佳妙处，以为其"最可取的一点"，恰在"琐碎"，并议论道："本来做这种工作，要叙录有法，必须知识丰富，见解明达，文笔殊胜，才能别择适当，布置得宜，可称合作，若在常人徒拘拘于史例义法，容易求工反拙，倒不如老老实实地举其所知，直直落落地写了出来，在琐碎朴实处自有他的价值与生命。"此文末尾，周氏又对他所欣赏的几册北京书目进行评价，但还是以为《燕京岁时记》更为他所爱，"唐涉江著《天咫偶闻》，纪北京地理故实，亦颇可看，可与《岁时记》相比，但唐书是《藤阴杂记》一流，又用心要写得雅驯，所以缺少这些质朴琐屑的好处。""北京古籍丛书"收录此册，且与《帝京岁时纪胜》《人海记》《京都风俗志》合编一册。

与《燕京岁时记》相仿的，还有一册蔡省吾的《一岁货声》，乃是周作人从弟子沈启无处借来的，"记录一年中北京市上叫卖的各种词句与声音，共分十八节，前列除夕与元旦，次为二月至十二月，次为通年与不时，末为商贩工艺铺肆"。周作人欣赏《燕京岁时记》与《一岁货声》这样并非名家的作品，自有特殊的时代背景，又有其对新文学写作的一种期待。由此议论道："自来纪风物者大都止于描写形状，差不多是谱录一类，不大有注意社会生活，讲到店头担上的情形者。"又说："我读这本小书，常常的感到北京生活的风趣，因为这是平民生活，所以当然没有什么富丽，但是却也不寒伧，自有其一种丰厚温润的空气，只可惜现在的北平民穷财尽，即使不变成边塞也已经不能保存这书中的盛况了。"周氏此文作于一九三四年一月，当时的北京城已经作为文化古城，并改名北平，故而才有周氏的这般喟叹。蔡省吾的这册《一岁货声》很是少见，近来北京出版社的杨良志先生将自藏的一册，与周作人的文章一起影印出版，印数很少，读过的人应该不多。其实，蔡省吾还编过《北京岁时记》《燕城胜迹志》《燕城花木志》，前者与《燕京岁时记》体例相仿，后两者则有《帝京景物略》的趣味，内容亦甚可喜，周作人应未见到。

周作人提及的《藤阴杂记》《天咫偶闻》，他都写有题记，收录在《书房一角》之中。这两本书大体都是掌故笔记，周氏以为《藤阴杂记》"太近诗话"，"常不免有骨多肉少之感，《偶闻》则无此恨矣"。两书相比,他更喜欢《天咫偶闻》,并举例如下:"二十六年秋间卧病,阅清人笔记以自遣,见有可喜者随笔录其题目,凡阅五十余种,所选共六百则,《偶闻》十卷中计录出二十条,《杂记》乃一无所取,即脍炙人口之《阅微草堂五种》亦只取其八,大都不谈果报者耳。"至于《帝京景物略》和《旧京琐记》二书,前者或许太过有名,周氏并无专门文章论及。夏仁虎的《旧京琐记》似也未见他专门论之,此书记晚清京城掌故,"质朴琐碎",读来多有微讽之意。在旧京风土书目中,也倒是别具一格。黄裳在《谈掌故》中曾提及这本小书,"枝巢子的《旧京琐记》则是专记北京一地的掌故汇编,笔墨干净,娓娓可听,在同类著作中可为代表"。周作人还写过一篇《北京的风俗诗》,涉及清代的北京竹枝词,以"风俗人情为主者",他列举了所欣赏的四种,分为杨米人的《都门竹词》、无名氏的《都门竹枝词》、得硕亭的《京都竹枝词》和杨静亭的《都门杂咏》。这几册风俗诗,按周氏的说法,乃是"诙谐的风趣贯串其中",故而尤显特别。

周作人认为《日下旧闻》虽然写得"博雅精密",但都属于类书范畴,仅可供参考耳。至于此类书,代表作还有民国时期陈宗蕃编著的《燕都丛考》和李家瑞编选的《北平风俗类征》,也值得翻读。"北京古籍丛书"亦收此两书。作家肖复兴以写北京散文和掌故而闻名,他对这两本书称赞有加。在近期出版的散文集《燕都百记》序言中,肖先生列举了影响自己写作的几本书，除了这两本，还有张次溪编选的"燕都风土丛书"和侯仁之早年在英国利物浦大学的博士论文《北平历史地理》，后一册则属于学术论著。对于《北平风俗类征》，肖复兴认为此书"构成一幅老北京的风情画长卷"，而对于《燕都丛考》，则认为："如今所有书写或关注老北京的人，尤其是关注老北京城池与街巷的人，都不能不读这本书。"更有值得一提的是，《宇宙风》杂志在一九三六年先后刊出两期"北平专号"，并辑录成一册《北平一顾》，收录周作人、郁达夫、老舍、废名等名家文章甚多，其中就有周作人的两篇文章，分别是《北平的好坏》和《北平的春天》。此中关于旧北京的风土文章，后来各种文选，皆有从中辑选，包括姜德明先生编选的《北京乎》。《北平一顾》一九三九年印了第二版，后来并无再版，也没有收录在"北京古籍丛书"之中，我倒是偶然在光明日报出版社二〇〇〇年七月出版的《燕京风土录》中，发现选辑有此书，令我很感意外和兴奋。

二〇二三年四月十三日

废名谈新诗

《谈新诗》初版于一九四四年,由新民印书馆出版。其时,此书由十二章组成,系废名在北京大学任教时所写的讲义。抗战胜利后,废名重回北大执教,又完成了四个章节的讲义。我手边的这册《谈新诗》由人民文学出版社一九八四年二月出版,内容综合了废名两次讲义的内容,共计十六章,并附有废名完成于抗战前的一篇《新诗问答》。这册讲稿只有不到十四万字的内容,虽系薄薄的小册子,但对于认识现代诗歌,却常有令人耳目一新的地方。废名在讲课之时,正是新诗创作起步之时,所面临的状况更是历史悠久的旧诗传统。对于这种新旧共存现状,废名要称赞的却也只是他自己喜欢的新诗。在《新诗应该是自由诗》中,他论述道:"我那时对于新诗很有兴趣,我总朦胧的感觉着新诗前面的光明,然而朝着诗坛一望,左顾不是,右顾也不是。这个时候,我大约对于新诗以前的中国诗文学很有所懂得了,有一天我又偶然写得一首新诗,我乃大有所触发,我发见了一个界线,如果要作新诗,一定要这个诗是诗的内容，而写这个诗的文字要用散文的文字。"

关于这个观点，废名在这册《谈新诗》中多次地提及，诸如他强调说："中国的新诗，即是说用散文的文字写诗，乃是从中国已往的诗文学观察出来的。"这以往的诗文学，则"无论旧诗也好，词也好，乃是散文的内容，而其所用的文字是诗的文字"。再如："我尝想，旧诗的内容是散文的，其诗的价值正因为它是散文的。新诗的内容则要是诗的，若同旧诗一样是散文的内容，徒徒用白话来写，名之曰新诗，反不成其为诗。"还有，他分析说："我以为新诗与旧诗的分别尚不在乎白话与不白话，虽然新诗所用的文字应该标明是白话的。旧诗有近乎白话的，然而不能因此就把这些旧诗引为新诗的同调。"他为此举了元人马致远的小令"枯藤老树昏鸦，小桥流水人家，古道西风瘦马，夕阳西下，断肠人在天涯"，认为此诗"正同一般国画家的山水画一样，是模仿的，没有作者个性，除了调子而外，我却是看不出好处来"。他说古人关于同类景物的佳作还有很多，诸如"乐游原上清秋节，咸阳古道音尘绝，音尘绝，西风残照，汉家陵阙"，也是很好的。

有了这样鲜明的认识，废名在这册《谈新诗》里重点谈了十七位诗人的作品，其中包括胡适、沈尹默、刘半农、鲁迅、周作人、康白情、冯雪峰、潘漠华、应修人、汪静之、冰心、郭沫若、卞之琳、林庚、朱英诞、冯至、废名，而在第十三章谈卞之琳的《十年诗草》中，废名还谈了自己的一个编选一册《新诗选》的想法,并在这册《谈新诗》的讲义中付诸自己的行动:"中国的新文学算是很有成绩了,因为新诗有成绩。五代的词人编有《花间集》,南宋的词人编有《绝妙好词》,成为文学史上有意义的两部书。我们现代的新诗也可以由我们编一本新诗选了,它可以在文学史上成为一件有意义的工作。是的,我们新诗简直可以与唐人的诗比,也可以有初唐盛唐晚唐的杰作,也可以有五代词、北宋词、南宋词的杰作,或者更不如说可以与整个的旧诗比,新诗也有古风有近体,这不能不说是一件盛事。我劝大家不要菲薄今人,中国的新诗成绩很好了。"此一章节,系废名在抗战结束后重登讲台时所写,乃是他自谓有"公之于天下后世"想法的。

由此一来,我读废名的这册《谈新诗》,似乎就有了思路。废名对于新诗的见解、态度和认识,也大体体现在了他意欲编选的这册《新诗选》之中。在这些入选的诗人当中,胡适因为倡导白话文,并以《尝试集》最先来作白话诗,自然应有一席之地。废名用了三个章节从胡适的白话诗来论述新诗与旧诗的区别,为此选了胡适三首小诗。其他所选诗歌,多少不一,但从整体来看,废名最为欣赏的诗人则有刘半农、周作人、卞之琳、林庚、朱英诞,另外值得注意的是,最末一章系废名谈他自己的诗歌,并选录了七首诗。鲁迅因为新诗较少,选了一首,取其"古朴";郭沫若虽诗坛地位很高,但废名只选了三首,且提出了不同的意见;沈尹默、冰心、康白情、汪静之、冯至等人的新诗选录多少不一，且均有不满之处。而新诗创作之中，废名则对于新月派诗人最为不能苟同，且在谈论新诗时，他对新月派的代表人物徐志摩多有抨击，由此也表达了他对新诗的态度和意见。

不妨再来看看废名欣赏的新诗的格调。诸如刘半农，废名坦承他起初对于其新诗的创作并不认同，也少了解，直到因讲课需要将借来的诗集《扬鞭集》从头至尾读了一遍，结果"愈看愈眼明"，觉得和其是"新相知了"。于是选了刘半农二十首新诗，他认为刘半农的新诗，虽然"幼稚而能令人敬重，令人感好"，并认为刘半农的真正好处，在于"只是蕴藉的，是收敛的，而不是发泄的"。对于周作人新诗的评价，废名则干脆只抄了其十首作品，以此来表达自己的态度："我抄写这十首诗，每篇禁不住要写一点我自己的读后感，拿了另外的纸写，写了又团掉了。我觉得写得不好，写的反而是空虚的话。于是我又很自满足，我觉得我将周先生的诗选得很好，周先生的和平与文明的德行，平平实实，疏疏朗朗的写在这些诗行里了。我又爱好这些诗里一种新鲜气息，比'日出而作，日入而息，凿井而饮，耕田而食'还要新鲜，因此也就很古了。却又不能说羲皇以上，因为是现代的文明人。却又表现在最初的新诗里头。真真古怪，真真有趣，而且令我叹息。"

对于自己喜爱的诗人，废名从不掩饰自己的态度。谈及周作人的新诗，甚至以"无语"来形容和评价，而对于卞之琳、林庚和冯至的新诗，则更是有一种欣欣然的喜悦之态。"我把卞之琳、林庚的诗重新读几遍，我真是叹息，他们的成绩真是很好。冯至的十四行诗也很好。中国的新文学算是很有成绩了，因为新诗有成绩。"具体到对卞之琳的评价，他说自己总想对选出的诗歌写点意见，但这意见却往往难以写出来："因为卞之琳的新诗好比是古风，他的格调最新，他的风趣却最古了，大凡'古'便解释不出。"对于林庚的评价，也是有趣的，他选了林庚四首新诗，却津津乐道于如何只选此四首，并不是林庚的诗不能与卞之琳等人媲美，而是"就诗的完全性说，恐怕只有这四首诗了"，这意思便是他选的这四首诗都是绝好的，以至于他认为这个选法已"差自告慰了"，而对于林庚诗歌的评价，则是认为："在新诗当中，林庚的分量或者比任何人要重些，因为他完全与西洋文学不相干，而在新诗里很自然的，同时也是突然的，来一份晚唐的美丽了。"

或许还应该谈谈在现代诗坛上声名并不太为显著的朱英诞。废名对于这位北大的学生极为欣赏，他将朱英诞与林庚一起谈论，并谈起如此之论的因缘："真正的中国新文学，并不一定要受西洋文学的影响的。林朱二君的诗算是证明。他们的诗比我们的更新，而且更是中国的了。这是我将他们两人合讲的原故。"但他甚至对于朱英诞更为偏爱一些，"朱英诞的诗比林庚的诗还要选的多，也并不是说青出于蓝，蓝本来就是他自己的美丽，好比天的蓝色，谁能胜过呢？"废名谈诗从来不避嫌，对于其师周作人如此，对于其学生朱英诞也是如此，但又都是彻底和光明的。他在讲稿中谈到，朱英诞是林庚的学生，但他又常说自己也是废名的学生，"虽不是事实，我却有情，他作诗时年龄甚青，我将他同林老师合讲，是表示我对于后生总有无限的希望"。再来看看此讲稿的最末，他甚至要讲讲自己所作的新诗了，且自我辨析一番，也是甚有趣的："我的诗是天然的，是偶然的，是整个的不是零星的，不写而还是诗的。"且认为自己这种选法，乃也是"天下为公的话"。

当然，废名也谈他自己并不喜欢的新诗，由此也可更见他对于新诗的真实态度。诸如郭沫若，他就极喜欢其新诗《夕暮》，认为是"新诗的杰作"，且写得真是"天衣无缝"，而他则"甚是喜爱"，并且评价说："新诗能够产生这样的诗篇来，新诗无疑义的可以站得住脚了，不怕旧诗在前面威胁，也不怕新诗自己再生别的花样来煽惑。"但对于郭沫若的其他诗作，他却总有不满意的地方，究其原因，乃是"简直有一个诗情的泛滥"，这个在冰心的诗歌中也存在，他甚至把他们两位称为"夸大狂"，也只不过是"读着觉得很好玩"。对于新月派特别是其代表人物的徐志摩来说，乃是认为"徐志摩那一派的人是虚张声势，在白话新诗发展的路上，他们走得是一条岔路，却因为他们自己大吹大擂，弄得像煞有介事似的"。

他甚至还认为新月派走的是一条"歪路",尤其是他们追求的"商籁体",在废名看来乃是"白嚷一顿",不但打击了初期白话诗人的兴致,甚至还阻碍了新诗的生机。在废名的《新诗选》里,自然就没有新月派的一席之地了。

二〇一六年五月十四日

"我用我的杯喝水":
《念楼话书》编后记

为黄山书社策划"松下文丛"之时,我就有为钟叔河先生编选一册文集的想法。恰好读夏春锦兄整理的《钟叔河书信初集》,其中有北京谭宗远编选过一册《念楼话书》的记述。此书因故未能出版,其中的内容,也多收入后来出版的《念楼序跋》之中。但我以为,谭先生编选的这册《念楼话书》,书名极好。一来,钟先生虽然出版文集甚多,但未有一册专门"话书"的集子,而钟先生自述他十七八岁做职业编辑,可以说,是与书打了一辈子的交道;二来,钟先生倾慕知堂文章,他编选的《知堂书话》,影响甚大,若此,也算一种呼应。但我不确定钟先生是否还愿意重新出版这样一册集子,他多次在文章中写道,自己的文字已经反复编选,炒冷饭就没有太大意思了。在有这个念头之前,我已将钟先生出版的数十种文集全部购来,逐一读过,甚为敬佩,认为再编钟先生一册文集,乃是大有必

我在《走向世界》的后记里写过："我的杯很小，但我用我的杯喝水。"这是法国诗人缪赛的诗句，是我工作和生活的座右铭。
———钟叔河

锺叔河先生《念楼话书》

要。近年来,我在编书和写作中,极力倡导中国文章应有古朴清明之气象,乃是文章质朴,思想清明,郁郁乎文哉,锺先生的文章乃是最有代表之一种。我来策划"松下文丛",也便是把这种古朴清明的文章风格作为标准,《念楼话书》岂能不编选乎。

编选《念楼话书》的想法定下后,先请与锺先生交往多的朋友询问意见,然后才与锺先生进行沟通。此事原本想来比较困难,但做起来,却简单了不少。查平日纪事,有关《念楼话书》的情况,如下:"二月十八日,上午,王平来信息,'锺先生同意你们编《念楼话书》'。""四月十六日,上午,锺叔河先生来电,告知《念楼话书》因是多年前谭先生编选,自己已经忘记目录了。我告诉他,谭先生和《芳草地》编辑拟补充完善,他说那就好,因我对其文章比较熟悉,发稿前由我看一遍,他就不再看了。""五月二日,放假第三天。与张月阳联系,拟由我来编《念楼话书》,分'书人书事''关于《走向世界文丛》''关于周作人''谈书一束'四辑,这样编会很有意思。其中'书人书事',可以谈买书、读书、出书以及与他相识相知的友人;'谈书一束'这一辑,谈他编的书以及他所读的一些书,着重书评之类。""五月三日,放假第四天。早起到中午,将锺先生的书翻读一过,重新编选了目录,为所编文章查对了时间,找到一份《念楼话书》的'小引',可用来作为新版的序言。拟在第一辑'书人书事'里加一篇《念楼自述》,第二辑'关于《走向世界文丛》',加几篇关于此丛书的访谈;第三辑'关于周作人的书',加'致谷林书信选';第四辑'谈书一束',加锺先生题跋一组。这样编出来的书,才好看。"

此后,我又请锺先生对我的编选过目,并请其再写一段补记。"五月六日,上午,给锺先生写信,连同《念楼话书》的目录文件一并用快递寄给他。""五月十一日,下午,把《念楼话书》的目录发给张月阳,她表示工作有些繁重。我把编选的想法给她说了,主要是通过一本书了解锺先生的编辑历程和心路,她表示期待。……下班时,接到锺先生来电,告知已为原来的《念楼话书》所写'小引'补了几十个字,随后寄我,收到后请给他电话。写好编后记,也给他看看。我说稿子校样编好了,会给他看,他说是我的作品,年龄大了,就不看了。""五月十三日,晚,收到锺叔河先生快递信件。有封五月二十日的信,内容为'航满先生:原来写在复印件上的系草稿,请以此件为准,谢谢! 锺叔河 5.20.'五月十三日收到的信,却写成五月二十日,实际时间,应该是他给我电话的五月十一日。后附《补记》。"以上日志摘录,对我这个读书槛外人来说,乃是幸运的。在编选这本《念楼话书》之前,我与锺先生有过交往,并不算深,但我们都算是知堂文章的爱好者。去年我逐一读过锺先生文集后,曾写过一篇《念楼文集品藻》的长文,后收录在文集《雨窗书话》之中,锺先生读后,认为我对他的文章还算了解,故而愿意放手让我来编。

中秋过后，收到黄山书社张月阳女史寄来的校样，于是着手来写编后记，谈谈我编选这册《念楼话书》的想法。辑一"书人书事"，收锺先生文章十八篇，这是与以往"书话"集子所不同的地方，乃是主要谈锺先生与书有关的记述，也是此书最为好看的一章。此中文章，谈买书、读书、印书，如《卖书人和读书人》《油印的回忆》《学〈诗〉的经过》《买旧书》《依然有味是青灯》《左右左》《水浒葉子的往事》；另一部分则是怀人文章，但也多与书相关，或是对他编书写书多有关怀的前辈，或是多年相交的友人，或是相敬如宾的伴侣，均是文情俱胜的佳作，其中尤以《记得青山那一边》《润泉纪念》《〈青灯集〉自序——纪念朱纯》三篇，读后令人低回。值得一提的是《念楼自述》与《左右左》两篇短文，或有总结与反思之意味。在《左右左》中，写到他的坎坷经历，其中有"文革"中的狱中体悟："我们苦恼的，是'四人帮'做主的中国脱离了人类发展的正道，脱离了文明进步的正轨。世界进步了，而我们停滞在后面。我们是看过外面的世界的，主要是通过阅读，书籍就是看世界的窗口。""我们谈得最多的是，中国的出路，看来只有'走向世界'这一条路。如果中国能够打破禁锢的状态，走向全球文明，我们的问题就解决了。"

辑二"'走向世界'及其他"。锺先生与书相关的事情，最重要的，莫过于策划并编选《走向世界丛书》，此举从二十世纪七十年代末着手，前后十余年，成书百余册，并由《走向世界丛书》,写作系列论说和介绍,故而从原拟定的"关于《走向世界丛书》",改定为"'走向世界'及其他"。此辑除收集《〈走向世界丛书〉总序》,以及其他编写前言多篇,还收录了相关文章三篇,其一是《柏林寺访书》,谈锺先生为编选《走向世界丛书》中的一部书稿,特到京城访书的纪事,乃是这套丛书问世的前传;其二是《记钱先生作序事》和《钱锺书和我的书》,系这套"丛书"的一段佳话,也是后续的影响;还收两篇锺先生的答记者问,可谓对这套"丛书"的"编者自述",也有意义。锺先生编选《走向世界丛书》,乃是在忧患中的书生自觉。他在《〈走向世界丛书〉总序》中写道:"一个国家和民族从中世纪进入近代和现代的历史,往往也就是它的人民打开眼界和走向世界的历史。"在一九八五年十二月与《香港书展特刊》记者《谈〈走向世界丛书〉》中,锺先生特别谈道:"当改革和开放已经被确定为国策但还在不断受到干扰和怀疑的今天,回看第一代'走向世界'的知识分子们所走过的道路,至少可以起到一点帮助打开门窗而又防止伤风感冒的作用吧。"

锺先生编选的《走向世界丛书》,倡导中国走向世界,融入世界。更为可贵的是,他的这种行动,是在四十多年前的那个乍暖还寒的特殊时期,意义尤其不凡。在 2008 年回答《新京报》记者提问时,他这样谈道:"'文革'使中国脱离了世界文明的正轨,走上了错路。而其所以如此,所有中国人尤其是中国知识分子,包括我们自己,这几十年来的作为或不作为,也是有责任的,我们实际上是被自己关起来了。"又说:"中国的问题,不是哪一个人受屈不受屈,受的待遇公正不公正的问题,归根结底是一个要不要走向世界、能不能走向世界的问题。走向世界,不是说我们要过外国人的生活,买奔驰、林肯牌轿车,而是要走向全球文明。"锺先生还说:"我编的这套书,是十九世纪末的人写的,到现在一百多年了。""至今还有人看,说明一百多年前的人对西方世界的观察至今还有意义,一百多年前开始的过程还没有完成。我们说还没有完成,好像是讲缺点,其实不是的。不是我们不爱国,而是爱得很,爱得很才会希望他快点进步。我们提倡爱国,就首先要努力使中国更文明、更进步,使中国更可爱。"他还说:"我觉得我们的明天应该是北京奥运口号所讲的 One World,也就是真正走向世界,共享全球文明。"

辑三为"周作人的书"。此辑收文近二十篇,主要系锺先生为他和友朋所编周作人著作所写的序言,另收《给周作人写信》《念楼的竹额》《难忘结缘豆》三篇,谈锺先生读周氏文章、与周氏交往等文章。又收《致谷林书信(选七)》,乃是他写给谷林的书信选录,其中所谈的也都是编选周氏文集的文章,这些文章充满温情。尤其是与谷林书信,可谓惺惺相惜,乃是如谷林所谈,"知己自在万人丛中也"。锺先生在二十世纪八十年代初,成规模成体系的编选周作人文集,是有开思想新风之功的。其间冷暖,如鱼之饮水。他曾多次谈到对周氏文章的喜爱,但亦多次表示,他对周氏的事功无力评价,只是做一些编书的事情。

然而，我读他的这系列文章，则是发觉多有月旦，尤以在被打成右派后，他在街头拉板车，又买纸写信给周氏，其中便有一段特别的评价："我一直以为，先生文章的真价值，首先在于它们所反映出来的一种态度，乃是上下数千年中国读书人最难得的态度，那就是诚实的态度——对自己，对别人，对艺术，对人生，对自己和别人的国家，对全人类的今天和未来，都能够诚实地，冷静地，然而又是十分积极地去看，去讲，去想，去写。"

钟先生曾在给我回信中写道："对周作人文章的喜爱，才去编他写他。"几十年来，他编选周氏文集，可谓百折不挠，也是成绩颇丰。除去早年岳麓书社的《周作人自编集》外，凭借一人之力，编选《周作人散文全集》十四卷，可谓功德善举。此外，他还编选《周作人文类编》十卷本，《周作人文选》四卷本，以及《知堂书话》《知堂序跋》《知堂题记》《知堂谈吃》《周作人美文选》等各类选本，又特别为周作人的《儿童杂事诗》作笺注，成一册《儿童杂事诗图笺释》。钟先生虽自言"只能辑其文，不能论其人"，但他对周氏文章的编选，本身就是一种评价。他在序跋中又多作点滴评说，有两处甚佳。其一系在《知堂序跋》的序言中，钟先生写道："他在中国学海军，在外国学建筑，而于学无所不窥：魏晋六朝，晚明近世，妖术魔教，图腾太步，释典儒经，性的心理，印度日本，希腊罗马，家训论衡，狂言笑话，无不从人类文化学的宏观，以东西文化比较的方法，来研究中国传统的思想，妙言要道，鞭辟向里。"在《〈亦报〉随笔》的序言中,他对周氏晚年的这些文章,也是充满欣赏,乃评价是"要言不烦,又疏密有致,给人留下思索和咏味的余地",又说,"这类小文继承了中国历代笔记文的传统,同时又吸收了欧洲十八世纪随笔文(Essay)的特色","和启蒙时期报章杂说的某种风格是一脉相承的。"这些都是很有见地的。

辑四为"谈书一束"。此辑收录锺先生编选《曾国藩家书》《念楼学短合集》《唐诗百家全集》《林屋山民送米图卷子》《过去的大学》等书的相关文字,又录他读书谈书的相关文字。诸如《〈潇湘絮语〉》《〈汉口竹枝词〉》《西青散记》《读〈胡适的日记〉》《理雅各译〈四书〉》《西关古仔》等,这些谈书文字,涉及风俗、笔记、日记、宗教、地理等,可谓杂学,而这些文字的做法,也可见他对"夜读抄"文体的承袭。《〈沈从文别集〉的装帧》一文是锺先生不多见谈书之装帧的,"书之装帧,可比人之化妆。真的美人固不必依赖化妆,恰当的化妆却可以更加衬托出人的美;相反地,不恰当的化妆也可以损坏一个美人坯子,更不必说俗气女人太蓝的眼眶太红的嘴了"。锺先生策划出版著作,多有一种朴素而淡雅的滋味,尤其是他编选的诸多周氏散文集子,无论装帧,还是版式,最能契合周氏文章的神貌。这是对周氏文章有很深体味的结果,也是锺先生编辑的一个重要特色,却是少人关注的地方。此辑还收录一组《题记几则》,则是对友人的赠书题跋或索题所录,也都是隽永有味的。这些题记,乃也是一种特别的"话书"文字,其中不少,都是对他自己集子的题记，包括《青灯》《笼中鸟集》《左右左》《题锺题》《念楼随笔》《念楼集》《书前书后》《偶然集》《天窗》《小西门集》等，可补本书未选与之相关文字的遗憾。

锺叔河先生一生经历坎坷，所幸与书为伴，成果多玉汝于困苦之中。与周作人结缘，乃是长沙街头拉车的惶惶然之际，而酝酿《走向世界丛书》，则是在九年牢狱的斗室之中。《学其短》系列文字，成于二十世纪八十年代末期，"说是课孙，其实也有点学周树人当年辫子军进城后躲在绍兴县馆里抄古碑的意思"。《儿童杂事诗图笺释》成书于二十世纪九十年代起步之际，也是同样心境。这种心境，很长一段时间都充盈其间，故而有时未免有所流露。在一九八八年九月二十日给谷林的书信中，便有这样一段话："在湖南，当右派、坐牢时无论矣，七九年以来，算是改革开放了，而始终不能摆脱寂寞之感，有时甚至有一种独行深山时那种无端的恐惧，往往随即转为烦躁：难道老是这个样子么？"此时的锺先生，已离开岳麓书社总编辑岗位，计划中的数种丛书，无从继续，困难重重，心境可想而知。但我甚为佩服他执拗的信念，正如他在《左右左》中对自己编书写作之回顾，以及为此所付出的努力，"现在的政治和文化还不完美，不是一种理想状态，我要使读者尽量认识到这一点。我的力量很微弱，能做的事情很少，但做总比不做好"。

二〇二二年九月二十五日

陈乐民的士风

在书店翻到友人陈卓策划的"陈乐民作品新编",其中有一册文集《山高水远》,系陈先生的一些怀人忆旧的散文合编,十四五万字。此书做得很精致,也很小巧,令人颇感舒服。很快将陈乐民的文章读了一遍,感到陈先生的文章之佳,乃是言之有物,颇有深度,又不失文人情趣。难得的是,陈先生的文章极简洁而有味,显然是很受中国传统文章的影响的。陈先生是研究欧洲思想的学者,生前曾任中国社会科学院欧洲研究所所长,显然是位学问中人,但在学问之余,又能写一手漂亮的散文。由此来看,陈先生是一个典型的中国知识分子,在思想上深受西方现代文明的影响,他多次在文章中坦陈,自己是很受康德思想的影响的,对康德的启蒙思想甚为佩服;而他在情趣和文章上,却是深受中国传统影响的,他喜欢杜甫的诗,爱读张宗子的文章,余时又常常研习中国书画,并以此为乐。陈先生的书画作品,格调极高,但在其生前,却甚少示人。陈先生仙逝后,我曾先后购得他的两部书画集《一脉文心》和《士风悠长》,都是大为吃惊的。有个小细节,很可见陈先生之雅致。十多年前,资中筠先生翻译了美国畅销小说《廊桥遗梦》,陈先生为这部小说的每个章节题写了书法标题,乃是倍增文士之清趣。

读这本《山高水远》,很能想到范仲淹《严先生祠堂记》中语:"云山苍苍,江水泱泱;先生之风,山高水长。"在《山高水远》中,陈乐民追忆了与自己曾经工作、求学、交往的诸多前辈和师友,诸如陈翰笙、李一氓、李慎之、董乐山、宗璞、蔡仲德等,其中曾与他在世界和平理事会一起工作的老领导李一氓,对陈乐民的影响最大。这种影响,既包括作文的要求、个人的趣味,还包括立身修养、为人之道等。某种程度上来说,李一氓似乎是陈乐民人生行止的一种追慕对象。在文章《不应忘却的记忆》中,陈乐民回忆了他"师承"的三位前辈,包括他的小学老师黄炳臣、从未谋面的前辈学者朱光潜,以及自己的老上级李一氓。而对李一氓的回忆,其中有一个细节,很值得品味。陈先生写道,20世纪50年代中期,他被安排到维也纳,与李一氓在世界和平理事会工作,经常会写一些报告,多由他先起草,然后再由李公改定。"他改得很快,三下五除二把烦冗拖沓的枝蔓都一概砍去,就像鲁迅说的,把小说压缩成sketch,毫不可惜。他改后由我抄清,就在这一改一抄之间,我渐渐悟出了一条作文之道:删繁就简难于锦上添花。写文章,我得益于他不少;这种影响是潜移默化的,不知不觉的。"

除了文章之道，李一氓对于陈乐民的影响，还在于生活情趣方面。李一氓雅好诗词，热衷文物鉴赏，又能写一手特别的毛笔字。陈乐民在文章中写道："与这样的领导相处，追随左右，那种徜徉文事的氛围，自然如鱼得水。"他还说，"氓公予我的教益，即在于这种日常的熏陶。"李一氓对陈乐民的另一个特别影响，便是淘旧书和对于古籍的态度，其中也体现出他们对于文化乃至人类文明的一种态度。在纪念文章《潇洒氓公》中，陈乐民写道，李一氓的一个爱好，便是喜欢逛旧书店，他不但是北京琉璃厂的常客，维也纳大大小小的旧书店，也都有他的踪影。而李一氓有一个不为人知的行为，便是常常将自己中意的旧书买下来，粗粗浏览之后，便寄回国内相关单位。因为在那个时候，国内是很难见到这些西方旧籍的。他将这些旧籍寄回国内，有时兴起，还会写上几句评介，然后再由陈乐民负责包装付邮。这些点滴的旧籍评介，不少后来都收录在了《一氓题跋》之中。陈乐民还特别介绍，当时氓公在海外，除了一般的参考书之外，很留意搜集马恩著作的早期版本和毛泽东在海外著作的首印本。另外，他还搜集杜诗的各种外文译本，并将搜集到的珍本，捐赠给了成都的杜甫草堂。这些，李一氓都有十分珍贵的收获。

这种对于旧书的爱好和态度，有李一氓对他的影响，也或许是他们在性情爱好上的惺惺相惜。李一氓后来将自己珍藏的古籍，都捐给了图书馆或博物馆。对于氓公的作为，陈乐民虽不能至，心向往之。陈乐民也是一位爱逛旧书店的书虫，其对待旧书的态度，也多少有一些氓公的影子。在文章《关于"书"的一个小故事》中，陈乐民便谈及自己经历的一个与"书"有关的小故事。改革开放初期，他在国家图书馆（那时叫"北图"）位于文津街的老馆，翻检书目时，竟然发现了一本一八一九年版本的《卢梭全集》（第一卷）。这册一百多年前的旧书，很厚，大开本，封面已经没有了，扉页还在，纸质也已经发黄，有些地方还有破损。更令他感到有些意外的是，他发现这本书中的许多书页上，还写有密密麻麻的毛笔蝇头小楷的长篇眉批，圈圈点点。陈乐民推测，这本书很可能是清末民初到过巴黎的人带回来的，而后辗转到了北图。显然，这是一册善本。一个月后，陈先生归还北图此书，并写了一封短信，其中有两点声明，亦是特别有趣的，不妨抄录在此："一、书里的'眉批'是原来就有的，不是我干的；二、书本来就没有封面，破损处也是原有的。"他还建议，"这样的书应属珍本，不宜携出馆外（潜台词：反正我已看过了）；并且应该修整。"

"文革"后，琉璃厂的中国书店得以重新开张，其中不少是"文革"时抄家抄来的旧书，陈乐民在琉璃厂买到了曾经失去的《春秋左传》《毛诗郑笺》《通鉴辑览》等旧书古籍。有次，他在琉璃厂的四宝斋里，发现一册《韩昌黎集》，版本不俗，标价只有四十元。在他正要付款时，收款员却告知，需付外汇券，且还告知，东洋人喜欢这东西。陈先生回家后，给政府写了一封信,口气委婉,措辞严厉。过了半个月,那家书店的负责人亲自登门道歉,并带了两种版本的《韩昌黎集》。离开陈先生办公室时,这位书店的负责人很不解地问道:"您在欧洲研究所工作,为什么对韩愈有兴趣?"他答道:"我在欧洲研究所,为什么就不能对韩愈有兴趣?"对于这个问题,陈先生没有直接答复,但在他的多篇文章中,却是可以找到答案的。文章《氓公的风格》中,他写到了李一氓代表中国到巴黎参加世界和平理事会,会后特意拜访了担任主席的著名物理学家约里奥·居里。那日,两人不谈会上的政治纷争,话题都是中西文化,涉及美食、音乐、绘画。陈先生特别感慨:"他(氓公)和别的外国朋友交往,也常是因时常谈些艺术之事而相熟,人们都赞他是学识渊博的人。"显然,对于氓公的博学,陈乐民是甚为仰慕的,这些都流露在他的字里行间。

二〇二一年三月三十日

喝茶、读城与文坛掌故

施康强自称"都市的茶客",他在文章《茶·咖啡·历史》中写道:"一个读过几本古书,喜欢喝几口茶的当代中国人,如追慕古人的风雅,又有机会旅行,倒是在小城市,小地方,有时能有意想不到的发现。"随后,便举了两个例子作为佐证:"滁县琅琊山醉翁亭的茶室设在古梅亭,环境幽邃,茶客极少,得一静趣。安庆迎江寺的茶室,茶客可把椅子拖到颇有一把年纪的木结构阳台上就坐,晒太阳,远眺隔江池州的芳草嘉树,仰观悬在檐下的红木宫灯,得其古趣、野趣。"在《茶馆古今南北谈》中,他历数南北各地茶馆,对南京的茶肆最为称赞,尤其是鸡鸣寺的茶社,"在鸡鸣寺内豁蒙楼头占一副临窗的座头喝雨花茶,俯览玄武湖,远眺钟山,苍翠之色倒映入茶杯中,茶味添上了历史味,似乎醇厚了许多"。施康强还写过《成都的茶馆》《长沙品茶记》《三味茶寮》等篇章,皆有佳趣。还有一篇《书店饮茶记》,谈到他在巴黎拉丁区的一家旧书店买到一册心仪已久的初版插图本,且发现这家旧书店还有茶座,可供他立刻"把玩、展读","店堂后部两张圆桌,几把椅子,桌布瓶花、细瓷素盏,几件简单的道具便营造了一种环境,造园在于善借景,这个茶座以四壁图书为借景,使茶客仿佛置身一位藏书家的书房"。

施康强是著名法语翻译家,翻译过巴尔扎克的《都兰趣话》、阿兰的《幸福散论》、雨果的《巴黎圣母院》等文学名著,还翻译过《萨特文论选》等学术论著,可谓成绩斐然;他还能写一手漂亮的文章,出版随笔集《都市的茶客》《第二壶茶》《自说自话》《牛首鸡尾集》和随笔选集《秦淮河里的船》。在我的印象中,施康强是一位职业的法语文学翻译家,其实并不然。这些成绩,都是他在工作之余的兴趣使然,故而这样去理解他的"闲余不妨修其胜或不胜之业"的论述,也更能理解"都市茶客"这个特别的称谓,尽管他是好品佳茗的。除了谈饮茶之外,他对于城市文化特别关注,在《都市的茶客》中有两个小辑,则是分别谈南京和巴黎的;在《第二壶茶》一书中,列有"三都赋",则是他谈南京、上海和北京的文章多篇。施康强在序言中谈及,北京是他求学、就业和定居之地,上海是他的"生身之地、父母之邦",而对于南京,则是因为喜欢,是受了《儒林外史》《桃花扇》和《板桥杂记》的影响,甚至还调侃说:"老冒傻气,总想在早就没有旧院和长坂桥的秦淮河畔寻觅一点残脂剩粉,或者碰上个把'菜佣酒保,犹存六朝烟水气'。"

施康强关于城市文化题材的文章相比其他，写得甚好，影响也大。诸如关于北京城，他有两篇文章分别为《北京乎！》和《砖塔胡同》，不但收录在生活·读书·新知三联书店出版的文选《抚摸北京》之中，而且《北京乎！》还作了这册文选的领头。但他写得最有名气的，还是关于南京城的诸篇文章。香港作家董桥对他的这些文章也是颇为称道。在文章《抚想当年鬓香钗影》中，董桥写道："我早就拜读过施先生的《都市的茶客》，格外喜欢书中'秦淮河里的船'那几篇文章。"又评价说，"施康强先生的文章仿佛带着余怀重临秦淮河指点屐痕，谈吐一旧一新，都可诵。"在文章《为红袖文化招魂》中，对于施康强文章的议论，似更精到，其中或有惺惺相惜之处。"我很喜欢读他写的这一路文章，所录古今典籍的片段虽然琐碎，竟更见韵致。他的文字简练而流丽，实在也很适合铺陈那样高雅颓废的流金岁月。余怀的《板桥杂记》固然凄艳，施康强最近一篇《说不尽的金粉秦淮》，也多情如媚香楼前呢喃的归燕，引人幽思。这种板桥意识和白门心态，往往加倍贴紧线装知识分子的情怀，兴之所至，随便读两段、写几行就全露出来了。"

《秦淮河里的船》《说不尽的金粉秦淮》《媚香楼记》《夫子庙的歌女》等篇章，堪称施康强的文章名篇。读这些文章，一点也看不出作者的法语翻译家的身份，反倒像是董桥形容的"线装知识分子"。曾为北大同窗的旅英小说家裘小龙曾在一篇文章中写他对施康强的印象："我在刊物上读到了施康强写的多篇散文,出乎意料地充满了旧时江南才子的气质和情怀,博学儒雅却又有着现代感性。"这些旧时江南名士的气息,显然更让施康强迷恋,但他确实又不迂腐,而是有着一种现代知识分子的感性头脑。这倒令我想起多年前读他写过的一篇关于嘉兴吴藕汀的文章《最后的名士》,那篇文章不仅仅赞叹这个江南文人高雅的趣味,更是欣赏吴藕汀以及沈侗廎、庄一拂几位嘉兴文人身上的书生品质,以及他们在文化涂炭年代而付出的惨痛代价,他甚至在文章中不无遗憾地写道:"嘉兴旧称嘉禾,藕汀先生喜以'禾郡''禾中'指称故里。三位先生组成的'名士'群体,在下颇欲以'禾郡三子'称之。三子咸归道山后,名士一脉不仅在嘉兴,恐怕在江南,甚至在整个中国自此绝矣。无可奈何花落去,中国文化史又翻过一页。"

我很喜欢读施康强的这些随笔文章,他的五册随笔集子也都想法儿收集,一一细读过了。他的文章格调,与我近年来欣赏中国文章的古朴清明很是契合。其实,他写域外游历的不少文章,也是很可读的,诸如散文《比利牛斯山中琐记》,就很像一篇明清小品,但又有一种现代知识分子的孤独气息。他的不少谈读书、说文人、论翻译的文章,皆很有见解,视野开阔,思维现代,读来令人耳目一新。这些文章旁征博引、含英咀华,显示出翻译家的文字敏感,又有多年来对于古典汉语的浸淫。诸如《众看官不弃〈海上花〉》,不但介绍了这部《海上花》晚清小说,更是耐心介绍了张爱玲将这部方言小说译写成现代汉语的得失，而他尤对张爱玲为此书所写的"注译"颇为赞赏，以为"有点像钱锺书先生注宋诗，更像周作人的书话"。还有一篇《青木正儿·绍兴酒·回译之难》，谈的是周作人晚年翻译日本汉学家青木正儿的文章《谈中国酒肴》。青木正儿的文章引用了梁章钜的《浪迹丛谈》中关于绍兴酒的一段文字，或许周氏不便查阅，直接用文言进行了"回译"。这本是一个很小的细节，但施先生却能细细品味，以为周氏"回译"虽然高妙，但毕竟文言使用的语境已大为不同，难免会有失误。这是为数不多对周氏文章指瑕且能言之成理的一篇。

二〇二三年五月十二日

我的老师陆文虎

《一子厂闲话》是我的老师陆文虎先生的第六本著作。此前,文虎师曾于一九八九年出版文集《风格与魅力》,一九九二年出版文集《"围城"内外》,一九九七年出版文集《钱锺书的文学世界》,二〇〇三年出版文集《荷戈顾曲集》,二〇〇四年出版文集《"围城"内外》(增订版)。这些著作我都读过,其中《风格与魅力》系文艺评论集,多数内容都收在后来出版的《荷戈顾曲集》中,而一九九二年出版的《"围城"内外》,增订后于一九九七年在台湾书林出版公司以《钱锺书的文学世界》出版,后又再次增订,于二〇〇四年出版。由此可见,文虎师著作其实并不多,二〇〇三年出版的《荷戈顾曲集》与二〇〇四年出版的《"围城"内外》,总结了他之前所写文章的精华,前者系文艺评论集,后者则是研究钱锺书的结集,这也是他写作的两个主要内容。这两本书我都很熟悉,因为我二〇〇四年到北京读书,恰逢他的两本文集先后出版,故而第一时间便读了。读《荷戈顾曲集》,还因为当时在写一个文学

二〇二三年秋，和陆文虎老师（左）在北京香南雅集。

史的课题，而读《"围城"内外》，则是文虎师相赠。《一子厂闲话》是他二〇〇三年到二〇二〇年十七年的文章结集，也可以说是他的第三部文集。这部文集的主要内容，依然是他关于文艺评论和研究钱锺书的文章结集，不同的是，在这两个写作内容之外，他还写了一系列的"闲话"，均是很可读的。

相比来说，《一子厂闲话》我更为熟悉。这本书的所有文章，我都是在问世后第一时间读过的，有些甚至还在未曾发表时就读过了。很有意思的是，这本书其实是他在微信公众号《五读》开设的专栏。对此，有必要介绍这个曾由文虎师主编的《五读》，其创刊于二〇一八年十月九日，终刊于二〇二〇年十月二十四日，历经两年多，共出刊一百期。在《〈五读〉开场白》中，他这样写道："'五读'者，五人读书也。五位读者，五十年君子之交，亦近乎目击道存也。东君居山之东，号五朋馆；西君籍河之西，号一子厂；南君常客岭南，号两海轩；北君世居北京，号四明斋；中君坐镇中军大营，号三径庐。五十年前初识并订交于南国，半个世纪后在北地结伴读书。始于钱默存先生所谓'荒江野老两三人之事'有所领悟。虽白云苍狗，惟初衷不改，其乐何如，其幸何如。"《五读》的五位作者，系文虎师和他在厦门大学中文系读书时的四位同窗，他们好读书又阅历丰，这份《五读》，可以看作是他们五位同窗退隐林下后的定期雅集。《"五读"开场白》收在《一子厂闲话》中，题目改为《五人读书或好书读五遍》。这本书的序言中，亦有他对

"一子厂"的解释,"'子'是人,'厂'与'庵'音同义亦同,'一子厂'就是一个人的书斋,如此而已。"

《五读》开通公众号,我是第一时间读到的,也是一直跟读始终的。其中,文虎师的专栏为《一子厂闲话》,香港孙立川先生的专栏为《驽马十驾"歇"后语》,大连史振中先生的专栏为《三径庐小札》,北京曾利明先生的专栏为《四明斋散记》,青岛于吉阳先生的专栏为《五朋馆茶叙》。我最熟悉的,系香港的孙立川先生,因其亦研究中国现当代文学,后在香港天地出版公司任总编辑多年,结交师友众多,他的专栏便多是书人书事。史振中先生是《五读》诸友中写作最勤者,前期多写读书札记,后期则改为专栏《三径庐读经》,连载他的专著《金刚经释义》。曾利明先生长期在新闻单位工作,于吉阳先生阅历丰富,他们两位的专栏多谈游历和见闻,配之以图片,令人赏心悦目。《五读》最初开办,五位均定期有文章问世。文虎师对此刊甚为用心,精心策划,细心编辑,最为出彩的一期,则系二〇一八年十一月八日刊出的"金庸先生逝世纪念专刊",刊出五篇谈金庸的文章,其中文虎师的文章为《十一年前,我请金庸大师军艺论剑》,孙立川先生的文章为《秋夜怀金庸先生》,史振中先生的文章为《深深怀念金庸先生》,曾利明先生的文章为《只读作品　不问其他》,于吉阳先生的文章为《一个普通读者心中的金庸先生》。

我之所以在此费言诸多来介绍《五读》,乃便是与这本《一子厂闲话》直接相关，因它最先刊发了这些文章，亦催生了几位作者频频作文。《五读》终刊后，五位作者的写作也寂寥了很多。此外，《五读》的意义，还在于它见证了五位同窗的情谊，历经时光流逝而不改，按文虎师的解释，便是他们曾在厦门大学所接受的教育，影响至今。故而《五读》每期的封面，都是厦门大学的老教学楼。《五读》还是新媒体时代写作的一个特别案例，可惜因故而没能持续。更为值得注意的是，五位写作者，不仅都是大学同窗，还都是退隐林下，以读好书与好读书来隔空交流，并由此结识更多知音。在《五人读书或好书读五遍》中，文虎师写道："五人皆散淡之人，早无功利之心，读书只凭兴之所至，故某书千万言不以为长，某文寥寥数语不以为短。吾人以为读书无禁区，故天下之书，无所不读。且天地可读，古今可读，人生可读，人心可读，寓目之物，皆为大书，无不可读。"故而，《五读》发表文章虽杂，却都颇可读。除专栏《一子厂闲话》之外，文虎师又开设《一子厂书摘》，从推介《如何阅读一本书》始，陆续有《七十从心所欲》《谷物大脑》《海明威与骗子工厂》《一分为三论》《自私的基因》等，摘抄拾贝，启人深思。

《五读》文章多颇可看，而文章多而质量上乘者，应属文虎师的专栏《一子厂闲话》。如今，此专栏成书一册，重读旧文，依然精彩。其中最为可读的，我以为还要算是谈钱锺书的几篇，诸如《孤独的境界：对钱锺书先生的一种理解》《〈读钱锺书手稿集·容安馆札记〉第一条》《读〈槐聚诗存·序〉》《"文化昆仑"钱锺书》《关于〈围城〉,钱锺书说了什么?》《钱锺书与郑朝宗的管鲍之谊》《钱锺书先生赠我的几本书》等。这几篇文章中,《孤独的境界:对钱锺书先生的一种理解》系为钱锺书先生一百周年诞辰研讨会所作,由杨绛先生点名,后收录在丁伟志主编的《钱锺书先生百年诞辰纪念文集》,列为文集之首篇。2012年春节,我有幸陪文虎师看望杨绛先生,杨先生多次提及这篇文章,以为写得很好。此文发出后,我第一时间读后,亦曾作文论之,谈了自己的看法。《钱锺书与郑朝宗的管鲍之谊》一文,则系钱锺书先生去世二十周年所作纪念文章,记述了钱锺书与郑朝宗的交往。文虎师在厦门大学求学,拜师钱锺书的清华同窗好友郑朝宗。其时,正值《管锥编》陆续问世,郑先生便将四位研究生的研究方向,改为《管锥编》研究。文虎师便由此开始了业余研究"钱学",更得以与钱锺书成为亦师亦友的忘年交。

《钱锺书先生赠我的几本书》也是颇值一读的。此文谈钱先生曾将几册学界友人赠他的著作,转赠于文虎师,其中便有汪荣祖的《史传通说》、苏渊雷的《钵水斋近句论诗一百首附苏诗龚图风流人物无双谱》、程千帆的《程千帆诗论选集》、张岱的《四书遇》。这种好书转赠,可谓学林佳话,亦可看作钱先生对文虎师读书的一种指导。钱锺书先生诞辰一百一十周年,他写了这篇有文献价值的文章。文虎师说他曾拟逐一辨识

《容安馆札记》，作为晚年自娱，后来得知有网友已陆续整理并公布于世，故而放弃了这个计划，书中所收《读〈钱锺书手稿集·容安馆札记〉第一条》便是他写的札记。《一子厂闲话》还有一篇《释典之智慧》，此系为同窗史振中《金刚经释义》所写序言，他自谦只能作为读后感。我很喜欢这篇文章，不仅仅因为此文写得从容，而且还写了他读佛典的体会。他说自己颇有佛缘，早年在厦门工作时，有幸结识福州鼓山涌泉寺的普雨法师，听其谈佛学典故，可谓启蒙。后来研读佛学典籍，还是读《管锥编》中谈及《全梁文·头陀寺碑文》的考论时，意外发现了钱先生关于佛学路径的点拨。由此，再看文虎师的读书写作，他对钱先生的学问，不仅仅是一种发自内心的敬慕，更是找到了一条高级又便捷的路径。这种近距离追随学术大师，是文虎师的幸运。

二〇二二年十月二十二日

君子文章

孙郁先生的《椿园序跋》快要出版了，作为这本书的策划者，我很想写点什么。主编黄山书社"松下文丛"，当时写策划方案，给编辑张月阳女史写了如下几段话："这套书每本十二至十五万字，考虑是做一个系列，展示当代汉语白话文章之美。以一套书的形式，把当代最会写文章的作家学者进行展示。这些文章家，既有老作家，又有中生代，更有年轻人，能够接续中国传统，又能有所创发。既有书卷气文人气，又能思想通达清明，这是这套书的理想，可谓有趣，有料，有味，有美。""中国现代作家学者能写一手漂亮文章的不多了，八股气，学究气，市侩气，江湖气多，此套丛书倡导书卷气，文人气，清明气，关键在选好作者。""此套书的目的：回归中国文章传统，接续现代大家文脉。"策划入选的作者，有张中行、锺叔河、汪曾祺、黄裳、孙郁、陆文虎、张宗子等。后来成第一辑时，黄裳先生的文集因故未能编成，张宗子先生的文集则拟在第二辑推出。孙郁先生文集甚夥，但我最想编的是他的序跋文集，并拟命名为《椿园序跋》。

在为书社写选题方案时,我给《椿园序跋》亦写了策划语,如下:"孙郁以研究鲁迅而出名,虽侧身学界,但孙先生文章温润优雅,颇具民国风度。《椿园序跋》选录孙先生序跋文章,亦是别样风景。孙郁乃是不折不扣的文章家,无论写正经文章,还是写闲话序跋,皆能自成风景,令人悦目。此集中的序跋文章,收录孙先生为自编文集所作序跋,同时也精选其为师友所写序跋文字,其背后显示了一个文人的见识与文采,亦彰显了一位学人热情宽厚的风度。"这段话草草写就,现在看来,还有其他理由。除了序跋文字自成一体,颇具文章之美,还在于阅读序跋文集,也便是对一个学者的写作谱系的梳理,以及对他关注和交游的一个观察,这是其他文集所不具备的特点。我把这个想法说给孙先生,亦得到他的认可。"松下文丛"是我第一次主持一个丛书系列,心里难免惶恐。想到支持的名家,首先便是孙先生和我的老师陆文虎先生。孙先生是温厚长者,我想他更多是成人之美,且不论难处,不惜羽毛,不计酬报,有君子之风矣。

之所以为孙先生文集取名《椿园序跋》,系刚刚读了他的集子《椿园笔记》,印象很深。他在此书后记末尾写道:"我现在住的这个地方叫长椿街,小区建在一座废弃的明清的老园子里。旁边是长椿寺、龚自珍故居等,四周新旧建筑参差,而古树尚存。有时看见这些在旧时光里过来的遗存,想起前人的一些形影，便有皆悉空寂之感，书名取《椿园笔记》，亦无别意，聊作一种纪念而已。"孙先生的这处住所，我曾登门拜访过一次。那个位于长椿街的小区，虽然稍显陈旧，但颇为清幽，给我留下了深刻印象。他的居所也是朴素的，客厅里一个很大的书架，满室书香。似乎孙先生并没有斋号，我看他把"椿园"作为书名，故而也借用来，作为他的新书的名字。查纪事，有二〇二〇年十一月孙先生的回信："我在广西北海开会，迟复为歉。书名很好。我回京后即可编辑。"然而，一个月后，出版社立项，我寄合同，他却因病住院了。出院后，我们再联系，已是二〇二一年春节过后，孙先生来信，告知书稿基本编就，病情也有好转。此年四月，他给我发来书稿，并在邮件中特别写道："我身体恢复得不错，勿念。您的文章越写越好，很有味道，可喜可贺。"

我急匆匆地催问书稿，此书却在出版社进度缓慢，前后两年多的时间，也是很无可奈何的事情。但此书终于能够出版，我觉得在孙先生的所有集子中，也是比较特别的一部，而我与孙先生作为结识十余年的忘年交，亦是堪为纪念的事情。孙先生的这部书稿中，第一部分收文三十一篇，均系他所出版集子的序文或后记，从早年他在群言出版社出版的《二十世纪中国最忧患的灵魂》所作的后记，到二〇二二年在台海出版社出版的随笔集《思于他处》所写的序言，时间跨度达到近三十年。而这其中，关于鲁迅的著述最多，达到十余本；其他著述，虽然谈得多是民国文人,但也基本都是与鲁迅相关,或者以鲁迅作为研究写作参照的。这其中有几本书,对我印象极深。一本是《鲁迅与周作人》,这还是在大学时读过的,也算是自己研读周氏兄弟的入门书,故而印象很深;再一本是《百年苦梦》,这是做研究生时读过的,记得还写了篇读后感,应该孙先生也是看过这篇文章的,我在鲁迅博物馆的年刊目录中见到有这篇小文章;还有一册《鲁迅藏画录》,系我去鲁迅博物馆参加一个学术活动,也是第一次见到孙先生,他会后持赠的。

孙郁先生的著作,还有三本,我读后印象也很深,此回集中读他所写的序跋,也颇有感触。其一是《鲁迅书影录》,此书我觉得特色鲜明,利用了鲁迅博物馆的原版藏书,并以书话的形式来谈,有资料,亦有鉴赏,系他人难作。我后来也想写一本《周作人书影录》,便是受孙先生此书的启发,但因资料所限,最终没有完成。另一本则是《周作人和他的苦雨斋》,这是一本谈周作人和他的弟子及友人的专著,却是以秀雅隽永的随笔短文写成的。孙先生研究鲁迅,但他对于周作人的写作风格亦是欣赏的。早在《鲁迅与周作人》一书的后记中,他就这样坦言:"我曾和自己的朋友说过,在我的身上,附着两个灵魂,一是鲁迅,一是周作人。这很类似周作人所说的'两个鬼'。有了这两个灵魂,便常使我徘徊于崇高与平凡、悲慨与闲适之间。我不知道为何选择了他们,心灵深处长久地缠绕着这两颗痛苦的灵魂。"还有一本,则是《汪曾祺闲录》。孙先生对汪曾祺的推举，可谓充满深情。此书也算是他读汪曾祺的一系列札记，本可以来写一本汪先生的传记的，却还是以他灵动而富有张力的笔触，写了一系列谈汪曾祺的短文，读来别有滋味。

孙先生的书，专著不多，《鲁迅与俄国》算一册，《民国文学十五讲》也算一册。后者曾在腾讯大厦举办新书讨论会，我亦受邀参加会议，列会的，记得有陆健德、止庵、李静、解玺章等师友。这册新书，我以为其一在提出"民国文学"这个概念，其二则是对戏曲、歌谣、旧体诗词等内容，予以特别关注。还有本《写作的叛徒》，系我去人大文学院拜访时，承他赠送一册。那几年，每年都要去文学院，听他谈谈最新读过的书，也谈谈我的写作。我的写作计划，零碎不成系统，却也总得他的热情鼓励。记得在校园散步，谈当下的文章写作，或许是为了鼓励我，他总是强调学院之外的写作，以为常有意外的惊喜，而学院体制化的写作，已经十分生硬了。黄裳、孙犁、汪曾祺、张中行等人，便是很得他的赞叹。我编选《中国随笔年选》，多次收录他的随笔，诸如《孙犁的鲁迅遗风》《"多"通于"一"》等，都是他寄来的，谈的便是孙犁和徐梵澄这样颇具个性的文人。后来，还选过《夏家河子》《瞭望到的星光》《复州记屑》等文章，多是忆旧随笔，写得从容而抒情，甚至胜于他的那些论说文字。这些随笔收在他后来出版的各种集子之中。

《椿园序跋》下编，系他为友朋所作序跋，计有三十四篇。

为他人作序，是个苦差事，但孙先生却能写得漂亮。我想一方面是他的学识和品味，另一方面则是他富含热力的感情。这一点，应是继承了鲁迅遗风。其中，是他对写作者的赏爱，亦有提携后学的古风。此编就有他为我的文集《精神素描》所作序言。当时我不过一个刚刚离开校园的写作爱好者，我们也仅有过一面之缘，却得到他的真诚鼓励。在给我的第一封信中，他这样写道："很高兴见到你。看过许多你的文章，印象很深，也很有力度。我们这个年龄的人基本已经过去，写不出什么好作品了。你年轻，基础好，相信一定能有很好的发展。"此后，我有机会出一本小册子，便冒昧请他作序。那时，他已离开博物馆，工作忙碌起来，但文章还是很快写好了。他在邮件中说："文章写出来了，只是一点印象，不一定合用，有什么意见，就不要客气告诉我。为人写序容易自恋，很危险的事情。看了您的文章，觉得基础比我们这个年纪好，相信您会越写越好的。"我还出过一个文学评论集子，请他写过一篇百余字的短文，印在书后，作为推介。这也算是一种序跋，或许他已忘记了。

二〇二三年四月二十三日

有了 Google 或百度，"吾衰矣"

《苦雾抄》是止庵的第十四本随笔集。他之前的十三本集子，我都买来读过，且写过一篇《止庵文集识小》。当代作家中，止庵是我不多一直关注且喜欢的。我读他的第一本书是一本小册子《六丑笔记》，记得是在南京图书馆的开架阅览室里借到的，当时只是觉得书名比较奇怪，写得内容也是我喜欢的方面。二十多年过去了，我从他的一位读者，变成了与他相识的忘年交，他的书，我也一直关注着。他曾送给我两本书，似乎他是很少主动赠人书的，一本是朋友介绍我与他认识，在三联书店附近，赠我一册《如面谈》；另一本是我去他家中拜访，他赠我一册刚刚出版的《茶店说书》，还特别赠了一页自印的藏书票。我后来编《中国随笔年选》，他是我遴选随笔最多的一位，总计有六七篇。有一年，他的著作《惜别》出版，我选了其中一章"母亲与读书"，有次在人民大学的一个新书讨论会上，他告知这篇并非全书最佳；由此他也多次推荐新作给我，其中便曾给我发来著作《画见》中的章节《画廊故事·女人（一到八）》，似乎那时候他还没有决定将这本书命名为《画见》。他还发来过一篇《我的父亲和他的诗》，收在这本《苦雾抄》中。

《苦雾抄》首篇为《春夜讲唐诗记》，刊发在二〇二〇年《文汇报》的《笔会》副刊上，我倾读之下，便是十分喜爱。当时新冠疫情肆虐，止庵在文章中说他宅在家中，晚饭后给家人讲解唐诗，每次选一家之作的四五首，或绝句，或律诗，或古风。《春夜讲唐诗记》共谈了五位，分别为王昌龄、贾岛、李贺、杜牧、陈陶，其中贾岛有两首诗，李贺有两首诗，每首诗谈一段，有点札记的意味，想来应该是从众多读诗笔记中摘选的。我非常喜欢他谈陈陶的《陇西行》，觉得意思很尖锐，似乎有暗讽的意味。他在文章中写道："累累白骨散落在荒凉之地，'春闺'也分布于天下各处。这正是此诗震撼人心的地方。"又写道："那些春闺梦是暖暖的、长长的，太阳升起犹迟迟未醒，同一个太阳也照耀着具具白骨，而这曾是一个个年轻、强壮、用'貂锦'装扮得漂漂亮亮的将士。一具白骨，对应一位梦里人，一处春闺。"《苦雾抄》还有一篇随笔《我与树与花》，刊发在二〇二一年《文汇报》的《笔会》副刊上，发表时还配了他家院子里一棵紫薇的彩色照片。这篇文章我也拟选在年选中，但这个选本的项目突然终止了。当时颇有一种特别的遗憾。

《春夜讲唐诗记》近于随笔，写自己的随感和读诗的札记，并不一定周全，但一定有自己独特的认识；《我与树与花》则应属于散文，叙写自己的故事，有着特别的生活体验。《在雪国重读〈雪国〉》，乃是他在日本寻访小说的故事发生地，并在此重读的札记，也是很有意思的。《关于李长声》《与友人谈游记书》等文章，大多属于这类随笔，写自己对人与事的见识，多不流俗。而《我所见到的奈保尔》《夏目漱石的几处遗迹》《北京故事》《喝茶》等，则属于叙事散文了。《苦雾抄》中还有几篇，诸如《周作人与希腊神话》《周作人与汤尔和》《张爱玲文学的与众不同之处》等，接近于学术论文，写得十分周密，但文章娓娓道来，不觉得生硬。尤其是《周作人与希腊神话》和《周作人与汤尔和》两篇，乃是有新材料，亦有个人见识，写得抽丝剥茧，颇见功力。止庵的诸多文集，每个集子都会收录几篇谈周作人与张爱玲的文章，这是他下功夫最深的两位作家，也是最能使文集显得有分量的地方。之前写张爱玲的文章，已经汇编成了一册《讲张文字》，但《苦雾抄》中的《也谈张爱玲与夏衍》尚未在列。他谈周作人的文章，如果汇编成册，那一定是很厚的一本著作。

在《苦雾抄》中，也可见出止庵的写作范围，大体有三个方面，一是文学随笔，多介于文学评论与文学论文之间，诸如谈庄子、唐诗、周氏兄弟、张爱玲，以及他感兴趣的一些中外作家作品，后者大体以中国现代作家和西方现代经典作家为主；另一则是谈日本，上述《关于李长声》，谈的其实是

"知日"这个问题,还有谈川端康成,以及他在日本参观作家故居的事情,这个爱好在他的日记体作品《游日记》中体现比较明显;还有一个则是谈北京,此书中收录的《我怎样写〈受命〉》《北京故事》《喝茶》《生火》《我与树与花》等,都与北京有关的话题,也都与他的长篇小说《受命》相关。止庵的长篇小说《受命》写的是二十世纪八十年代的北京故事,我很喜欢这部小说,说来很喜欢止庵在小说中营造的那种特别的氛围,读来很有种代入感。后来我想这与止庵的写作方式有关,他的小说写得也很像随笔,有些追求废名的小说的风味。止庵还有一个爱好便是看电影和观画,前者似乎很少写过东西,记得只写过一组谈电影与文学原著的文章,收在他的随笔集《拾稗者》中;后者则有随笔集,分别为《画廊故事》和《画见》。

在《苦雾抄》中,还有一个很值得注意的地方。止庵在文章中数次阐述的一个观点,便是对于信息泛滥时代写作者的思考。在《关于李长声》中,他这样写道:"如今在互联网上,信息的更新较之过去迅速得多,信息的查询也便利得多。对于一位作者来说,写作到底因此变得容易了,还是困难了;应该多写,还是少写;有些内容需要写,还是不必再写,都是无法回避的问题。'信息爆炸'之际,只有真正属于个人的声音才有可能不被淘汰。那种仅仅倚仗语言优势的'编译',同样很容易被替代。"在《我怎样写〈画见〉》中,他亦写道:

"从《画廊故事》到《画见》，差不多隔了二十年，其间最大的改变是网络在我们的生活中占据了重要的位置。从网上轻松地就能获取信息，譬如画家的生平逸事，美术史上的相关介绍之类，照搬这些东西放进书里——不妨称为'代人百度体'——毫无意义，也毫无价值。或者要说，这样写也无妨，总归有人懒得去查。对此我更难以置信，连网都懒得上的人，怎么会有精力读你的书，而且还要花钱去买。所以，如果不写一己之见就根本没必要写书。"文章《与友人谈游记书》中，也表达了类似的意思。

其实，在止庵《风月好谈》的封底上，也有过类似的表达："我刚开始写作时就想：世上已有那么多文章，为什么还要再写呢，一篇写完或多或少总要道出他人之所未道，或大或小总得消除某个疑问罢。到了互联网时代又增添了新的想法：网上可以轻易查到的东西，为什么还要耗费力气写成文章呢，有了 Google 或百度，我们应该写得更少才是。"由此，忽然想到止庵在文集《苦雾抄》的序言中所写的一段话："距前一本《风月好谈》出版已过了五年多，区区十万字竟写了这么久，甚矣吾衰矣。"当时读这段文字的时候，印象很深。若仅仅以随笔写作为例，这五年时间，他写的确是少了。后来想想，这便是典型的止庵式的自谦，乃至傲气。因为在这五年时间里，他写了一本随笔集《画见》，又写了一部长篇小说《受命》，还整理出版了一册《游日记》，再加上这册随笔集《苦雾抄》，不算其他编订的作品，成绩也算是很不差了。待读了《苦雾抄》之后，觉得相比过去，他的写作内容更为丰富，类型更为多样，而态度也更为审慎和清醒，这倒是给包括我在内的当今写作者的一个启发。这也可能是我持续关注止庵的一个理由。

二〇二二年八月三十日

我看《蒲桥集》

《蒲桥集》是汪曾祺生前出版的一册散文集。我买到汪先生的这册散文集系作家出版社一九九四年九月第二版,且已是第二次印刷,共五千册,可见其很受读者欢迎。汪曾祺生前出版的诸多著作中,这册《蒲桥集》最可让人称心,无论在内容、编排,还是在装帧、开本和版式等方面,都是堪称佳品的。此册收汪曾祺散文六十二篇,包括书前的《自序》一篇和书后的《自报家门》一篇。在汪曾祺的散文创作中,此书虽是他的散文的第一次集结,但也已基本将汪先生的散文佳作纳入其中,诸如《葡萄月令》《沈从文先生在西南联大》《星斗其文,赤子其人》《翠湖心影》《跑警报》《故乡的食物》等等。这册散文集列入作家出版社策划的"四季文丛",封面采用黄色,书名"蒲桥集"三字应系集自魏碑,封底还有一个瓦当鱼形纹,颇增古朴清雅之趣。全书二十一万三千字,定价八元一角五分。我的这册系从孔夫子旧书网上的书店购得。

我买过汪曾祺生前与身后的各种集子,但后来逐渐认识到收集和研读其生前著作版本的意义，于是便从网上购买了汪先生几乎所有生前出版的著作。老头儿生前出版的各类著作，我最喜欢的就是这册散文集《蒲桥集》，其次则是很喜欢他的文论集《晚翠文谈》，另外两册小说集《晚饭花集》和《菰蒲深处》也为我所偏爱。读汪先生的这册《蒲桥集》，有两个让我倍感惊讶的地方，其一是此书封面上印有一段关于此册散文集的介绍语，极具文采，乃可看作是一篇绝妙的小品文章。后来读其子汪朗在《老头儿汪曾祺》一书中的回忆文章，才得知此段文字系汪先生应编辑要求所写，故而可看作是他的一种自我评价："齐白石自称诗第一，字第二，画第三。有人说汪曾祺的散文比小说好。虽非定论，却有道理。此集诸篇，记人事、写风景、谈文化、述掌故，兼及草木虫鱼、瓜果食物，皆有情致。间作小考证，亦可喜。娓娓而谈，态度亲切，不矜持作态。文求雅洁，少雕饰，如行云流水。春初新韭，秋末晚菘，滋味近似。"

　　此册散文集另外一个让我颇为吃惊的地方，乃是汪先生的《自序》。这篇文章大约不到两千字，但已把自己的散文观、此书的缘起以及书名的来由均讲得清清楚楚。更为难得和让我惊讶的是，汪先生在这篇自序中，还谈及了中国古代散文的传统和当前散文的现状，可谓极具见识。特别是谈及中国散文的传统，仅二三百字便已道尽，乃是大家手笔也。此种胸怀和气魄，我还是初次见识："中国是个散文的大国，历史悠久。《世说心语》记人事，《水经注》写风景，精彩生动，世无其匹。唐宋以文章取士。会写文章，才能做官，别的国家，大概无此制度。唐宋八家，在结构上，语言上，试验了各种可能性。宋人笔记，简洁潇洒，读起来比典册高文更为亲切，《容斋随笔》可为代表。明清考八股，但要传世，还得靠古文。归有光、张岱，各有特点。'桐城派'并非都是谬种，他们总结了写散文的一些经验，不可忽视。龚定庵造语奇崛，影响颇大。'五四'以后，散文是兴旺的。鲁迅、周作人，沉郁冲淡，形成两支。朱自清的《背影》现在读起来还是非常感人。"

汪曾祺的这篇序言作于一九八八年六月十日，他在序言中强调道："但是近二三十年，散文似乎不怎么发达，不知是什么原因。其实，如果一个国家的散文不兴旺，很难说这个国家的文学有了真正的兴旺。散文如同布帛麦菽，是不可须臾离开的。"在分析完当前散文的形势后，他对于散文的衰落有一个很重要的观点，其原因之一，"可能是对于传统重视不够"。而他认为当代散文创作的一个弊病，便是"过分重视抒情"。他进一步强调说："散文的天地本来很广阔，因为强调抒情，反而把散文的范围弄得狭窄了。过度抒情，不知节制，容易流于伤感主义。我觉得伤感主义是散文（也是一切文学）的大敌。挺大的人，说些小姑娘似的话，何必呢。"为此，他最后道及自己的散文观，乃是："我是希望把散文写得平淡一点，自然一点，'家常'一点的，但有时恐怕也不免'为赋新词强说愁'，感情不那么真实。"汪先生还是聪明，批评之余也不忘记为自己留有一定余地。

读汪先生的散文,很赞同其对于散文的意见,其一乃是要回归传统,如此才能使散文更有咀嚼的滋味;其二是力戒抒情,为文平淡自然,这样才能使散文更具回味的可能。汪曾祺的这个意见,倒使我想到了周作人。我至今未见到汪曾祺对于周作人散文最直接的评价,但我读汪先生的文字,以为其与周氏在散文的观念上可谓暗通款曲,乃是心有灵犀的。这不仅仅是两人均喜欢明末张岱等人的小品文字,也不仅仅是两人都反对抒情,崇尚散淡,更重要的是他们都是践行"言志"的散文路子,反对写文章来"载道"的。也正因此,读汪曾祺的散文,更能见到一位当代作家的真性情和真趣味,而从来少见其为了某个集团、某种主义或某些人物的喜好来写作。可以说,当代散文写作,汪曾祺是最少"载道"意味的作家。周作人曾评价英国思想家霭理斯的文章:"我顶喜欢,觉得是一种很好的人生观,沉静、坚韧,是自然的,科学的态度。"我读汪曾祺的散文,便也能够从中感知到一种"沉静、坚韧",也是一种"自然的,科学的态度"。

关于汪曾祺的这册《蒲桥集》,本意也便如此,不想近来偶翻李陀的一册新作文集《雪崩何处》,其中有一篇谈论汪曾祺散文的论文《汪曾祺与现代汉语写作》,竟引起了我的兴趣。李陀本系二十世纪八十年代颇为出名的文学批评家,也与汪曾祺熟悉,我读其文章中的观点,也颇觉有趣。李陀认为汪先生散文语言之佳妙，乃是在传统上有接续，受归有光和张岱等人的影响，而在现实中，汪先生又能在民间语言中寻找生命力，并受到沈从文和赵树理的影响，故而能够在两者之中有机融合，由此产生了一种优美、文雅又充满鲜活和蓬勃生命力的现代语言。汪曾祺的这种语言，李陀认为乃是十分区别于流行中国近半个世纪的"新文体"，故而在他看来："汪曾祺在现代汉语写作中进行的种种试验显然都是有意而为，但是，老头儿大约没有想到，他在语言中做的事情还有重要的文化政治方面的意义。"李陀此论，虽有新意，但我觉得还是有些差强人意，一家之言罢了。

倒是我读过李陀的这篇文章，发觉其中有一段评价文字，谈及他读《蒲桥集》的一个细节，十分生动，也才真正令我见识了李陀作为鉴赏家的才情，也是可作为研读汪先生散文的一个上好的文学补注："汪曾祺外表谦和，给人以'心地明净无渣滓'的印象，但实际上骨子里又好胜又好奇。有人若不信，只读一读他在1982年写的《桃花源记》《岳阳楼记》两文，就不会认为我是瞎说。当年在《芙蓉》双月刊的目录上一见这个题目，我真是吓了一跳，且深不以为然：这老头儿也太狂了！用现代白话文再写《桃花源记》和《岳阳楼记》？但当我一口气将这两记读完之后，竟高兴得近乎手舞足蹈，如一个游人于寂寞中突入灵山，只觉眼前杂花生树，春水怒生。不久后我见到汪曾祺，问他：'汪老师，《湘行二记》你是有意为之吧？'汪曾祺不动声色地反问:'怎么了?''那可是重写《桃花源记》和《岳阳楼记》,这事从来没人干过。'汪曾祺仍然声色不动,眼睛望向别处,默然不答。我以为老头儿要回避问题,不料他突然转向我调皮地一笑:'写了也就写了,那有什么?!'汪曾祺就是这样一个人。"李陀提及的这两篇散文,我之前并未太多关注,重翻《蒲桥集》,发觉两文合名为《湘行二记》,且均作于一九八二年十二月八日。

二〇一六年三月二十二日

年年岁岁一床书

手机微信功能开通以后,我时常会在微信的朋友圈中发布一些关于读书的纪事或心得,目的是记录一些稍纵即逝的想法和感触,同时也希望通过微信这种功能,能够与朋友们更多地进行交流。由此陆续写了不少的与书有关的文字,因其微小,字数短少,又因其写在微信之上,故而我称之为"微书话"。微书话随性写之,漫笔闲谈,虽有拉杂之嫌,但一见一得,也有情趣,因而常得师友点赞和鼓励,其中滋味,也是特别。前辈孙犁有《书衣文录》,黄裳有《来燕榭书跋》,近人范笑我有《笑我贩书》、胡洪侠有《书情书色》,均不弃短小,杂花生树,别有风貌。我仰慕前辈,追步近人,将其中一年的文字汇集整理,摘录修饰,成这篇"微书话"三十余则。

【《好水好山》】今日得黄裳在香港天地图书公司出版的自选集《好水好山》,乃系难得一见的版本。此书繁体,竖排,收文三十一篇,印制甚精。书前有刘绍铭序言《儒家惟此耳》,

书后有黄永玉文《黄裳浅识》。折页则为黄裳简介,其中有评价如此:"其文得古文之精髓,含今文之韵致,谈古论今,令人回味。"此语精准典雅,疑为刘绍铭手笔。《好水好山》于二〇〇七年十二月初印,定价为港币七十五元。我收藏黄裳生前出版著作多种,但此册少见,辗转搜求而不得,故求助香港天地总编辑孙立川先生,得其相赠。孙先生系陆文虎老师厦门大学中文系同窗,后求学于日本国立京都大学,获文学博士,编著有《鲁迅研究抉微》《日本研究现当代文学论著索引》等专著。孙先生性情爽朗,交游甚广,主持天地图书公司之余,也时有文章问世。我曾获赠其文集《北窗集》,才知他还有《东篱集》《南耕录》等随笔文集出版,均系研究现代文学不可或缺的资料。文虎师近日赴福建泉州开会,遇孙先生,携此一册回京,颇可感也。(二〇一六年一月一日)

【《留梦集》】家中装修,整理书架,从中翻出一册张中行的《留梦集》。张先生文章或适宜冬日无事,晴窗之下,偶展一卷,可消半日光阴。行公有"负暄三话",乃正是冬日闲谈的意味吧。《留梦集》系编者徐秀珊与鲁迅文学院王彬老师去岁过访,知我喜读行公文章,特意携来赠予,并在此书扉页题跋如下:"二十年前为中行先生编此书,送航满留念。徐秀珊 2015.8.12"。编者徐秀珊系中行先生的忘年交,曾为其编书多册。此一册甚为朴素雅致,由张先生题签,范用设计版式,张守义装帧设计,颇显隆重。书前还有照片两张,其中一张合影为学者陆昕所摄。行公对此书显然重视,特意撰写序言。范用设计版式也是别致,每篇文章的篇名均为小楷书法题写,甚为清雅,却不知何人笔墨。此册 1994 年秋编成,一九九五年一月由中国文联出版公司出版,距今已整二十年矣。余生也晚,未曾得识张中行先生,得此旧作,也堪为一缘。(二〇一六年一月十日)

【我的《苏东坡传》】妻弟昨夜从天津转石家庄,从旧屋的书房帮我带来了一套北大版的《废名集》,因为最近很想读读废名,他则在书房里为自己选了林语堂的《苏东坡传》,这倒是让我想起在南京读书时的一件旧事。记得在课堂上,大学语文老师向我们推荐了两本书,一本是昆德拉的《生命中不能承受之轻》,一本便是林语堂的《苏东坡传》,我随后在南京山西路图书批发市场买了这两本书来读。记得在课堂上,老师还曾告诉我们,下班后他常在学校门前的中山路上散步,南京中山路道旁的法国梧桐葱郁茂盛,很适合散步,并有长江上的轮船汽笛声悠然传来。我的这本《苏东坡传》从南京到石家庄,再到北京,然后又到石家庄,今又到北京,辗转往复,备遭艰辛。然则,东坡遗韵,却不敢忘。(二〇一六年二月十二日)

【访藏书家陆昕】上午到首师大教工宿舍访陆昕教授,请其在多册著作上签名留念。陆昕是京城有名的藏书家,其祖父为语言训诂学家陆宗达。今天拜访陆先生，他为我谈了许多京城藏书界的趣事。临别，又赠燕山出版社《藏书纪事诗》一册，并多鼓励。去岁偶然读其发表在《文汇读书周报》上的文章《说"忠厚"》，印象颇深。陆教授对我说，忠厚乃是温柔敦厚，但决不是冒傻气，而是君子有所为也有所不为罢了。我对陆昕教授在《说"忠厚"》一文中的观点，心有戚戚，故而抄引其中一段话："人们对忠厚老实之人可能有一点误会，以为他们迂腐无用，其实并非如此。忠厚不是无能，老实不是笨蛋。他们中不少人能力出众才华超群，也并非不想拥有财富、名声、过好日子、成大事业，只不过他们想依靠正当途径君子方式证明自己，而不是旁门左道的潜规则。加以一些人心高气傲不肯随波逐流，坚守自己的信念又很少自我表现，也就不大被人了解。在当前明知自己有用，却不能与世俯仰，也不枉被人视为'无用'。在今天一些人使尽浑身解数以求一逞的时代，却还信守'人不知而不愠，不亦君子乎？'的古训，也是有些'混账'。这就需要在上者发现他们，任用他们，尊敬他们，使他们从芸芸众生中脱颖而出……"（二〇一六年五月十五日）

【听赵珩讲座】下午去《北京青年报》社听赵珩先生讲旧北京文化，经陈徒手介绍，得赵先生在《老饕漫笔》和《彀外谭屑》两册著作上签名。赵先生博闻多识，雅人深致，其人原系北京燕山出版社总编辑，曾祖父是清末重臣赵尔丰，曾伯祖赵尔巽任清史馆总裁，并主持《清史稿》的编撰工作，父亲赵守俨则以中华书局副总编身份主持了"二十四史"和《清史稿》的点校工作，可谓世家之子也。赵先生在书画、碑帖、戏曲、文玩、风俗等方面皆有造诣，有"名士"和"玩家"的称誉，也有人称其有王世襄先生遗韵，颇有同感。讲座后在回家路上，又闲翻赵先生的《彀外谭屑》，其中写到他的祖宅，名为"幻园"，在东总布胡同六十一号；赵珩曾接受《上海书评》采访，提到这个地方现为社科院研究员扬之水的居所，因扬之水的公公李运昌系老革命，从一九五〇年起一直住到现在。我曾和扬之水看过一次戏，索要了她的住址，拟登门求教，但未敢叨扰。所谓"彀外谭屑"，乃是因为其书房名为"彀外书房"。（二〇一六年五月二十二日）

【读杨绛的《将饮茶》】杨绛先生的作品，诸如《干校六记》《洗澡》《我们仨》已被谈得太多，其实她的《将饮茶》也是甚好的。《将饮茶》所收虽不过几篇忆旧文字，但与前者一样，足可留世，或更重要。其中的《孟婆茶》写不甘之心，《隐身衣》写处世之道，三篇忆旧文章，则写浊世不染的操守，尤其是其中的一篇《丙午丁未年纪事》，以自身遭遇来写荒诞，笔触冷静，哀而不伤，可见其身卑微，其心高傲。我藏有两册此书，一为生活·读书·新知三联书店出版，一为中国社会科学出版社出版，两者均由钱锺书题签书名，但选用墨迹并不相同。后者编辑为社科院文学所研究员白烨。七年前我到西宁开会,与白烨相遇,会后散步,才知此事,回京后在旧书网上买了此书。今年五月一日重读此册,读毕百感丛生,更增敬意,用谷林先生的话来形容当时心境,乃是"对着封面,忽然发呆了,捧着书卷,入定似的默坐了好一阵"。(二○一六年五月二十七日)

【李慎之对于钱锺书的态度】谢泳的杂文集《往事重思量》中,有篇谈李慎之与钱锺书的文章,材料来自其收藏的一册李慎之编选的油印本《钱锺书先生翻译举隅》。此油印本主要编选收集《谈艺录》和《管锥编》中的英文中译,由李慎之一九八九年编成,前有简短的"编者前言":"钱锺书先生当代硕学,其博学多闻,覃思妙虑,举世罕俦。世人咸知先生通多国文字,顾先生鲜有译作,唯于著述中援引外国作家之语类多附注原文,学者于此得所取则。唯零金碎玉检索不易,爰特搜集成册,以便观览。后生末学得窥云中一鳞,证月印于千江,则此帙之辑为不虚矣。"对于这册油印本,谢泳在文章中写道:"这件学术工作中,寄托了李慎之先生对钱锺书先生的敬意,也反映了他们这一代知识分子的时代情绪。"谢泳的这册《往事重思量》,副题为《杂书过眼录三集》,中华书局二○一三年出版。(二○一六年五月二十九日)

【周克希赠《译边草》】前几日,在《文汇报》上读了周克希老先生的文章《译者犹如母熊舔仔,慢慢舔出宝宝的模样》,对周老这样形容的翻译过程感到很亲切。周先生把自己的译作比作刚刚诞生的小熊宝宝,并认为翻译虽然很辛苦,但绞尽脑汁投入其中,若是一旦找到了感觉,"那种快乐,又是旁人所无法体会的"。类似这样美妙的翻译心得,先生还写了不少,均收在他的随笔集《译边草》之中。这册有关翻译的随感录,已经出版了三个版本,从最初的六万字,现在已增加到了十五万字。我有一册周克希先生在上海三联书店出版的《译边草》,平装,颇可爱。今经上海译文出版社赵武平总编辑帮助,又得到了周克希先生亲自寄赠的一册精装签名本,幸甚。此书分"译余偶拾""译书故事""走近普鲁斯特"三个部分的内容。由华东师范大学出版社二〇一五年六月出版,列入该社策划出版的《周克希译文选》的"附刊"之中。(二〇一六年五月三十一日)

【夏烈的《散杂集》】前几日在微信朋友圈看到夏烈的新作《散杂集》出版了,很替他高兴。夏兄是我在鲁迅文学院的同窗,以文学评论为志业,近来研究网络类型文学,领一时之新。今天收到了夏兄寄赠的签名本集子,系浙江教育出版社二〇一六年三月出版。收到快递,发现其中有一个牛皮纸信封,想系夏兄的短笺,打开后才知道里面是与此书配套的四张明信片。此明信片由许玄绘画,夏烈作文,陈孟伟设计,并注明了

《散杂集》的出版信息,这倒是一个新举。以我与夏烈的交往来看,其文如其人一样,翩翩风度中透着聪慧和俏皮。诸如此集中有"老友记"多篇,写其师友如陈子善、李庆西、程德培等文学大咖,又有记其拜访杨绛、木心、文洁若等文学大神之经历,均是活灵活现,读后宛若亲临现场一般。此书腰封有推介语——"文章小而美,行文俊且逸,传递着普世的善与温情",甚好。书名《散杂集》,极简,也有大家气象。(二〇一六年六月三日)

【与李长声喝酒】到东直门南大街一号来福士购物中心四层的 Casa Talia by Tiago,与寓居东瀛的李长声先生小聚。在座有美食家、美食杂志编辑等三人。吃西餐,喝红酒。饭毕,李先生在携来的《吃鱼歌》(生活·读书·新知三联书店,二〇一四年)、《昼行灯闲话》(译林出版社,二〇一五年)、《瓢箪鲶闲话》(海豚出版社,二〇一五年)三册著作上签名留念,此三册均系精装,其中译林所出尤为精美,长声先生也表示喜爱。《吃鱼歌》扉页上有题款如下:"感谢高评,李长声,2016年7月5日。"李先生的签名十分特别,很难模仿。"感谢高评"乃是我曾在此书出版时,在《北京日报》的《热风》副刊上发表过一篇评论文章《散淡之人与清朗之文》,谈他的"长声闲话"。李长声是当下难得的文章家,著述甚多,以"闲话"文章著称,现客居日本。(二〇一六年七月五日)

【舒展的《牛不驯集》】收到从孔夫子网上所购舒展杂文集《牛不驯集》，此集由花城出版社 1988 年 7 月出版。舒展先生原系《人民日报》文艺部副主任，也是知名的杂文家，其杂文集《辣味集》曾获"新时期全国优秀杂文集"奖。舒展之为学界所闻，还在于其生前曾力倡普及"钱学"，发表随笔《文化昆仑钱锺书》引起反响，并编选六卷本《钱锺书论学文选》，也是颇受好评。正或因与钱锺书的这层关系，舒展的这册《牛不驯集》便由钱先生题写书名。不过有趣的是，他在此书序言之末特别向钱先生的题签"表示深挚的谢意"，但又强调此"书稿未经题签者过目"。这或许是作者的自知之明之故，也或许是表达一种文责自负的谨慎态度。我的这册文集，系舒展的签赠本，扉页有他一九九三年十月十七日请"陈野老友雅正"的字迹，并盖有个人印章一枚。因舒展先生并非学界名流，故而这册签赠本价格甚低，而受赠者陈野，则已不可考了。此书今日翻读一过，其中有篇随笔《藏书·捐书·读书》，很令我感兴趣，诸如以下议论："凭自己的爱好、评价和鉴赏力而有选择地收藏图书，目的不仅是为自己参考、阅读和消遣，也是为了把某个领悟的书籍精心地、完善地收藏起来。藏书一般按作者、主题和善本三种分类。也有很多专收初版本。最理想的藏书是书上有作者或名流的题词、批注、印记的留存。我师黄裳，我友姜德明，就是有此雅趣的人物。"（二〇一六年七月二十三日）

【《总与书相关》】前段时间偶然读了李国涛的一篇文章,觉得很好,于是就在书架上找出了一册购而未读的李先生文集《总与书相关》。这册文集买回来已有些时日了,因要到鲁迅文学院学习几日,便带上粗读了一遍。李国涛早年研究鲁迅,也写过几部长篇小说,晚年则多写一些读书札记和随笔。我读这册《总与书相关》,发觉他对孙犁晚年所作的随笔评价甚高,某种程度上,或许还有效法晚年耕堂的意味。在《满架秋风扁豆花》一文中,便有如此议论:"在当今散文家中,我偏爱孙犁、汪曾祺二位。我喜欢他们散文中的真性情。孙犁(尤其是晚年)散文之作掩不住战士的灵魂,而汪氏之俗趣也展露出雅士的情怀。他们的散文中流淌着'五四'文学的平民化风格,他们又都是多读古书的一代人,文章中仍有中国古代散文的雅洁和书卷气。"在《"冰山理论"与随笔》一文中,又有所议:"近些年我爱读孙犁的随笔,而且可以说非常爱读。我特别喜欢他的书话之类。说起来他并非什么国学大师,而且也并非学有专攻的大学者。但是他是一个真正的读书人。他又是一位真正的作家,身经文坛的风风雨雨,而今老矣,却于文章之事看得特别清楚。他如今的文章,照他的说法,是写于'历尽沧桑之后,红尘意远之时',可谓烛照当世,洞察人心。"再有文章《读〈芸斋梦余〉》,也有精彩之论:"孙犁晚年足不出户,他过的一种学者生活。或者可以说,他接触当前的生活少了。以这样的心态和生活去写小说那自然是不行的，然而他写散文，他写散文仍然是高手。朝花夕拾，思往忆旧，另有一番无可比拟的情趣。正如他自己所说'历尽沧桑之后，红尘意远之时'，往事就带上一层深厚的诗意。孙犁又有那么一种老树生花的妙笔，写起来行云流水，而且云带虹彩，水染花香。他的忆往之作，我读起来只觉得是一阵温煦，一阵轻寒，把自己的心全浸透润透。孙犁的作品原来就以朴实为特色，晚年所作，更如淡墨山水，不但不设一点青绿丹黄，连一点赭石都懒得上。也许是因为我也有一点年岁，他的笔墨未到之处，我已深知其意，而且为其所感了。"李国涛先生今年已是八十六岁高龄了，他的这册读书随笔集《总与书相关》二〇一三年七月由三晋出版社出版，可惜只印了两千册。（二〇一六年七月二十八日）

【访韩石山】今天结束在鲁迅文学院的学习。下午专程到南三环木樨园一个小区，探访了山西作家韩石山，在其居处听他谈了一个多小时。韩先生说他看过我的文章，敦厚雅致，有一定的学术气息，也有较强的文体意识，但如果要在当今文坛突出重围，不妨在文章中再多一些泼辣，不必顾忌什么得失，我听后当即诺诺。此去见韩先生，还携了一册他多年前出版的随笔集《黑沉中的亮丽》，先生说要用毛笔题识，我便说不妨写句话吧，他略为沉思，提笔用小楷在扉页上写道："航满先生是博雅之士，日后必有大的成就。丙申夏 韩石山。"我看后真是颇感吃惊，随后先生又挑了一幅书法作品相赠，说他抄的是山西人傅山的一首诗，很适合赠予北方的学人，尤其是最后一句："人力能补天地缺"，以为甚佳。韩先生夫妇现居京为女儿带孩子，前不久刚刚完成了一部三十余万字长篇历史小说，现在又在准备撰写一部人物传记。我与韩先生相识已经快十年了，记得那时曾为先生写过一篇评论，赞他文章真性情，有识又有趣，他偶然看到后，颇为喜爱，曾专门寄赠我一册评论文集《谁红跟谁急》。去年冬天，韩先生忽然来信，说想将我的那篇评论用在他即将出版的一部集子里，对此，我是当然乐意的。又一次，某山西青年作家来京，谈起韩先生，他说韩某人前几年生了一场大病，现在文章少了。我回去立即给他写了一封信，询问近况，回信说确实是到鬼门关走了一趟，但老天还是看在他韩某文采的分儿上，放过了一回。读了这封"韩式"回信，舒了口气。还有一次，与一位出版界的朋友小聚，也谈起了韩先生，他说韩氏现在客居京城，我又去信问候，韩先生说恰巧回山西了，过段时间回京，届时邀我到家中小坐。前几日，我到文学院学习，来电让我去玩，今天学习刚结束，便立即去拜访了自己仰慕已久的韩先生。（二〇一六年七月二十九日）

【阿城的妙论】 回陕西老家，随手带了本阿城的《威尼斯日记》，在路上读了一遍。带这本书上路，仅因为是日记体，取好读故。阿城此书，初读甚平淡，后再翻读，发觉妙处多多。写文章，文笔之外，就是见识，能成一家之言。阿城乃高人，此书随处都是极好和极别致的见识。我特别注意阿城在文学艺术上的点滴评价。如谈中国古文："讲哲学，庄子用散文，老子用韵文，孔子是对话体，两千年来，汉语里再也没有类似他们那样既讲形而上也讲形而下的好文章了。"谈意大利的罗西尼歌剧："他的东西像小孩子的生命，奢侈而明亮。又有世俗的吵闹快乐，好像过节，华丽，其实朴素饱满。"谈莎翁："我一直认为莎士比亚的戏是世俗剧，上好的世俗剧。"谈美术作品："年初我在佛罗伦斯的乌菲兹博物馆看波提切利的《维纳斯之诞生》，近看用笔很简，但实在是饱满。整个博物馆里的东西都是饱满，有元气，正所谓的酒神精神。美术学院里米开朗基罗的《大卫》石像，真是饱满，他所有的作品都饱满，连受苦受罪都是饱满的形体在那里受苦受罪。"谈李白："他的诗颇多酒神精神，我常觉得他的有些诗是弹'东不拉'伴奏的。相比之下，杜甫的诗明显是汉风。李贺的诗亦是要以'胡风'揣度，其意象的奇诡才更迷人。"又谈摇滚："现在北京有个摇滚乐队叫'唐朝'，真让人神往，但听下来，还是朋友崔健的歌词类似唐诗的有元气、朴素、易于上口。"谈意大利作家卡尔维诺："卡尔维诺的后设小说写得极精致，比如《如果在冬夜，一个旅人》精致到为后设而小说。中国大陆第一个写后设小说的人我看是马原，真正会讲故事。"谈苏童："苏童无疑是现在中国大陆最好的作家之一，他的叙述中有一种语气，这种语气没有一九四九以来的暴力,或者说,即使苏童描写暴力,也不是使用暴力语言来描写暴力。""苏童的阅读经历应该是在几十年来的暴力语言的阴影下,他从阴影里走过来而几乎没有阴影的气息,如此饱满,有静气,令人讶异。""厨子身上总要有厨房的味道,苏童却像电影里的厨师,没有厨房的味道。"谈《红楼梦》:"中国传统小说的精华,其实就是中国世俗精神。纯精神的东西,由诗承担了,小说则是随世俗一路下来。《红楼梦》是第一部引入诗的精神的世俗小说,之后呢?"谈王朔:"'性格即命运',中国小说的性格是世俗。当今最红的王朔,写的就是切近的世俗,嬉笑嗔骂,皆涌动鲜活"。谈唐诺:"偶然看过一篇台湾的"唐诺"写NBA篮球,真是写得好。读好的篮球文章亦人生一大快事。"谈电影《木鞋树》:"我非常喜欢《木鞋树》,而奥米在他的第一部电影中就是成熟的了。《木鞋树》的摄影非常朴素,是凝视。中国电影里只有台湾侯孝贤的电影是这样的,大陆的电影摄影总有一种摄影腔。"由此可见,阿城在美学上推崇朴素、饱满、沉静,能入世俗又超拔出尘的作品。这册《威尼斯日记》装帧甚是精美和简洁,可惜内文还是有多处删节,在版本上有些可惜了。当代作家中,能享受"此处删节"标示待遇的,有贾平凹和阿城。(二〇一六年八月六日)

【扬之水日记中的八卦】这两天睡前把书架上插列的扬之水三厚册《〈读书〉十年》翻读一过,觉得很有意思,很可以当作枕边书来读的。此书系扬之水一九八六年到一九九六年在《读书》杂志当编辑时所写的日记，按内容大体可分为读书记、旅行记、交游记和美食记。我对其中的读书记和交游记颇感兴趣，因前者可作为读书的参考，后者则多为有趣的材料，非常好看。且举二例。扬之水访赵萝蕤，问了赵一些年轻时的旧事。赵回忆说她是大学同年级最小的一个，有许多的追求者，外号叫林黛玉。"但为什么选择了陈梦家呢？是不是喜欢他的诗？"扬之水问。赵萝蕤说："不不不，我最讨厌他的诗。""那为什么呢？""因为他长得漂亮。"还有一次，扬之水到上海访问王元化，见到王的身边始终坐着一位"白发皤然的老妪"，后来从朱学勤那里得知，这位老妪便是王的夫人张可。张出身名门，长相清秀，又精研莎士比亚，但性格却很腼腆，她尝在戏剧学院给学生讲莎翁的《温莎的风流娘们》，但"娘们"二字无论如何也说不出口，最后憋出一句"女同志们"，引得全班哄堂。

（二〇一六年八月二十三日）

【去看图书博览会】下午和 C 兄坐地铁到国际会展中心，去看今年图书博览会布展的新书。几乎是走马观花，三个小时匆匆转了六个展厅，累得几乎快走不动路了。印象中的中国出版集团还是最气派，三联、中华、人美等老社好书很多，书架上端的一圈文史大家的黑白照片很高端也很庄严，非常引人注目；故宫出版社的展厅最有传统文化气息，古香古色，图书目录也做得十分精致;广西师大、海豚、新星等几个新锐出版社则相对低调了很多,海豚出版社几乎被安排在一个角落里,倒是一架子的海豚布面精装书颇夺眼球;新星出版社几乎看不到什么好书;中信出版社也感觉有些混乱。在山东画报出版社的展台前,看到新书全场三折,选了本王稼句的随笔集《姑苏食话》,软精装,四百八十多页,定价六十八元,二十元就买了;在岳麓书社的展台,见到了锺叔河重编的《知堂书话》五册,却不卖;又特意到港台区,无甚可看,倒是见了由台湾文学馆编选的一套《台湾现当代作家研究资料汇编》,共六十四位作家,很是瞩目;大陆也有类似这样的资料编选,但似乎没有这套书编选制作得专业和精致,诸如每个作家都有生平、照片、手稿、作品目录、书影、年表、研究综述、重要评论以及评论资料等等,几乎一个纸上纪念馆。从中选了第六十一编的《吴鲁芹》,售价台币二百八十元,工作人员很快折算成人民币,但却说此书不卖,卖一本赔一本,解释说是要研究用,后来总算答应卖了,但要等明天上午十一点结束时才行,无奈找了更高的管理者,才最终得以解决。推荐 C 兄一本文汇出版社出版的吴冠中散文集《画眼》,其实除了文字,更美的是吴的画作,大十六开横排本,印制很好,但找不到出版社的人,C 兄颇为遗憾,准备回来在网上买一册。我也准备回来在网上买两册新书,分别是中华书局出版的阿城文集《常识与通识》和理想国出品的《一曲微茫——充和宗和谈艺录》。(二〇一六年八月二十七日)

【听李辉讲座】下午赶到北京青年报社，听《人民日报》高级记者李辉的讲座"沈从文与丁玲恩怨始末"。开讲前，李辉说自己再过几个月就要退休了，这是他退休前在北京做的最后一次讲座。讲座中，他回答读者提问，说自己半辈子较为满意的著作，可能要算《胡风集团冤案始末》和《封面中国》，因前者有锐气，后者有新角度。知道李辉已多年了，记得读过他写瞿秋白的《秋白茫茫》，印象很深，用散文化的笔来写人物浮沉，别开生面。李辉"文革"后就读于复旦大学中文系，师从作为"胡风集团"骨干分子的贾植芳，毕业后入《北京晚报》社，又调《人民日报》社，做记者，当编辑，笔耕不辍，成就斐然。他今天感慨说，做记者有个好处，就是可以和形形色色的人打交道，而他则是因此和很多从"五四"走来的文化老人成了朋友，听他们聊天，看他们的资料，这种近距离的接触，使他的文字也有了一种"沧桑看云"的景致。更让人感佩的是，他说二十世纪八十年代末期，曾一度消沉，后接到萧乾先生来信，劝告他越是在动荡的时候，越是要能沉得住气，他就是在此时着手研究了"沈从文与丁玲"这个课题。故而今日其讲丁玲与沈从文，其实是旧事重提，也是老话重谈。李辉最后还说他退休后，将准备在中山公园的来今雨轩做一个推广，因为民国时此处为文人聚会场所，常常是名流荟萃，可惜今日已少有人知了。今天在现场遇见了《北京青年报》的陈徒手先生，他

热情地向李辉介绍我,其实我前几日还与李辉先生在微信上交流汪曾祺,不知今天他还记得否?(二〇一六年九月四日)

【韩石山赠书】 收到韩石山先生从太原寄来的赠书《女儿的嫁妆》。这是韩先生的一部文学自选集,收录在北岳文艺出版社策划的"晋军崛起文学档案"之中。此书除了他的文学创作自选内容以外,还有与其相关的照片、书影、评论和创作年表等内容。关于作家的评论,选用了我十年前写成的一篇文章《为文且须放荡》。去年韩先生要采用我的这篇小文,曾专门写信来请我授权,今年这本书出版了,要寄稿费和样书,又特别来信告知我。一篇十年前不经意写成的短文,能得青睐,我也是高兴的。记得写这篇文章时,研究生即将毕业,百无聊赖,在图书馆借了韩先生的散文集《此事岂可对人言》,很觉有趣,读毕加深了对韩先生的印象,便随手写了这篇评论。文章先在上海的《读品》发表过,用名《你一定要读韩石山》;后来在辽宁的《艺术广角》杂志开设专栏时又发表过,改名为《文人的风流与风骨》;再后来,还被收入了我的批评文集《咀华小集》之中,又改名为《文章且须放荡》。一篇文章,三改其名,其实也是各有侧重和用意的。最后一次改名,取意梁简文帝的一句话:"立身之道,与文章异。立身先须谨慎,文章且须放荡。"我觉得这个题目,用来形容韩先生的为人与为文,算是恰切,也比较含蓄。韩先生看到我在文集中的改动,来信说他

也将采用此名,想来也是尊重我的意见。(二〇一六年十月三日)

【画家也是爱书人】潘二如先生寄赠画册三种:《江雪归棹》(今日美术馆,二〇一三年)、《趋古》(今日美术馆,二〇一五年)、《溪山清远》(香港中文大学,二〇一六年)。知道潘先生很久了。十二年前,大学毕业,我被分配到太行山脉的一个小山脚下工作,偶然读到一册席殊书屋主办的《好书》杂志,反复翻阅,也便记住了主编潘二如这个名字。后来写了一篇散文,获得了《好书》杂志举办的征文"特别佳作奖"。这是我获得的第一个文学奖励,可谓很大鼓励,奖金是三百元的购书券。两年后,我到北京读研究生,才领到了这份奖金。更没想到的是,去年我参加朋友许宏泉的画展,结识了潘先生,他对我还记得《好书》杂志,也感到惊讶。我才由此知道,潘先生现在已经是很有名气的职业画家了,而《好书》杂志亦停刊十年多了。读潘先生的画册序言,竟还有一个没想到的事情,便是他对英年早逝的文学评论家胡河清的文章也很是喜爱,而我是曾一度把这个少有人知的学者,看作文友间的一种"接头暗号"。(二〇一六年十月十日)

【李子云谈"英气"】偶翻《人民文学》第十期,有张承志散文《点滴未敢忘》和《悼李子云》,其中均有关于上海文学评论家李子云的记忆,且有这样一段满含深情的评价:"她是一名出色的编辑家和批评家,是一个温柔且修养丰满的知识女性。她更是在1949年前后投身中国革命的那一群人的一员,是一个永远怀抱着初衷的理想主义者。她住在上海,冷静地看着世态百相。她淡出文坛,但保留着自己的异议。作为一个思想者,她感到孤独,但她不露声色地微笑着。她就是这样寄身上海,迎送了自己的最后日子。"余生也晚,无缘结识李子云女士,但我收藏有她的一册文学评论集的签名本,也算是保留一份前贤的手泽。这册评论集名为《涓流集》,由四川文艺出版社一九八五年出版,也是她的第一册评论文集。全书收录评论文章十五篇,夏衍作序。我收藏的这册签名本是李子云一九八六年一月的签赠本,有"佩珍同志指正"的题赠语。名为"佩珍"的人实在太多,但从这里的题赠来看,应是作者敬重之人。我曾查阅相关资料,著名翻译家汝龙的夫人文颖原名为周佩珍,曾用英文翻译过俄国作家陀思妥耶夫斯基的小说《穷人》和《少年》等作品,且其夫汝龙与巴金、王元化等均熟悉,应都是一个文化圈中人。此系猜测,尚不能确定。李子云的这册集子虽然留有不少时代的印痕,但今读之,还是颇有启发,如谈茹志鹃,便认为其作品有一种"英气",而由此,她对茅盾将茹志鹃的作品风格概括为"清新、俊逸",则表示感觉"不够满足,有所欠缺,因为这忽略了流动、贯串于作品的那股英气","所谓英气也者,我以为,就是某种独立不羁的精神;就是对生活、对人物的判断别具胆识,能够发现别人未注意的，敢于坚持别人不敢坚持的；就是对问题经过自己的观察与思考，形成自己的见解和主张，而不轻易地人云亦云；也就是在从容安详的外貌下透露出一种内在的不屈不挠的执着与顽强。"这段关于茹志鹃的议论，我却感到颇有几分评论家的夫子自道，将其置于全书的篇首，或许也是她的一种特别的表达吧。（二〇一六年十月十三日）

【洞若观火的康正果】雾霾严重。一天都躲在家中翻读康正果的随笔集《诗舞祭》，其中读到议论老威长诗《死城》的一段话，颇有触动。这册集子所关注的对象，皆较为边缘和另类，阐述其观点也独具见识，用"洞若观火"来形容，也是不为过的。《诗舞祭》系纪念诗人胡宽的一篇悼文，其中有些细节，颇生动。康先生去国之前，在西安与编剧芦苇、诗人胡宽、画家荣国等人过从甚密，常一起小范围搞些文学交流，跳跳迪斯科，甚至还组织过一些"贴面舞会"之类的聚会，后来，胡宽病死，康正果去国，芦苇成名。一九九四年，康赴美，执教耶鲁大学东亚系中文部。记得读过同为东亚系的苏炜曾在一册关于耶鲁的书中，写到他们这些海外的学人曾在耶鲁的中文学部建立了一个小小的"文学理想国"，其中就有孙康宜、郑愁予、苏炜、康正果等人。由此，我读康正果在此书中议论昆德拉的文章《母语之根》便颇有认同，他说自己在海外毫无昆德拉所说的那种"截肢"之体会，而是如有一种生命的"嫁接"

之感:"截肢感是那些遗忘了过去,放弃了固守的立场,自绝于母语而又未完全融入另一种语言的人所陷入的尴尬处境,是他们自己的别扭心态投下的阴影。嫁接则是一种与母语之根息息相通,同时在移居的土壤中再发新芽的生命现象,它促使两种异质的生命互相结合,进而长出新的生命。嫁接过程中并不存在伤残的后果,只要母语之根没有切断,它所传递的文化信息以及过去的生活经验就会在新的世界中继续生长下去。"不过,略有些遗憾的是,康先生如今已从耶鲁"退休在家",他在个人简介中自述如今以"读书写作度日"。"度日"二字,颇显寂寞。(二〇一六年十月十六日)

【车前子的才子文章】今天到附近的公园里闲转,随手带了本钱锺书的著作来翻,回来后便想找本闲书看。在书房里找了车前子的随笔集,先是在阳台上晒着阳光读了几篇,其中有一段感觉很有意思:"我二十多岁之际,买书很注意版权页,印数在几百本上下的,即使一时用不着,一般我也买下,心想中国这么多人口,就印这几百本,顿生怜惜。"车前子说他的父亲极爱书也爱花,充满怀念之情,故而我读后会深受感动。午饭后躺在床上又读了几篇,其中有一篇写沈从文的夫人张兆和,描写得很惊艳:"张兆和先生瘦小,干净,仿佛元人的一幅山水图:笔细细的,墨枯枯的,平淡而又明洁。苇叶瑟瑟,有风声,但不见寒衰之意。在秋水之中,在看不见的地方,游动着几尾淡墨的小鱼，或一头赤鲤。张先生端坐扶手椅中，已是八九十岁的人了，腰板还挺直。她的坐姿一点也不显老。"从其中，可以见出作者的一种慧心和涵养，于是半躺在床上，又读了几篇，后来竟昏昏而睡了。晚上又把这套集子的其他几本翻读了一下，还是喜欢最初读的这本《懒糊窗》。车前子的文章是才子文章，但才子文章是不宜一次多读的。近几年看了不少学古的闲适文章，多徒有其表，车前子的不同，在于他有一种特立独行之处。手头的这套"车前子散文精选集"，由北大出版社出版，四册，精装，印制极佳，每册还盖上了车前子的一枚印章，并附赠了一幅印制的老车水墨画。（二〇一六年十月二十三日）

【关于《鲁迅序跋集》】 从孔夫子旧书网购《鲁迅序跋集》。我原本是有此一套书的，但几次搬家，结果找不见了。记得原来的那套《鲁迅序跋集》，当是十二年前到北京读研究生时，曾无意间在路旁看见了万圣书园的艺术分店，进去闲看，便买了一套。时间当也在深秋之际。那时刚刚进京求学，颇有些雄心壮志，很想以研究鲁迅为志业，故而只要是与鲁迅有关的书籍，自然是不会犹豫的。今天翻阅这套书，仿佛一切尚在昨日，均历历在目矣。对于这套《鲁迅序跋集》的出版，编选者刘运峰在后记中写到了一点缘起："想到编辑《鲁迅序跋集》，是受姜德明先生一篇文章的启发。那是在去年的一个冬日，我从天津图书馆借到了一本姜德明先生的《活的鲁迅》。一天晚上，当读到《〈鲁迅序跋集〉的遭遇》一篇时,眼前顿时一亮:《鲁迅序跋集》,一部至今还没有问世的书!"编者刘运峰的这篇后记作于二〇〇三年六月十八日,他所看到的姜德明先生的那篇文章,则作于一九八二年九月。原来,姜先生在那篇旧文中写道,鲁迅去世前,王冶秋曾编辑过一册《鲁迅序跋集》,并得到了鲁迅本人的支持,但此书稿历经坎坷,虽得许广平、巴金、陆蠡等人努力,最终却并未出版。为此,姜先生在文章中还呼吁有眼光的出版家出版此书,并了却鲁迅先生的一桩心愿。如今,有刘运峰完成此事,也是好的。不过,刘运峰在后记中谈到《鲁迅序跋集》是一部至今还没有问世的书,是有些不确的。据我所知,天津百花文艺出版社一九八五年五月就曾出版过由鲁迅博物馆原副馆长陈漱渝编选的一小册《鲁迅序跋》,收入该社策划的"百花青年小文库"之中,而此丛书"现代文学"部分的主编,恰是倡议出版《鲁迅序跋集》的姜德明先生。从时间的推断来看,很有可能是姜德明先生策划了此丛书,想到《鲁迅序跋集》尚未问世,故而又邀请了鲁迅研究专家陈漱渝来编选此书。如今,《鲁迅序跋集》已绝版甚久,但愿此书能够再版。(二〇一六年十月二十六日)

【散文家张宗子】天气有些阴冷,暖气又未来,捧书显冷,饮茶即凉,显然不是读书的好日子。中午收到一份寄自河南洛阳的 EMS 快递,打开才知是张宗子先生寄赠的一册由北京三联书店出版的新作——《往书记》。关注张宗子的文章已有多年了,深觉他的文笔素淡,款款有情,又带着很浓的书卷气,最难得的,则是他的文章之中,有着一种心静气古的神韵。张先生的这册《往书记》,系他在海外陆续写成的一册读书随笔集,很让我想到知堂老人的一组文章《旧书回想记》。在此书序言中,宗子先生说他写作此书:"得力于鲁迅先生和知堂甚多,也从孙犁先生那里受到启发。周氏兄弟学养深厚,孙犁先生爱书如命,均极令人感佩。"想来此书之成,有他在海外消磨时间的用途,也还有向前辈学习和致敬的意味。记得初读张先生文章,便很感亲近,后来为他的著作写过几篇小评论,编选随笔年选,又收他的文章,再联系,原来早已是互相知晓的。张宗子现居纽约,曾在北美的中文报纸供职,现则在一家图书馆工作,业余读书写作,状态很有些像董鼎山先生。宗子先生原本要送我新书,却被我拒绝了,主要是觉得他身在海外,多有不便,后来想想,又觉得有些后悔,因为有本自己喜好作家的签赠本,也会是一份美好纪念。前段时间,张先生说他即将回国探亲,届时会寄赠我新作。真感谢他还记得这份情意。

(二〇一六年十月三十日)

【"鬼头鬼脑"王晓渔】 今日预告的大雪天气并未如约而来,却收到了王晓渔从上海寄赠的一册随笔集《雪夜闭门》的毛边本。晓渔的这本书收录在河南文艺出版社的"采桑文丛"之中,设计十分别致,印制也分外精致,加之毛边未裁,简直便是美轮美奂了。我虽不是"毛边党"一族，但这般佳构，裁还是不裁，实在是有些纠结的。其实，这本书的内容，我是早已拜读过的。在此书后记中，晓渔写到了这本书的缘起，乃是他博士毕业后，曾于万科网站开设博客，写过两三年的读书札记，而我恰恰便也是因此之故，才与他结识于虚拟之网。记得他当时的网名是"鬼头鬼脑"，博客名则为"书中自有……"，每读他的网文，多见机智妙趣，多发公共关怀，可谓小处见大，书生情怀，真真合我也。后来他主持电子刊物《独立阅读》，倡导"公共阅读"，我也便得以参与撰稿了，再后来，他又主持"独立阅读文丛"，纳我入伙，我们却还都是素未谋面的；直到去年，晓渔来京，我们才得以在《读书》杂志的聚餐上匆匆一见。今日得赠此书，念及旧事，再读他的后记，便也颇增感慨，正如他所谈及的这般诗意与洒脱："我始终确信，有着相似美学和价值观的人们，最终会相遇……我把博客当作笔记本，记下自己的读书感想。慢慢地，熟悉的或陌生的朋友循迹而来。无论多么冷僻的话题，也能获得专业的讨论；有些只可意会之处，双方也保持着高度的默契。我喜欢这种交流方式，仿佛仗剑行走天涯，见到意气相投者，把酒言欢，然后别过，各自东西。相濡以沫，不若相忘于江湖。"河南文艺出版社策划的这套"采桑文丛"，第一辑共八册，但从书后的出版广告来看，晓渔兄的这册书原拟名为《雪夜闭门读好书》，如今正式出版，改定为《雪夜闭门》，既有一份"读好书"的意趣，也有一份"读禁书"

的想象,乃是更佳了。(二〇一六年十一月二十一日)

【《开卷》上的两篇文章】董宁文用快递寄来《开卷》二〇一六年第十一期和第十二期,近来普通邮件多有遗失,此系董先生重寄的两期刊物。《开卷》十一期为"创刊二〇〇期特刊",刊名加红,内容加厚,总计文章二十篇,其中刊有拙作《茶饭文章》,系今春谈鲁迅博物馆主编"苦雨斋文丛"之《周作人卷》的一点认识,也系对前作文章《我收藏的知堂文集》的补充,而文章名《茶饭文章》,则取自周作人在《两个鬼的文章》中对于个人文章的一番自我评价。周氏将他的"闲适文章"比作"吃茶喝酒似的",又把"正经文章"比作"馒头或大米饭",可谓形象矣。第十二期《开卷》则刊发拙作《木桃与琼瑶》,谈锺叔河先生寄赠的《儿童杂事诗笺释》,文章名则取先生赠我此书的一段题跋:"朱航满君寄赠大作,以此报之,即所谓木桃也,愧对琼瑶多矣。乙未夏锺叔河于长沙。"此文之写作,源于我与长沙念楼先生的一点特别的书缘,谨以此文答复先生之嘱托。今文章刊发,代以"说明",广而告之,想必在长沙的念楼先生也是能够看到的吧。(二〇一六年十一月二十五日)

【读《汪曾祺书信集》】上午在去国家图书馆的公交车上,将刚收到的《汪曾祺书信集》粗读一遍,其中汪一九八七年写给夫人施松卿的《美国家书十八通》最佳,每信皆如小品一般,自然随性，堪为美文，但读到最后，才知道汪原本是打算写一组系列散文的，拟定名为《美国家书》，故而当是有意为之的。其他书信，除致沈从文、朱德熙、黄裳等不多的内容，多为谈出版、发表、稿费等具体事宜，于研究则是可观的。不过，这些书信中，也多夹杂有汪的一些看法，乃是直言不讳的内容，很是有趣，诸如在他一九四七年给沈从文的信中，谈拟为黄永玉的版画约写评论，便是逐一月旦了一番时贤："大师兄王逊似乎也可以给他引经据典的，居高临下的，用一种奖掖后进的语气写一篇。（我希望他不太在语气上使人过不去。——一般人对王逊印象都如此，自然并不见得对所有人都如此，我知道的。）林徽因是否尚有兴趣执笔？她见得多，许多意见可给他帮助。费孝通呢？他至少可就文化史人类学观念写一点他一部分作品的读后感。老舍是决不会写的，他若写，必有可观，可惜。一多先生死了，不然他会用一种激越的侠情，用很重的字眼给他写一篇动人的叙记的，虽然最后大概要教导他'前进'。梁宗岱老了，不可能再'力量力量'的叫了。那么还有谁呢？李健吾世故，郑振铎、叶圣陶大概只会说出'线条遒劲，表现富战斗性'之类的空话来，那倒不如还是郭沫若来一首七言八句。那怎么办呢？自然没有人写也没有关系。"再如，一九九二年他给香港的古剑写信，谈到当代作家书法，也是极直率和有趣的："端木蕻良字写得不错。李凖字是'虎人'的，但还算可以。邵燕祥字颇清秀。上海的王小鹰能画画，字不知写得如何。

贾平凹字尚可。贵州的何士光的字似还像字。王蒙的字不像个字,但请他写,他会欣然命笔。"信中也有不少谈及当代作家的零散话题,不过,汪在私下里推重的作家,仅有林斤澜、黄裳、宗璞、贾平凹等寥寥几人。(二〇一六年十一月二十六日)

【获赠《阎纲文化之旅》】收到陕西省礼泉县政协寄来的邮政快递,打开一个水果箱子,是厚厚的四册《礼泉文史资料第十三辑:阎纲专辑》,专辑共分三卷,第一卷为《阎纲文化之旅》,第二卷为《阎纲作品选》(上、下),第三卷为《论阎纲》。最末一卷收录了我的一篇评论《文章老更成》,谈的正是阎纲先生晚来所作文章。阎纲先生是陕西礼泉县人,系著名的文学评论家、资深编辑家和散文杂文作家,曾先后供职中国作协和中央文化部,乃是驰骋文坛多年的风云健将。我虽久仰先生大名,但对时下文章多有保留,待偶然读了先生晚年所作系列文章,或铮铮铁骨,或满怀柔情,感动又敬佩,于是为先生的散文集写了一篇短评,先生看见了,给以很大的鼓励。后来我又寄一册评论集求教,先生则写了一幅字给我,内容难忘,抄之如下:"天生丽质才分,纵论诸子百家。读航满先生后。乙未二〇一五深秋 八十三岁阎纲",盖"礼泉""阎纲"两枚印章。以后我若有文章发表,先生看到,皆来信息鼓励。今年一月十八日上午,我加了先生的微信,10:40他发来信息:"航满,我们更近了!正想发个文件交交心,太长,闲时翻翻目录可矣！祝安。"随后便发我了一份最终修订稿《阎纲文化之旅》的word电子版。十月二十六日上午10：04，先生发来微信："久违了，烦请将您的邮编地址手机号给我，让县文史资料委员会寄一套，150万字，内部出版的阎纲专辑，求证留念！"我立即将联系方式发给了先生，下午2：24回复我："收！人之将亡，其言也真，留个纪念。"下午5：04，又复我一段留言："本专辑家史、文史、国史，皆痛史，六十年目睹之怪现状！家乡领导爱文化，主动编、出，高保真，骨灰盒，我的心在盒中跳动！"我读后很有触动，立即回复，盼望早点读到，先生回复："快了！"十一月二十五日晚上8：43，他又给我微信："县政协又删了些内容……但大部分却保留了下来了，县领导出面做主，算幸运了。日前可能寄出。"收到这个微信，知道这套珍贵的资料集即将可以看到了。时隔四日，终于收到了这部被称为"骨灰盒"的总结之作，幸矣。（二〇一六年十一月二十九日）

【老村的"精神头儿"】 好友Z君系医学博士，前些日子告诉我，他在办公室同事那里看到一册老村的著作《我老了的精神头儿》，其中竟有谈及我的朋友许宏泉的文章，他说自己也把这本书翻读了一遍，发觉这位老村先生很不一般。我告诉他，我认识这位作家老村，但他的这本集子尚未读过。前日他把这本书借给我看，我今天上午很快就读了一遍。老村的这本集子系一册随笔杂文集，谈艺论人，直抒心怀，思想自由，精神独立。老村,无官无职,混迹民间,甘于边缘,奇人也,且看其简介,亦是妙哉:"老村,原名蔡通海,陕西渭北澄城人。出身木匠世家。一九九二年居京,从前写作至今。曾因《骚土》蜚声文坛。五十岁握管调墨,独呈风雅。"书中有一篇《五十述志》,谈其创作成果,也是颇见机趣:"五十岁前,村夫我头顶反骨,专一与时代为敌。著有淫书《骚土》,邪书《撒谎》,犯书《德行》,耻书《吾命如此》。直可谓本本臭气熏人,卷卷破烂无值,为高雅人士所不齿。"我早就知道老村之大名,但与其相识,还系在一次画展上,去岁又应邀去了他在京郊的书房半亩斋,得其赠书,观其画作,听其谈往,颇多共鸣之处。《我老了的精神头儿》这本书中,多篇文章,都是述其年过半百变法学画的心路历程,其中谈及当代画家,最为推崇程大利与吴悦石二位,谦虚若小子,之中有如下形象之评介:"当代中国绘画如果是诗歌的话,程大利与吴悦石便是当代的杜甫和李白;如果以禅宗作比,二人便是当代的文秀与慧能。一个是苦修的,一个是顿悟的;一个是严谨而担当的,一个是浪漫而率性的。代表着我们人类艺术的两极。"而对于当下文学的谈论,则有一篇《给陈丹青叫声好》,其中论及当下散文一段,嬉笑怒骂,毫不藏掩,颇多见识,抄之如下:"二十世纪,人的自主意识进入,生命精微部分次第展露,譬如鲁迅之庄严,知堂之闲适,林语堂之风趣,如是者几人,都有极大贡献。后因时代缘故,文化断层之后,始发沈从文、孙犁一脉,崇尚清秀自然,且以轻拨重，文人多奉为圭臬，趋之若鹜者数年。及至秦人贾平凹，虽逞汉家之才，但装憨使巧，已成病态。其间有余秋雨、张承志等人的文化散文，虽为一时亮点，然于个人生命真实总难粘连，空头高架，文气浮泛，且已自袭成梏。间有学院之钱锺书、张中行诸君，虽属大家风范，中规中矩，终因书山久置，教化无类，絮叨有余。另有异类几人自是不能忽略。如钟阿城的精思巧致，灵动虚玄，妙不可言。如黄永玉老来率性，以画人之笔法独抒一截诗肠。只可惜几异类盛名早享，又自隐轩冕于闹市。"还有散文一篇，名为《孤鹤之舞蹈——写在昌耀逝世三周年》，托物怀人，别出心裁，乃是全书最佳。（二〇一六年十一月二十二日）

【文学的赤子之心】唐翰存从兰州寄赠文学评论集《一对青白眼》。翰存是我在鲁迅文学院学习时的同窗，现在兰州交通大学任教。翰存爱文学，重情义。记得某年我去西宁参加文联的一个培训活动，这个活动有几位鲁院同届的同学参加，翰存知道了，专程从兰州赶到西宁，大家一起喝酒忆旧谈文学，其乐融融，至今很有印象；而给我印象最深的，则是在鲁院学习即将结束时，某日晚我到他宿舍去闲谈，恰逢他刚刚拜访了一位文学"黑马"归来，非常兴奋，给我看那位"黑马"送给其在香港出版的两本书，我大致翻了翻，讲了几句不咸不淡的意见，结果引得气氛颇是不快，现在想想，我那时也是书生意气，而翰存则保留了一份赤子之心。其时，那位出身北大的文学"黑马"一度也曾是我追捧的对象，因其如安徒生童话中的儿童一样，常能撕破皇帝新装的谎言，结果搞得很多人都不太愉快。最终，这位"黑马"先生移居海外，杳无音信，而新作也今已难见矣！言归正传，谈一点对于《一对青白眼》的印象。翰存的这本书的书名起得真好，有态度，不流俗，雷达在序言中说这书名体现了作者对清峻通脱的中国美学精神的响慕，也表达了他对美丑和真伪的鲜明态度，我也有此同感，深以为然；我粗翻了一下这本论集，发现翰存确实是爱憎分明，对于自己看不惯的文学现象，不欣赏的文学作品，不认同的文学观念，都能无保留地指出来，没有圆滑世故之态，这便是他的纯真与赤子之心了。对于他认同的几位作家和评论家，则是给以极热诚的赞美，带着一份纯粹的欣赏之态。翰存此集由作家出版社出版，入选中华文学基金会主持的"21世纪文学之星"丛书，此丛书专门表彰和鼓励年龄在四十岁以下，且没有出版过著作的青年作家，一九七六年出生的翰存兄今成功入选，乃已算是一份迟来的喜讯了。当代文学评论和研究，确是个很热闹也充满名利的事业，但我已逐渐远离这种文学时评的写作，颇有几分"深山闭户读书"的不争气，不过，我还是期待翰存能保持住这份文学的初心，写出更多有见识的好文章。（二〇一六年十二月十二日）

【读书的小测验】在北京会议中心参加中国文联文艺评论年会。开会两天半以来，先后聆听了文艺评论家协会仲呈祥主席、中央戏剧学院谭霈生教授、中央美术学院邵大箴教授、中国政法大学李德顺教授四位专家的授课,参加了一次分组讨论并发言,观看了电影《启功》,应邀到一参会朋友处聊天讨论近三个小时,见到旧雨新知若干,可以说此行乃是十分的充实和愉快了;但此行,还有一个目的,便是想借机进行一个小实验,看看这次开会,究竟能够读完几本书。临行前,在家中选了两本书,在图书馆又借了三本书,分别为闻一多著《唐诗杂论》(中华书局,二〇一五年)、止庵编《废名文集》(东方出版社,二〇〇〇年)、高居翰(James Cahill)著《图说中国绘画史》(*Chinese Painting A Pictorial History*,生活·读书·新知三联书店,二〇一四年)、萧振鸣著《鲁迅的书法艺术》(漓江出版社,二〇一四年)、柯卫东著《猎书的踪迹》(花城出版社,二〇一三年),其中最末一本系文化休闲性质的著作,在来时的车上基本读完;其他四本中,有三本为理论著作,利用休息时间和会议间隙集中来读,掌握了主要知识要点;还有一册《废名文集》,虽系一册散文集,但感觉读完一遍还是远远不够的。此次"带几本书来开会"的想法能够顺利实现,主要是宾馆环境安静舒适,加之熟悉的朋友不太多,基本没有干扰和应酬,可集中精力进行读书。两天半时间里,除去会议活动以外,总计读书八十余万字,看来这算是我自己的一个极限了。好了,下面,该是换换脑筋了,那么,干点什么呢?(二〇一六年十二月十七日)

藕汀画册两种

吴藕汀是嘉兴的一位颇为传奇的文人,按照吴本人的评价,乃是"一生十八个字"来概括,分别为读史、填词、看戏、学画、玩印、吃酒、打牌、养猫、猜谜。吴还说,前四项系他的主要生活,后五项则是多头。吴香洲在《藕边杂忆》中写及其"文革"中的境遇,失业、丧子、妻亡,蛰居南浔陋巷,艰难度日,但仍孜孜写作。后来,吴藕汀对吴香洲回忆说:"我身经涂炭,委曲求全,虽不能坐着吃饭,可以站着吃,但绝不跪着吃。"我在编选随笔年选时,曾选施康强的文章《最后的名士》,那篇文章较为深入地钩沉了吴藕汀在"文革"中的精神生活史。他在文章中写道:"为名士者,姑且从魏晋算起,多半在野或由庙堂退居林下,多才多艺,复有真性情,时有瑰意琦行,因此名扬一方或者更大范围。"但令施先生遗憾的是,一九四九年后,培育"名士"的气候、土壤,可谓荡然无存了。施先生曾是中央编译社的译审,法文翻译家,但对于吴藕汀这样的民间文人也感兴趣,且文章写得漂亮,令我很感意外。

中华书局近年来陆续印行《吴藕汀作品集》,诸如《药窗杂谈》《十年鸿迹》《孤灯夜话》《戏文内外》《鸳湖烟雨》等多种,其人其事亦渐被世人所重视。尽管吴藕汀的著述多有出版,但其画册则少见。已印出的画册,多是藏家或仰慕者整理,少量印制,供同好者交流。我最先得到的,是吴藕汀的一册《药窗词画》,系浙江嘉兴的范笑我寄赠的。说是寄赠,实则是去信索要的。我关注嘉兴吴藕汀已久,后来在一位朋友处看到了这册《药窗词画》,很是喜爱,也才知道嘉兴的范笑我曾编过这样一册好书。笑我先生曾主持秀州书局,编印《秀州书局简讯》,颇有影响。他编选的这册《药窗词画》,亦是一册自印本。在此书的末页,印有"谨以此书纪念吴藕汀先生逝世十周年"字样,并贴有一张"纪念吴藕汀先生逝世十周年"的藏书票,系吴藕汀的一幅小画。此画册精装,小三十二开本,彩印,即使相比当前最好的一些出版物,也毫无逊色,当应属上乘之列。范笑我编选的这本《药窗词画》,印制一千册,我有幸获得的这册编号为第一百二十二号。值得一说的是,获赠的这册《药窗词画》,系毛边本,可以边裁边读,乃也是更添许多的情趣和风雅。

吴藕汀闲云野鹤的姿态,在艺术创作中,也体现得比较鲜明。范笑我在画册《药窗词画》的序言中写到,吴藕汀曾将宋人的词句摘录于练习簿上,放在写字台的中间抽屉。要写册页了,他就拉开抽屉,看一句,写一张。一本册页一般十张,从春景写到雪景,四季更替,疏密相间,一气呵成。这册《药窗

《药窗词画》

吴藕汀画作

词画》,就收录"宋人词意"之一、之二、之三、之四、之五、之六、之七、之八,初步统计,应在八十幅左右。另外,还有"嘉陵词意""药窗词意""闺秀词意""秀州十景"等。由此可见,吴藕汀对于宋词和绘画的理解,已达到了一种自由与娴雅的状态。或许与吴藕汀先诗词而后绘画有关,其中一幅他着笔秦观的《满庭芳》,"多少蓬莱旧事,空回首,烟霭纷纷。斜阳外,寒鸦数点,流水绕孤村",雅致中带有些许苍茫之气,令人一见难忘。又因此,想到吴藕汀的一个细节,"文革"中,他在纸张匮乏的情况下,曾在宣传册页的背面,写下了大量的诗话文字,其中有一部分,便是后来被整理成为三十多万字的《药窗诗话》,此书曾由中国人民大学出版社推出,也是吴藕汀被更多读者知晓的一本书。起初,我读这个细节,颇为震动。

吴藕汀关于"读史、填词、看戏、学画"的著作,已陆续有人研究和评说,其实无须我来费舌。我所感兴趣的还在于吴藕汀的被接受史,乃正是很多诸如范笑我这样的热心文化人的民间行为,才使得人们逐渐去认识和熟悉起来。这样的范例,近些年来,似乎还有一位张中行,另一位恐怕要算是木心了。我曾写过一篇小文,以为吴藕汀便是画坛之中的张中行,两人均经历坎坷,又均系一介布衣。而他们又都源于民间的努力推介,才逐渐为人所知。吴香洲、范笑我以及一些仰慕藕公的朋友曾主持自印过吴藕汀的多种小册子,并得以在一些文化人中进行小范围交流。吴藕汀在世时,范笑我极力向世人推举和引介，希望能够得到应有的重视和评价。《药窗词画》自序中，范笑我写到两个细节，本乃谈论吴先生的风骨，但也可见其被世人接受的过程。其一是美术史家陈传席到嘉兴，范曾陪同一起拜访，另一则为范陪同艺术评论家包立民拜访吴藕汀。这两位学者都对吴藕汀有所评价，前者评论说："吴藕汀的画有黄宾虹，跟黄宾虹不一样。吴藕汀的笔很随意。"后者评说吴先生所作自画像，乃则是"大有梁楷遗风"。

我得到的第二本画册是《吴藕汀画集》。此画册由人民美术出版社二〇〇七年出版，八开硬精装，印一千两百册。孔网已无售。我的一册，系讨自友人许宏泉。正在我百般难寻此书之际，某次去许君的画室留云草堂，便见到他的书架上有三四册《吴藕汀画集》。许君赠我此册画集，扉页有题跋如下："藕公尝言，我不会画画，盖一生不欲入古人门径，更不欲与今人为伍也。"他评价藕公是思想自由、特立独行，斯言甚是。许君还编有一册《吴藕汀宋词画册》，由北京燕山出版社二〇〇二年出版，印三千册。我询问他是否还存藏此画册，告知已无，后来在孔网终于觅得一册。翻读这册《吴藕汀宋词画册》，突然想起许君早年所作文章《关于吴藕汀》，其中记有一九九七年七月十日，他的一段得画小记："今天最开心的事，是得到吴藕汀先生的《宋人三十六词意册》。三年前，曾在吴蓬先生的留荫庐画室见过此册，从此耿耿于怀，魂牵梦绕。"又评价说："先生喜作山水小品，而这册小品则是先生的小品中的经典之作。册中山水表现宋人词境，无一写名山实景；野冈率水、层峦古木、溪滩修篁、竹篱茅舍、荷亭小舟，一派悠然超尘的和平景象，是词人更是画家的心中江南。"

许宏泉也是吴藕汀的忘年交，编印《吴藕汀画集》和《吴藕汀宋词画册》，又在藕公生前，整理出版了《药窗诗话》。藕公去世后，策划了吴藕汀画展，并在他主编的《边缘·艺术》杂志做了纪念专题，可谓藕公的一位晚年知音。吴藕汀去世十周年，他写过一篇纪念文章《十年后再看藕公的画》，其中有个细节，分外动人。那是吴藕汀去世前一年，许君和朋友去南浔看望，老人家兴致很高，带着他们在自己的小院看花识草，许君回忆道："面对这些花花草草，（他）就像面对一个个鲜活的生命，充满着怜爱，更像一位微醉的诗人，和我们说起它们什么时候开花，什么时候结籽，什么时候下土育苗，忘情如此。"那天，他们一行还和老人合作了两幅画，并约定中秋时节再来。几年后，他和电视台的朋友又到南浔，与吴藕汀的儿媳谈起那天的情形，这位儿媳激动地说："你们临走的时候，说重阳的时候再来，再来合作'九秋图'。"但那天，他们没有来。藕公的儿媳说："你知道吗，重阳那天，老人一直在念叨你们，说好了来的，从早上一直等到晚上，你们都没有来。"许君说他看到吴藕汀儿媳眼里噙满了泪水，不知道自己该说些什么。

二〇二二年九月二十三日

张充和题字闲话

孙康宜编《张充和题字选集》出版后,我很快购来一册,饱读之后,曾在报纸专栏上写过一个短评,文章不长,抄录如下:"'合肥四姐妹'之一的张充和,应该是她们姐妹中最幸运的一位。抗战结束后,张充和嫁给美国汉学家傅汉思(Hans Hermannt Frankel),赴美后她成为美国耶鲁大学的一名书法教师。之后的岁月里,张充和在异国他乡潜心研究书法,技艺渐至一流,被学者白谦慎以为有六朝墓志的笔意,端庄又古雅,使中国文化在海外结出奇葩。而同时,张充和也因此幸运地躲避了心灵的磨难,使她没有被污染,依然保持着一颗干净的童心。张充和作为文化存在的意义,不仅仅在于她将中国的传统文化传播到了海外,更重要的是,她对建立与交流中西文化给予了更多的关怀与支持。这册《题字选集》由耶鲁大学的孙康宜教授编注,收录了张充和多年来的书法题字,尤以她对于中西文化交流与融汇方面,给予的题字最多,其中就包括她题给清华大学国学研究院、苏州大学海外汉学研究中心、欧美汉学家自选集、耶鲁大学图书馆东亚图书馆等。这不仅是一种艺术,也不仅是一种风雅,而更是一种寄托,一种乡愁。"

一晃,距离写这段文字,已经十多年过去了,但对于张充和书法的喜爱,还是没有改变。朋友齐凯是一位青年艺术家,他着意收藏张充和的墨迹,很为可观。近来他说要举办一个以张充和书画为主题的收藏展览,作为他操持的"香南雅集"之一,并由香港学者金耀基先生题写了展名"冷淡存知己",很有佳趣。我至今无缘收藏张充和先生的墨迹,但很留意她的书法作品,尤其是她的题字。在孙康宜编注的《张充和题字选集》之外,我亦见过多幅题字,都是非常精彩,想想是可以作一篇补遗文章的,以此也作为对于"香南雅集"的支持。而这其中的第一幅,便是齐凯收藏的"呦呦亭"。有次我到齐凯的住所,看到他的客厅挂有一幅"呦呦亭",十分古雅,但并未署款,询问后才知是张充和的墨迹,系他从拍卖会上得来的。随后考证了一番,原来这是张充和先生为美国汉学家史景迁(Jonathan D. Spence)所写,而史景迁正是写作《合肥四姊妹》的金安平女士的夫君。史景迁大名鼎鼎,无须多加介绍,他晚年居于纽黑文小镇的河畔,大树参天,野鹿出没,很是悠哉。这位仰慕孔孟的美国学者,特建"呦呦亭",乃有"呦呦鹿鸣"之雅意。

我在网上看到过这座"呦呦亭",乃不过十分简陋的一个五角木制小亭，极为古朴，亭上所悬，恰是张充和所写墨迹制成的匾额。那天在齐凯住处，他见我十分欣赏张先生的这幅墨迹，不久便复制了一份寄我把玩，我又请齐兄帮助装裱和装框，如今正放在家中的书房里，虽不是真迹，但也是别有一番雅趣。《张充和题字选集》中收录有张充和为史景迁荣休所写扇面一页，但并未收录这份"呦呦亭"的题字，是一个遗憾。由此，我又想起另一则与此相关的题字，乃是二〇一二年的春节，偶然得知生活·读书·新知三联书店印行的《话题2011》，又增印一种特装纪念本，仅印四百册，用的便是张先生的题字作书名。下班后，立即到北大的博雅堂书店，幸运买到一册。《话题》是一本丛刊，每年出版一册，主持者是社科院文学研究所的杨早博士，我年年会买来读读。但因为张充和的这个题字，我又专门在京城的报端写了一个短评，意欲令更多爱书人知道这个消息，其中这样写道："最初是北京几位毕业不久的青年学者，好学深思，关心时事，他们定期组织聚会，畅谈社会热点。这种雅集，很有些民国京派沙龙的意味，也有一些来今雨轩文人聚会的遗风。"

关于《话题》这本丛刊，之所以能够得到张充和先生的题字，我想也是另有原因的。杨早博士和夫人凌云岚与张先生是北京大学的校友，他们夫妇又合作翻译了金安平女士的著作《合肥四姊妹》，其中自有一份情谊。我又偶然在朋友寄来的《中堂闲话》杂志上，读到耶鲁大学东亚文学系苏炜教授的一篇关于张充和的访问记,其中便有关于《话题》的相关内容。那篇作于二〇〇八年一月的访问记中写道,苏炜在张先生的客厅里,看到了如下场景:"茶几上,那本《卞之琳纪念文集》还放在一角,和其他几本字帖、杂书撂在一起。即便因白内障恶化而视力锐减,除了坚持写字,老人每天还是抽出相当多时间读书。亲友寄赠的书她几乎随到随读,或粗或细地浏览一遍。所以,有一回她向我说起'郭德纲'、'潜规则'与'男色消费',我吃了一大惊,连声笑说:'张先生,你很update(紧跟时尚)呀!'原来,这些话题是她从三联书店给她新寄到的《话题2006》里读到的。"为此,我甚至在文章中这样写道:"只可惜新书很少做广告,那段张先生和苏教授的谈话,用来宣传就是最好的广告语了……三联书店若用这段话作推荐,一定绝佳。"

没料到的是,一年后的七月,偶然在网上看到苏炜教授的新书《天涯晚笛》出版,且在牡丹园的彼岸书店举办"听张充和的故事"沙龙活动。那时北京的文艺沙龙十分活跃,我亦偶尔参加,由此见到了远道而来的苏炜先生。此前,其实已读过苏先生的多本著述,尤为喜爱他的散文,见识独到,质朴有味,而他在耶鲁,与孙康宜、郑愁予、康正果等华人作家,建造了一个"文学理想国",为我仰慕。作为张充和的晚辈,他们一起在北美开辟了一个小小的中国花园。《天涯晚笛》是苏炜所写的一个他眼中的晚年张充和,也是可以看作中国文化在海外的张充和题写"呦呦亭"

一份优雅见证。"天涯晚笛"四字,别有韵味,又由张先生题写,更添风流,《张充和题字选集》亦未收录。其实,张先生的题字还有遗落,但这几则颇有掌故之趣,故而记下作为补遗。那晚的读书沙龙,还有一件趣事。我在"豆瓣"上看到一则寻人启事,乃是有位书友在此沙龙"冥冥中"遇到了他的"女神",但没机会说上话,遗憾不已。他在这则启事中描述了"女神"的相貌和举止,并"怀着一丝希望发帖",愿能得到一些线索。读到这个十年前的帖子,颇有些感动,真心希望他能与"女神"有缘。

二〇二三年七月五日

旧书摊与翻译家

李文俊先生一月二十七日凌晨辞世了。朋友圈有很多师友的悼念，其中编辑家韩敬群写到的一件往事，令我印象很深。他说有次到李文俊先生家做客，看到有册 *Great Writers*，在此书的扉页上有李先生的购书记录："文俊 购于 PJY 2009. 5.23 80元。"韩敬群说，PJY 就是潘家园旧货市场，这本书是李文俊先生费了八十元钱在潘家园淘来的。由于此书的信息量极大，封面上还有 From the creators of 1001 Books you must read before you die 这样的宣传语，令作为编辑的韩敬群很感兴趣。他在微信上特别谈到，此书收录了美国著名小说家福克纳（William Faulkner）和加拿大小说家门罗（Alice Munro）的专门介绍。有趣的是，门罗二〇一三年获得诺贝尔文学奖，李文俊翻译的门罗的长篇小说《逃离》二〇〇九年获得布克国际奖（Man Booker International Prize），也是在二〇〇九年由韩敬群所在的北京十月文艺出版社出版，系国内首部翻译出版的门罗小说。那次拜访，李文俊还告诉韩敬群，很多英美的当代小说，他都是在潘家园旧书摊上购得的。也许是发觉来访者对此书的浓厚兴趣，李先生很爽快地将此书送给了他。在微信朋友圈，韩敬群感慨："一件小事，可以见出一代翻译大家的性情和他对后学的善意。"

李文俊曾任社科院外国文学研究所的学术委员，住在社科院的潘家园宿舍，我多年前去拜访过一次。先生与英美文学打了一辈子交道，编辑《译文》和《世界文学》四十余载，最先翻译和介绍了诺贝尔文学奖得主福克纳和门罗。我到他潘家园的家中，感到一种特别的朴素和清雅。在他家的客厅中，有一张从潘家园淘来的郑板桥书法的拓片，为"静轩"二字，还有一幅李一氓的书法。几个博物架上，摆满了他从潘家园淘来的小古董，诸如瓷器、瓦当、陶罐、笔筒等，这些瓶瓶罐罐，杂乱地摆放在一起，颇是有趣。虽然没有什么特别名贵的东西，却很能见出这位翻译家的可爱。想来李先生一定是潘家园的常客。潘家园旧货市场我在读研究生时去过几次，在书摊买了几册旧书。后来因为距离太远，加之网络时代到来，已经很少去那里淘书了。淘旧书要随性，目的性不能太强，只有闲来常去搜寻，才能有不期而遇的收获。对此，我很羡慕住在潘家园旁的李文俊先生。买旧书、淘古董、写文章，以及翻译他感兴趣的作家作品，可能是先生晚年的日常生活。如今，李先生去矣，文学界少了一位著名译者，潘家园也少了一位收藏爱好者。在我的心中，晚年的李文俊似乎更像一个常在旧货市场闲逛的老头儿。

其实，作为知名翻译家的李文俊，已经被谈论的不少了。就连我这个外文水平堪忧的门外客，都还写过一篇访问记，谈的便是当下翻译界的故事，现在重读，还是蛮有趣的。李先生所写的文章，出的文集，也曾细细读过一遍，对喜欢写"幽默短文"的李先生的文笔，深为赞叹，并写过一篇《"谢谢捧场"》，介绍了他的几本集子。李先生驾鹤西去，我已无话可说，唯有深深哀悼。只是看到韩敬群忆及的旧事，倒是令我想起了拜访李先生的悠悠往事，想起了那个喜欢到潘家园淘旧书和小古董的有趣老人。重温了几本先生的文集，发现有好几篇谈收藏的文章，诸如《生日礼物》《真假古董》《收藏者的自白》《家有真品》，这些文章之前并未特别关注，现在读来，也是趣味盎然。《收藏者的自白》写他在旧货市场，以较低的价格，淘得一册《平山郁夫画文集》，扉页有这位日本著名画家的签名；他还买到一只白砂扁腹壶，一个磁州窑小罐，一把当代名家烧制的紫砂壶，都是各有妙处，让他在文章中津津乐道。或许这些淘来的物件，价格不贵，却令他分外欢喜，故而无论真假，也是总有可取之处，"算是件美术品"。他还感慨："美的物件是永恒的愉悦。这是英国诗人约翰·济慈说的，原文是：'A thing of beauty is a joy forever.'。"

毕竟是书生，淘旧书是他多年的爱好。在《真假古董》中，他谈自己买来的一些小古董，被亲友认定为假货，他却笔调一转，谈到淘来的几本旧书，经他考证，乃是真品无疑。其中一册英文书是他在东安市场买来的,里面竟夹着一张张大千的名片,姓名印刷体的右侧,还有用铅笔注的英文拼音。有册英国作家司各特的小说《圣罗南的泉水》,一九五七年购得,系一八五三年在巴黎出版的英文原本,可谓一册特别的"古本"。一九七二年,他在西单商场内的中国书店,购得了一册阿瑟·惠黎的译诗集《古今诗赋》,扉页有"谷若藏书"的印记,经考证,系著名翻译家张谷若先生的旧物,后来又经张先生题跋,成为一件十分有趣的藏品。谈及的淘书旧事,还有册他早年在复旦大学读书时,曾在学校附近的旧书店购得一册英文袖珍本 David Copperfield(《大卫·科波菲尔》),后来他在社科院工作,下放河南干校,因其本子小,便随身携带。这本书的特殊之处,还在于它曾用旧报纸包了,被同在干校的钱锺书和杨绛夫妇借阅,且两位在此书中多有批阅和圈注。这段经历,被杨先生写在了《干校六记》之中。干校后期,他们四处寻书,杨绛先生形象地称之为"同伙暗中流通的书",李文俊先生以"同伙记趣"又记之,乃是别有一番滋味。

二〇二三年一月二十八日

谷林"情书"

谷林的书信被称为"最后的书信"。这虽是一句已经烂俗的语言,但还是形象的,此中的"最后",乃是传统书信已经被快捷简便的短信、微信和电子邮件所取代,那种值得静心品味的文人书信,却是少之又少了。谷林是很爱写信的,而他所写的信,又是极为独特的,他的信多是闲说闲话,不像应用文,而是多可看作一篇篇小品文。他的这些书信,读来如促膝闲谈,虽是信手写来,看似漫谈杂语,却是隽永而极有滋味的。在他给扬之水的信中,就曾这样写道:"平生交友无多,但寄信则极为勤快。"又写:"写信惯了,无意间得一恶习,即怕打电话。陈原老人赠书,子明与我每各得一份,子明当日通一话,我则三日致一札——所谓三日,非写作之难,盖计及邮程也。不能换成电话吗?不能,一换就像无话可说了。"由此可见,谷林给师友写信,有爱好的驱使,又有性格的原因。谷林书信最早被一些书友追捧,只在湖北十堰的一份《书友报》上以"谷林书翰"专栏连载,后经止庵编选为一册《书简三叠》出版,渐为人所瞩目。谷林去世后,董宁文又编选《谷林书简》,以作纪念;此后,又有《爱书来:扬之水存谷林信札》和《谷林锺叔河通信》两种出版,都受欢迎。此外,《范用存牍》中亦收谷林书信十余封。

我曾读谷林的几册书信集,以"暮年上娱"称赞,以为这是其晚年消遣时光的一种特别方式,后来偶翻《扬之水存谷林信札》,其中他在给扬之水的信中写道:"戴子钦先生近有来信见告云:所存'文革'以后我的去信,他点检了一遍,得一确数,共一百几十几通,'文革'以前,当有三五百封(他夫人有一次同饭时偶然提起旧事,掩口而笑,指着戴公说:把你的信带来带去,捧进捧出,好像一迭'情书'似的),烧掉了。此外,有一位老师仙逝了,一位同学病故海外,就这几位通算,寄书必在千通以上,要是当作练笔的文字看,是则平生写作亦在百万字上也。"对于谷林在信中所写这段话,可以有几个意思,其一是他的写信之癖,并非晚年一时兴起,"文革"前的书信,应是中青年时期所写,故而"暮年上娱"的说法,是不准确的,尽管谷林也在信中极慕俞平伯与叶圣陶晚年通信的"晚岁上娱";其二是信中屡屡提及的戴子钦,应是其最为重要的写信对象,且他所写的信,也为对方看重,遗憾部分书信已毁,但仍有遗存二百余封,却也尚未出版,乃是最为值得期待的。后来我重读一遍谷林书信,发现这位戴子钦,不但是谷林在友朋信札中最常提及的人物,而且与谷林是亦师亦友的特别关系。

谷林与戴子钦的来往书信虽未出版,但通过谷林书信,也可窥得一二。先说这位戴公的身世,谷林在给沈胜衣的信中,曾略有提及:"他是我的一个同乡,名'子钦',我二十岁时初识他时,他在宁波的一家报社任职,宁波陷敌时先后入川,'他乡故知',过往渐密,他年长我约十岁许……至今与我有书翰往还的老辈,只剩他一人了,故弥觉珍贵。"在给沈胜衣的信中,又谈及:"戴先生于上海解放后进上海同庆钱庄,他任秘书,并介绍我也到那儿工作。我们约一起工作年把。以后我来北京,他去西北。""文革"后,戴从青海回上海,以翻译经典为志业。戴子钦与谷林,情谊很不一般。他们志趣相近,信中也有数处提及,亦可见风采。其一是戴给谷林写信,推荐张中行《负暄三话》中的一篇长文,谷林说他读后,"也认为很好";其二是戴曾写信建议谷林补习英文,并推荐他读《傲慢与偏见》,谷林也确实读了,以为"这部作品实在写得好,仿佛读原文果然比读译本有更多的情趣";其三,谷林的一本书中有篇文章,谈到"林语堂",后面缀了一个"之流",戴来信指出,谷林说他"得信矍然,深感惶惭"。戴子钦一生际遇坎坷,趣味高雅,亦是性情刚直的人。他们俩的往来"情书",想来应是很好看的。

二○二○年十一月二十八日

锺叔河先生的信

《念楼书简》由九州出版社出版了。这本书收入了锺叔河先生写给我的三封信。此前，夏春锦兄来信，征求锺叔河先生的信件，我是有所犹豫的。并非秘不示人，而是这几封信的背后，多少是有一些故事的，否则读者未必会能懂得。但夏兄在征信的同时，还向我发来一份锺先生亲笔所写的收信人名单，其中便有区区。于是便搜寻旧物，终于将这几封信搜罗了出来，拍照后发给了春锦兄，但还是没有赶上浙江古籍出版社出版的《锺叔河书信初集》。随后，夏兄继续编选《锺叔河书信二集》，也就是如今的这本《念楼书简》，才将这几封书信添列其中。记得此书编选时，我恰好在策划黄山书社的"松下文丛"，其中收入一本《念楼话书》，夏兄询问这本《锺叔河书信二集》，是否可以列入。我们都倾向于用《念楼书简》这个书名，既简洁，又与"松下文丛"其他作品风格一致。虽然后来《念楼书简》未能在我主编的"松下文丛"出版，但我对夏兄编选锺先生书信，是双手支持的。而作为提供这三封书信的收信人，也应是有义务略作一些补充的。

航满先生：

《风雨中的八道湾》文笔好，引用前人记述也剪裁得好，看后心生好感，你确是一位多才能文之人。

你选拙文出于好意这我相信，未先告知有例可援也能理解，但老师改作文那样的态度却让人难以接受（既蒙不弃视为朋友，自不敢不直言相告）。尤其是将自家的"壁上"改成了赠人的"补壁"，不仅意思相反，而且完全不通，这确实使我有点生气。但愿如你所言，是一时"大意、疏忽"所致。仍望有机会时能顺便说明一下才好。

此信因病迟复请谅。附奉拙笺一册，以答赠书盛情。并颂

文祺

钟叔河

七月七日，二〇一五年

抄录这封书信之际，我不得不佩服钟先生擅长作文亦很会写信。此信对我有所批评，但开头则是先进行了一番表扬，接着又谈了他何以生气的原因，但又提出要求，乃是希望我"有机会时能顺便说明一下才好"，可谓面面俱到，有礼有节。其实，在这之前，我早就对钟先生十分仰望，但并未有机会结识，

倒是这样一个特别的因缘,让我们竟成了忘年之交。起因是我为花城出版社编选《中国随笔年选》,编选 2014 年的随笔选时,选收了锺先生刊发在北京《中堂闲话》杂志上的一组文章《念楼壁上》,并从编辑处索来了文章。因为编选时间紧迫,也怕打扰老先生,就未提前告知,而是在书编选出版后,请出版社寄赠了样书。或许是忙中出错,竟将锺先生的文章在目录中写成了"念楼补壁",编校中忘记是出版社还是我自己又将文章标题作了统一,由此闹了笑话。也就成了锺先生所说的"不仅意思相反,而且完全不通"。后来得知这个错误,又听说锺先生很是生气,真是十分惶恐。恰好此时,我的新书《书与画像》出版,便呈上此书,并写信郑重致歉。

或许是一次幸运,我的这本书中恰好收录早些年所写的一篇《风雨中的"八道湾"》,谈的便是周作人与八道湾十一号,这也便是锺先生在信中表扬的那篇"看后心生好感"的文章。毕竟关于周作人,我们还算是同道中人。锺先生随信还寄赠一册安徽大学出版社 2011 年 3 月出版的《儿童杂事诗笺释》,这就是信中所写的"附奉拙笺一册,以答赠书盛情"。当我收到这封信和这本书后,激动之余,也为能得到锺先生的谅解而由衷高兴。锺先生在赠书的扉页亦有题签:"朱航满君寄赠大作,以此报之。即所谓木桃也,愧对琼瑶多矣。乙未夏锺叔河于长沙。"又钤白文印一枚。这也是我收到的第一本锺先生题跋又签名的赠书。也因此而特别写了一篇文章,取名《木桃与琼瑶》,

以对锺先生信中写到的"仍望有机会能顺便说明一下才好"的一个回应。文章后来刊发在南京的《开卷》杂志上，因为我想这份杂志锺先生以及许多喜欢锺先生文章的朋友应该会看到的。二〇一八年八月，我在文汇出版社出了一册文集，取名《木桃集》，也收录了这篇《木桃与琼瑶》。

航满先生：

　　大著《读抄》及大示奉到已久，因病迟复甚歉。标题之事，《开卷》刊文早读到了，具见高风。反思自己，也许过于计较了。但愿能原谅老人的固执吧。知堂文字是我的最爱，所以才编它，才印它，只怪自己材力不济，未能善作善成，有负知者的期望也。兹奉上《知堂美文选》一册，有拙序一篇，希望能予批评指正。海内才俊，能文者甚多，但识见能达到先生水平者，盖不数见。大概文联作协门下受教育太多，既以文字为职业，行文时自不能不更多看老板的脸色，故反不如在各行各业中捧饭碗者稍得自由也。即请

　　著安

锺叔河
2017.8.14

自与锺先生因故结识，却未敢再打扰。据说老先生多难交

往。二〇一七年一月拙作《读抄》由花城出版社出版，列入该社策划的"书蠹丛书"，印制尚佳，但也未敢贸然呈送。那段时间，我在重读周作人的文集，又在网络上搜购周作人的各类旧作，自然包括锺先生当年在岳麓书社校订和编印的"周作人著作"。尤其是买到一册岳麓书社的精装《瓜豆集》，印制甚少，淡绿封面，令我爱不释手。于是便写了一封信，谈自己对锺先生编选周氏文集的看法，尤其对锺先生校订和索引之事，予以礼赞。待收到锺先生回信，一则一惊，二则一喜。惊讶的是，锺先生说他读到我在《开卷》上所写文章，认为"具见高风"，且还对自己进行了反思，并请我原谅他的"老人的固执"。锺先生在信中还谈了他对编选知堂文字的意见，想来这也是对同好者的吐露心声。信中还对我有所表扬，想来在得知我并非专门的职业写作者，而是业余爱好，乃是由此生发感慨，并给予鼓励。但由此也可见锺先生对当下为文者的态度。一喜则是收到了锺先生的赠书《知堂美文选》，由岳麓书社二〇一七年一月印行。锺先生在信中"希望能予批评指正"，我在读了此书后，竟然书生气大发，写了一篇《〈知堂美文选〉谈屑》，谈了对周氏文集编选的看法，亦刊于《开卷》杂志。

航满先生：

信、书收到，奉读一过，甚佩君之善读多思。拙编能邀青及，即已十分感谢矣。

我喜读周书，才编周书，我总认为，喜读周书者越多越好，来编周书者也多几个才好。

像八五年前那样，没人编，少人读，那就不好了。年近九旬，来日无多，惟愿后来之英高蹈远迈，做出更多更好的成绩。近出自选集一册奉呈，不堪尘览，但请留一纪念吧。

即颂

佳吉

锺叔河
八月十七日（2017）

这封信《念楼书简》编者标注为二〇一七年，显然是错了。我的文集《木桃集》二〇一八年八月在上海文汇出版社出版，后收入董宁文先生策划的"开卷书坊"第七辑之中。收到此书后，立即寄了一册给锺先生。锺先生收到后即复此信。此书中多篇文章，皆与锺先生有关。诸如《我收藏的知堂文集》，其中便着重谈了锺先生早年编选的《知堂书话》；《"清淡质素"才有味》，则是我谈锺先生编选的《知堂谈吃》一书；另外还收录了《木桃与琼瑶》。这也便是锺先生在回信中谈到的："拙编能邀青及，即已十分感谢矣。"锺先生在信中感慨道："我喜读周书，才编周书，我总认为，喜读周书者越多越好，来编周书者也多几个才好。像八五年前那样，没人编，少人读，那就不好了。"应该是对我逐一谈及近年来出版界出版的各类周氏文集的一个回应。回信同时还寄赠了锺先生在江苏凤凰文艺出版社此年五月出版的一册《念楼随笔》，编印甚佳，锺先生在扉页签名题赠，并盖上了一枚十分特别的朱文印章："锺氏叔河八十七岁重经丁酉以后之作。"

此信之后，我应该还给锺先生写过一封信，起因乃是我有位朋友在《北京青年报》做编辑，拟采访一些文化老人，我好事，便提及了认识锺先生。朋友自然大喜，列了采访提纲，我便写了一封信，寄到了长沙念楼。不巧那段时间锺先生恰好生病，他特意请长沙的王平先生打来电话，告知心意领了，访谈就不做了。过了不久，锺先生又来电，应是病情好转，特意又向我做了解释。同时又告诉我，以后有事可以随时打电话，对他也是很方便的。但对我来说，锺先生的长沙话实在是很难听懂，每次电话，只能在半懂不懂中连蒙带猜，虽大体可知内容，但接电话时，总是难免紧张。此后，锺先生有事，都是以电话来作沟通，自然包括后来我为锺先生编选《念楼话书》。这本书从策划出版到正式出版，前后三年时间，其中电话来往，应有一百余次。其中也只收到锺先生一封短信，主要是我请锺先生为这本书写一篇《补记》，以对我重编此书的支持，也对读者有所交代。《补记》已刊《念楼话书》，也在《随笔》杂志二〇二三年一月刊出，此处不再照录。

航满君：

你好！嘱为题记，开了好几个头，想想还不如这样的抄录知堂原文为好，现寄上请审正，如认为不行，尽可弃之，我再写几句亦可，但我认为总还是"六经注我"的方式好也。

古语有云，"一为文人，便无足观"，因为中国的文人从来都是在"正心，诚意，修身，齐家，治国，平天下"的规制中培养教育出来为君王效力的，连李白杜甫这样的纯文学工作者留下的也是《杜工部集》《李学士集》，要以官衔传世。这才会出现作协副主席"纵做鬼也幸福"这样的作品，岂非皆真相信或假相信文艺有"结缘"之外之上更强更多的效力之故耶？故知堂此语，实作文做人之金针也。

我自购的一百本已收到，样书收到了二十五本，信人处样书请按原约由皖寄送，握手！

锺叔河，23.6.24

与这封信一并寄来的，还有锺先生的寄赠的《绝妙好文：念楼学短选读》和《书屋》二〇二三年第六期，前者由人民文学出版社二〇二三年四月出版，后者头题刊出《念楼题记百则》。实际上，我正是先在网上读到了这篇《念楼题记百则》，才动念想请锺先生为我新编的一册文集《结缘豆》题记。于是便先是打了一个电话，询问锺先生的意见，先生倒是满口答应，但提出要看看书中的内容，也好下笔来写。随后我将文章初步编成，并写了一封信，谈了何以取名《结缘豆》，并在信中录了周作人文章《结缘豆》中的一段我最为喜欢的话。锺先生认为抄录知堂原文为好，但与我此前引用的却是不一样的，而是在我引用的基础上，又摘录了三句话，讲清了周氏谈论"结缘豆"的主要内容，我想不妨把锺先生在我基础上所抄内容特别引录如下："……按《日下旧闻考》，京师僧人念佛号者辄以豆记其数，至四月八日佛诞生之辰，煮豆微撒以盐，邀人于路请食之以为结缘……""为什么这样的要结缘的呢？我想，这或者由于不安于孤寂的缘故吧……""……写文章即是不甘寂寞……"

对于我的新书取名《结缘豆》，想来锺先生是大为赞成的，故而在信中才有感而发地一通感言，并强调周氏的"结缘豆"之言，"实作文做人之金针也"。从信中可知，锺先生对作此题记很是重视，也是颇感满意的，而他后来又将此文复印一份，寄给了他的一位深圳朋友。不料原件寄给了那位朋友，复印件却寄到我处了。那位深圳友人也乐意收藏这份手迹，我也只得恳请锺先生另抄一份。不过，新抄的《题记》与此前的内容有所不同，锺先生又作了内容修订。但我以为，原有的《题记》亦有资料价值，不妨抄在此处，以作纪念。锺先生在《题

题朱纯满《结缘豆》 钟叔河

朱君以知堂篇名作书名嘱题，自忖拙为弄墨实不如不经意就好，乃寻抄《瓜豆集·结缘豆》以应之：

……谨按《日下旧闻考》，京师僧人念佛号者辄以豆记其数，至四月八日佛诞生之日，煮豆微撒以盐，邀人于路请食之，以为结缘……

为什么这样的要结缘的呢？我想，这或者由于不安于孤寂的缘故吧……

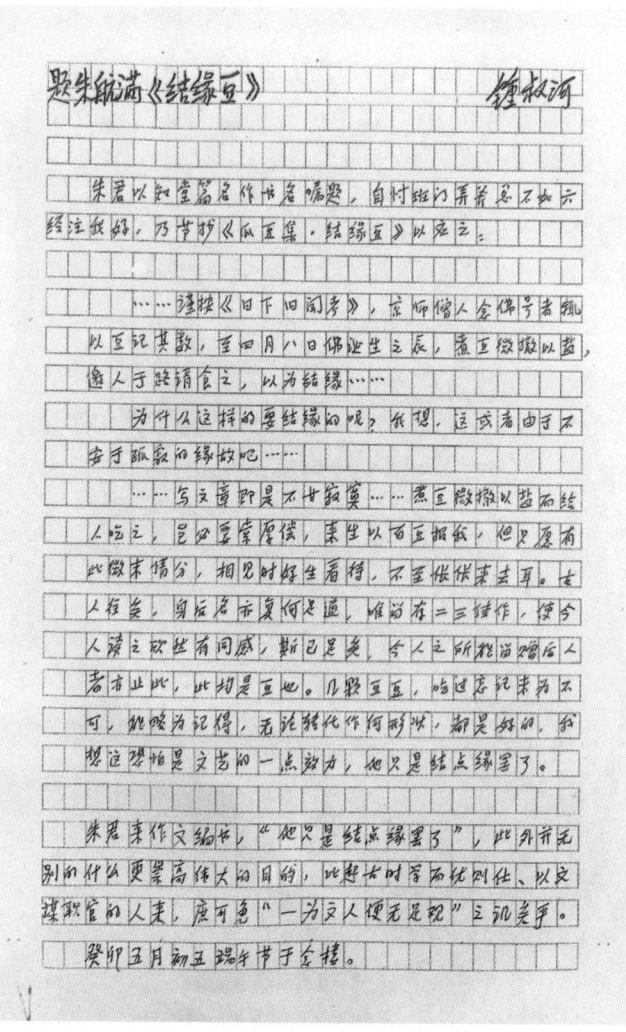

……写文章即是不甘寂寞……煮豆微撒以盐而给人吃之，岂必要室摩偎，来生以百豆报我，但无原有此微末情分，相见时好生看待，不至怫然相去耳。古人往矣，身后名亦复何足道，唯冀在二三同好，现今人读吾文或有同感，斯已足矣，今人之所能馈赠与人者亦止此，此物是豆也。几粒豆豆，哈啥吃完不为可，能略为记得，无论转化作何形状，都是好的。我怕这恐怕是文章的一点效力，也只是结点缘罢了。

朱君来作文编书，"他只是结点缘罢了"，此外并无别的什么更崇高伟大的目的，此种长时间可贵的坚持，以文捷款待的人家，庶可无"一为文人便无足观"之讥乎。

癸卯五月初五端午节于念楼。

锺叔河先生的题记

记》中抄录周氏文章后,这样写道:"航满君作文、出书、编书,'他只是结点缘罢了',不曾幻想(更不至妄想)文艺还会有什么更大更多的效力。这也就是我欣赏他,愿为誊录生来抄录《瓜豆集》这几百字的缘故吧。癸卯端午念楼锺叔河于病中。"值得一提的是,信中亦谈及由我编选的《念楼话书》。锺先生对此书的编选和印制比较满意,他不但自购了一百本,且还请出版社寄书给友人。

二〇二三年八月十八日,北京

結緣豆

李勤先生篆刻作品"结缘豆"

老饕三笔

赵珩先生的《老饕三笔》出版了。之前,赵先生就已经告诉我这本新书出版的消息,故而很是期待。我陆续买了赵先生在三联出版的《老饕漫笔》和《老饕续笔》,读来真是兴味盎然。去年春末,我去三联书店闲逛,没有看到什么想买的新书,于是便在书店又购了新版的"漫笔"和"续笔",重读了一遍,觉得还是甚好。读赵先生的两本谈饮食的书,令我一时对中国文人的饮食文集颇感兴趣,于是尽力搜购,虽然收获不少,但写得满意的,却并不很多。赵先生的这两本书,是可以占有一席的。我甚至还一时兴起,编选了一册《当代文人美食文选》,反复遴选了五十多篇精彩文章,关注的是文人谈吃之趣,强调的则是知味者的文章之美,赵先生则是我选文最多的作者之一。如今,《老饕三笔》又出版了,自然是第一时间购得来读。我觉得"三笔"这个题目甚好,与之前的两本形成了呼应,既指这本新书,又包含他的三本关于谈吃的写作之书。赵先生是老派文人,书名取得亲切也古雅,前两册分别由王世襄和黄苗子两位京城前辈题签，这本《老饕三笔》则由上海法语翻译家周克希先生题写，更增了一份文人的清趣。

赵珩先生谈美食，其实多谈的是旧京掌故。我编《美食文选》，选了一篇《小记园林中的餐馆》，收在《老饕续笔》之中。此文涉及中山公园的来今雨轩、长美轩、瑞珍厚，北海公园的仿膳，颐和园的听鹂馆、石舫餐厅、南湖饭店，香山公园的红叶村、枫林村和松林餐厅，杭州西湖的楼外楼，等等，这其实是颇难谈的一个话题，没有广博的阅历和见闻，是写不成的。赵先生有一副老派文人的笔墨，不仅有旧闻掌故，还有文人交游的雅兴，娓娓道来，如听负暄闲话一般亲切。我还选了他的一篇小文章《莼鲈盐豉的诱惑——文人与吃》，收在《老饕漫笔》之中。此文既谈了苏东坡、陆游、袁枚这样的古代美食家，又谈到了鲁迅、周作人、梁实秋、张大千这样的近代名流，更是谈到了他所熟悉的汪曾祺、王世襄、启功、朱家溍等当代文人，文章写文人与美食的掌故逸闻，亦对我们的传统有了一份特别的亲近。由此可见，我以为甚好的两篇代表作，虽然谈人间美食，却不直接去写，这也是赵先生写谈吃文章的一个特点。《老饕三笔》中有一篇《"文化里的胃"》，作为压轴之作，写的是好吃又风雅的沈昌文先生，可谓惺惺相惜矣。

我还喜欢他的一篇《九华春笋》，收在《老饕漫笔》之中，亦收在我编的"文选"之中。此文赵先生写他游九华山，途中遇雨，后来在一位卖茶的老婆婆家中，吃了一盘炒春笋和一碗雪笋汤，令他直呼鲜美。这篇文章不长，宛如晚明小品，质朴淡雅，又如春笋般清新自然。我之所以喜欢这篇小文章，也可看作赵先生美食文章的一种代表，乃是寻味四方，而这篇文章则是寻味山间乡野，故而尤为特别。对于文人来说，谈美食本身，以及谈美食的制作技艺，都非其擅长，这种寻访美食的经过，则又多是生动有趣的。故而我读赵先生的美食文章，除去掌故旧闻之外，多数则是读他寻访美食的经过，乃是十分生动的。这次读《老饕三笔》，类似九华山寻味的文章，还是不少，颇有一种神游的自在和洒脱。说来我编《当代文人美食文选》，觉得最有趣的，便是"寻味"这个章节。而善写"寻味"文章的，除了赵珩先生，还有台湾的陆耀东和香港的蔡澜，都是能将自己的寻味之旅讲得绘声绘色。他们的寻味之旅，有对风俗文化的观察，又有旅行见闻的记录，更有寻味人间的陶然，读来亲切。我读这样的文章，常有一种虽未能至、心向往之的心情。

《老饕三笔》中还有篇文章《说家宴》，让我倍感兴趣。赵先生是世家子弟，曾经见识过旧时的家宴，也延续了一些老派人家的传统。在这篇文章中，便写了他曾在家中宴请启功、朱家溍、黄苗子、郁风、丁聪、沈峻、许宝骙、高阳、黄永年、邓云乡、钮骠等老辈学人，年轻一辈的只写到了电视节目主持人刘芳菲。赵先生还说家中有一些保留的菜目，诸如蟹粉狮子头、南乳方肉、八宝鸭子、清炒鳝丝、金钱虾饼、三丝鱼肚发菜羹、西式炸小包、奶油烤杂拌、奶油烤鳜鱼以及素菜中的虾子茭白、炒掐菜，甜品则有豆沙八宝饭、核桃酪、芡实藕粉羹、橙子羹等。还有些精细的菜品，如干贝萝卜球、蟹粉豆腐、浓汤花胶、蜜汁火方等。之所以在此不厌其烦地罗列这些人名和菜名，乃是赵先生的家宴，也是京城文人雅聚的风景，而我也曾在赵先生家中用餐过一次，今日再读此文，乃是深感荣幸。几年前，我与同事登门拜访，大家谈兴甚浓，赵先生亦热情留饭，但那位同事有事提前离开，只有我一人独享了一桌美食。可惜当时我尚不知味，只顾大快朵颐，根本没记清赵府的菜名，虽然赵先生给我作了介绍。印象中是有蟹粉狮子头、南乳方肉这两道赵家保留菜的。在写这篇文章时，我发短信给赵先生，询问那天的具体菜名，先生回复说，谈不上什么家宴，时间久了，菜名他也忘记了，并邀我有时间再去。

二〇二三年二月十八日

清谷子张

子张教授从大学中文系的教职上退休了。与他谈起退休后的生活,他说总算可以读点自己想读的书了。今年盛夏,我去杭州西湖游览,与他在徐志摩纪念馆相见,他刚刚远游归来。寄情山水,纵情诗书,子张教授变成了文人子张,他终于可以按照自己的内心来生活了。从杭州归来不久,我收到了他出版的新作《四十有惑》,这是对他四十余年教职生涯的回顾和总结。对于大学教育,我是不懂的,但我对于美丽而又安静的象牙塔,是充满想象的。说来我曾经就读的大学,便是以培养教师作为主要方向的,但大学毕业后,同窗大多都从教了,我却最终失之交臂。甚至在又读了研究生之后,还是未能了愿,而如今这个梦想,早就熄灭了。但在读了子张的这本教育回想录之后,我对大学教职有了更多的认识,也对子张有了更多认识。子张热爱教职,也爱学生,他反对流水线的教育生产,也厌倦数量化的学术评价;他敬重文学前辈,交游甚广,对名利之事却并无兴趣。在当下校园,这多少有些特立独行,但他却总是表现出一种君子般的性情。

我和子张认识,并非学术问题,而是因为我们都喜欢写作,且都常在南京一份没有刊号的书话杂志上写文章。这对他的教职完全是无用的,但他却是乐此不疲。我们第一次见面,是在现代文学馆的一个新书座谈会上,其中有册他的文集《清谷书荫》。这本《清谷书荫》很有趣,内容是他在报纸上写的一系列关于签名本的专栏结集。他有一篇文章《窗前江水,楼底市声》,我很喜欢,其中写了在从教之余的生活状态:"因我选择的这个住处,刚好是在之江国家旅游度假区内,也是杭州规划内的之江新区所在,距离虎跑公园、九溪十八涧、龙井村和梅家坞、龙坞茶区都很近。还有一个大清谷景区,曾经一度被开发,但现在似乎有点冷清了。可我正喜欢这份冷清,愿意骑着自行车去感受两面青山、一路清溪的幽然……给我带来了新的灵感:我有了经营一个新的书房的设想,我想来想去,一种带着大自然清新活力的感受扑面而来,几行小诗酝酿成行:'隐者居清谷,闲来学种花。晨昏两手汗,寒暑一壶茶。'对啊,就叫它'清谷花房'吧!"

我读了他的这本书,留下了很深的印象。作为一个大学教授,他给我的感受,更像一个优游诗书的文人。诸如他的书房、他的收藏,以及他写的小诗。也是在这次见面后不久,我又收到过他的几本书,其中一本为文集《人在字里行间》,另一本则是他的诗集《此刻》。前者写他与现代文坛上的诸多大家的交往，诸如冰心、吕剑、邵燕祥等散文家和诗人，还有不少的前辈文人，都与他是多年的忘年交，这令我颇感意外。后者则是他多年诗作的一个结集，并由冰心先生题写了"子张诗集"几个字。我虽然不懂诗，但觉得他研究现代文学，能够与这些前辈文人亲密接触，对于他们的作品，便不会隔膜的。他与前辈的接触，是缘于诗，而我们的结识，则是因为文章。再次见面，则是在二〇一八年的上海书展，我的集子《立春随笔》和他的随笔集《入浙随缘录》皆列在一个丛书之中。他的这本《入浙随缘录》，记述了在杭州任教的读写生活，其中对木心诗作的评价，令我印象殊深。几本闲书读来，我体味到了他在字里行间对于文学的理解，也更看到他生性散淡却又孤傲的一面。

最近翻检子张赠我的著作，除了上述之外，他还赠我一册学术论文集《历史·生命·诗》，这是他的一部新诗论集，也可以看作是他的学术文章的代表作了。这本《历史·生命·诗》虽是一本论文集，但也颇不一般，因为所论述的对象，都是比较边缘甚至有些另类的诗人，诸如李广田、蔡其矫、牛汉、吕剑、木心、邵燕祥。其中的邵燕祥先生，我是有过接触的，有段时间我在研读邵先生的杂文，并打算为其编一本年谱，但后来得知子张教授已早我一步，为邵先生编选了一部文学年谱，并在此基础上逐步完善，已是指日可待。故而我的编写计划，也就作罢了。由此，我觉得他写文章，无论是文学随笔，还是学术文章，都是下了极大功夫的。他是山东莱芜人，早年就开始关注莱芜散文家吴伯箫,经过多年的积累,终于编选了一册《吴伯箫编年事辑》,又为人民文学出版社编选了一册《吴伯箫散文》,最后又写出了一册专著《吴伯箫评传》。这些学术成果的问世,都是积淀多年,在他即将退休,或者退休之后完成的。真是颇有些"事了拂衣去"的境界了。

子张赠送我的著作,还有几种,十分特别,在此不能不记。他曾寄我一册由他主编的小刊《手艺》,是他为杭州的一家收藏会馆编选的内部刊物,但编选的十分精细,印制也是十分漂亮的。这本小刊物仅三十四页,刊文八篇,皆谈民间手艺,诸如藏书票、竹刻、书衣设计等。很可惜,这本小刊只印了一期。另一种,则是他为杭州的徐志摩纪念馆主编的馆刊《太阳花》,亦是一册薄薄的内刊,也还是一部供徐志摩研究者和爱好者交流的小小园地。他编得认真,内容丰富又很可读,已出刊了十多期,对于推广和研究诗人徐志摩,是很有助益的。而他做这些事情,都是乐而好之的。还有一册赠书,乃是去年在杭州召开的民间读书年会的文集《问书钱塘》,由徐志摩纪念馆的罗烈弘馆长主编,但幕后的推手,则是子张无疑了。这本书由苏州的王稼句先生题签,布面精装,彩色印制,收录全国各地读书人的文章,堪为当下的又一湖畔佳话,可谓风雅事也。这些书刊的编辑,并非什么名山事业,只是一个纯粹读书人的本色劳作。

我觉得子张是寂寞的,却也是快乐的。他的文学教育,越到后来，就越是一种"闲来学种花"的境地，如春风化雨般，滋润着他的写作，也影响着他的学生和友人。这种散淡又俊逸的文学生涯，也才由此显得令人亲近。而我觉得所有的这一切，还在于他对生活的热情，一种文学般的热情。这次去杭州，住在西湖边上，整整待了半个月，尽情饱览了美不胜收的湖山风光。离开前夕，我问他，还有何处可以去看看，他推荐了两个地方，一个是九溪十八涧，另一个则是拱宸桥。而他推荐的游览路线，也是特别，颇像一种文学的行旅。那天去九溪，先坐车到了烟霞洞，胡适曾在此有过一段"神仙日子"；步行百十米，就到了郁达夫小说《迟桂花》中的翁家山，然后再到老龙井和龙井村，欣赏了龙井茶室和十八棵老茶树，最后才从山顶开始漫游九溪，颇如溪山行旅一般。到拱宸桥，也是按照他的指引，在武林码头坐船，那日正好有雨，我们一路乘船，雨中欣赏两岸的杭城风景，令我真有些今夕何夕之感。我的杭州之行，也由此才画上了完美的句号。

二〇二三年九月十六日

我读期刊的记忆

近读俞晓群先生的文章《期刊的记忆》,其中谈他多年来创办期刊和收藏期刊的往事,文短而情深。俞先生是资深出版家,曾创办和主持《万象》杂志,又收藏很多颇有趣味的期刊,我辈真是自叹不如。因我也是爱读期刊的,俞先生的文章,引发了多年来读刊和藏刊的一些记忆。

记得还在读中学时,就一直购买一册《中学生阅读》杂志,在那本刊物上知道了很多作家,后来对文学的认识,或许与这本刊物很有些关系。记得在那本刊物上看到一篇文章,系谈美国作家杰克·伦敦(Jack London)的小说《热爱生命》,令我很是震撼,便想方设法请老师在西安买了一套杰克·伦敦的文集。多年后,很想把我读此刊的经验复制给自己的孩子,于是联系曾在此刊做编辑的李建新兄,得建新帮助,寄来近年来的刊物数十本,感慨这本刊物不但还在,而且从过去的三十二开本,变成了十六开的大本子,装帧也漂亮了很多。那时候我在穷乡僻壤,能够读到《中学生阅读》这样的刊物,已经非常满足。如今孩子们的读物十分丰富，很难像我当年那样如饥似渴了。

我真正的阅读生活是从南京读大学开始的。那时很喜欢在学校的开架阅览室翻书，也就是在那里，我读到了二十世纪八十年代的所有《书林》杂志，后来又偶然在书架上看到几册八十年代的《走向未来》杂志，记得其中有李泽厚先生所写的中国思想史系列文章。后来我又在南京图书馆办了借书卡，借了《方法》《东方》这样的思想文化期刊回来。我的思想启蒙或许与读这些刊物有些关系。记得有段时间还十分关注暨南大学创办的一份《东方文化》杂志，刊载的文章有学术又有思想。大约在大学二年级的时候，我有幸成为系里的图书管理员，每年的期刊订阅都由我来负责。这虽然算不上什么特别的职务，但对我来说却是一个美差。也是在那时候，我注意到刚刚创刊的《万象》杂志，于是立即订阅了一册。从此便一直购藏这本刊物，直到此刊消失。几年前，为了写一篇文章，我还在孔网购得此刊的创刊号，又购来数本作为试刊的《万象译事》。有次一位朋友问我喜欢什么刊物，我说《万象》，她很是惊讶，因为这是一本老派杂志，很有些民国风。

俞晓群先生谈到的期刊，有他主持的《万象》杂志，也有《读书》杂志。后者在当代中国思想史上，很有领先风气之味。我在大学时也很喜欢这本杂志，而我最青睐的，实则是这本杂志上的文章范儿，就是那种博识又雅致的文风，一扫八股沉闷之气。那时不但每期都买，见到旧刊也都收藏，还买过好多年的合订本，甚至连带由这本刊物延伸的"读书文丛"，乃至文章精选，都买来细细研读。大约是《读书》杂志创刊三十年的时候，偶然在书店发现了《读书》杂志数字光盘，自创刊以来的全部刊物均纳入其中，我当即购下，也从此不再收集旧刊。我在读大学时，还很关注在长沙创刊的《书屋》杂志，真是爱不释手。当时有个感觉，如果能够在《读书》或者《书屋》上刊发文章，就算是读书人了。大学毕业前夕，我给此刊投过一篇小文章，很快收到回信，表示文章拟刊用，那真是比发表一篇长篇大论还要兴奋。但毕业后很久，也没见到文章刊发。不久前，我与创办此刊的周实先生谈起此事，他说那时因故突然被调离，很多拟刊的稿件都没来得及处理。

在北京读书时，我每期会买的是上海的《书城》杂志。这本刊物当时号称要做中国的《纽约客》，而且内容也确实丰富，文章也多漂亮。尤其是此刊的装帧和漫画插图，都是堪比《纽约客》。这本人文期刊多刊随笔和评论，内容涉及文学、电影、戏剧和文史，也发诗和小说，品质甚高，其中有期刊发了薛忆沩的一篇中篇小说《通往天堂的最后那一段路程》，读后记忆很深。《书城》多次休刊，又多次复刊，每次风格都大不一样，我却最喜欢那个时期的《书城》杂志。有次我看翻译家肖毛的文章，他最怀念倪墨炎时期的《书城》，那是偏于现代文史的一个阶段，与现在的《书城》风格有些类似。读研究生时，我还非常关注过广西的一册《南方文坛》杂志。那时我立志做文学评论家，故而很关注当下的一些文学理论刊物，这本南方的文学批评杂志办得锋芒毕露。记得当时读一位青年学者的修辞学批评，很是佩服。写文学批评，文学欣赏能力重要，但底蕴却是学识和思想。而这本杂志又同时刊发很多文化思想方面文章，故而也显得卓尔不群。

以上大约是我的读刊史，当然，其他读过的刊物自然很多，但都不如上述这些刊物记忆深刻。我很庆幸在读大学和研究生的近十年时光中，能够遇见这些刊物，而这也正是当代中国期刊的一个短暂的鼎盛期。这些刊物读过了，也就没有特别再去专门收藏，但遇到一些旧刊，也多会再翻翻。因为公开发行且印数巨大，又身处数字时代，收藏的意义似乎也并不大。故而我的期刊收藏，并无什么特别之处，倒是有几种民间刊物，因为印量很少，且图书馆并不收藏，便觉得有些价值了。此中的《开卷》杂志，我藏有全套，也最值得一记。此刊在读书界颇有美誉，但最早却是由南京的凤凰台饭店创办的。虽然只是一本书话刊物，每期仅三十六页，文章却多可读，装帧也素雅。我与此刊颇有缘分，先后刊发四十余篇文章。前段时间，编了一册文集，名为《结缘豆》，便想请主编董宁文先生来作序，董先生说《开卷》的作者多是七老八十的老先生，而我只能算是小字辈了。我收藏了结识此刊后获赠的近二百册杂志，且还存藏了从创刊至今所有杂志合订本。

我收藏的另外一整套民间刊物为《中堂闲话》，则是由北

南京读书刊物《开卷》

京的一家房地产公司主办。好像有几年时间,由房地产公司创办的一些公司内刊,很是不俗,其中就包括曾长期受赠《SOHO小报》。《中堂闲话》的几位编辑都是朋友,故而一创刊便被列入受赠名单。此刊为正方形,大开本,很像《万象》的大号版。这本杂志的作者群,与朋友编选报纸副刊有高度重合,但文章要自由活泼许多,故而有些同人刊物的意思。同气相应,切磋交流,也算是一种纸上的雅集。刊物所谈内容除了文史旧事以外,电影、音乐、现代艺术也都在闲谈之列,与模仿《纽约客》时期的《书城》有些类似。我曾为此刊写过两三篇文章,后来又写稿一篇,主编来信说刊物停办了,当时颇感遗憾。此刊办了四五年时间,双月出刊,其间改刊名为《闲话》,总计有三十期。有次我的一位朋友来访,恰好他就住在这个房地产公司开发的楼房,问起这个杂志,他说确有此事,不但业主得赠杂志,而且还有音乐会之类的高雅艺术,而这也正是他当年在此买房的一个原因。

二〇二三年十月十九日

芳草地谈书

世界读书日前夕,《芳草地》杂志社李俊龙来信,说到他们准备举办一个"芳草雅集"活动,希望我能来参加。这个活动主要是介绍一下近年来由我编选和出版的著作,同时给参加的读者推荐一些好书。介绍由我编选的"松下文丛",特别是刚刚出版的锺叔河先生的《念楼话书》,在我是极为乐意的。起初,这本书由《芳草地》主编谭宗远先生编选,后因故未能出版。俊龙评价说,锺叔河先生、谭宗远先生和我是三代人,这本书可谓是接力合作而成的一部作品,堪称佳话。因此,对我来说,其中还有一份特别的情意。至于给他人推荐好书,则是往往出力不讨好的事情。但经过考虑,我还是同意了。因为俊龙说,这些推荐的好书,最好是曾对自己写作有所影响的。这便由一个公共话题,变成了一个很私人化的事情了,于是也便好办了。后来想了想,只提供了三本书的书名给了俊龙,分别是《周作人散文》《书简三叠》和《珠还记幸》。说起来,这三本书都是不折不扣的闲书,但转而一想,能来参加读书雅集的朋友，是乐意去读点闲书的。

其一，《周作人散文》，五卷本，周作人著，岳麓书社二〇二〇年十二月出版。这套书是锺叔河先生所编。此前广州出版社曾出版锺先生所编《周作人文选》，四卷本，系此五卷本《周作人散文》的前身。《周作人散文》以编年方式进行编排，也可以看作《周作人散文全集》的一个普及本。我甚喜爱读周氏文章，锺先生说他编选这套"文选"的标准，便是"文章之美"，故而对于喜爱周氏文章的读者来说，岳麓版的这套文选是首选的。我读周作人的文章并不算早，研究生毕业后，曾有段时间在太行山脉下的一个单位供职，生活十分孤寂，便以读闲书来打发时日。当时读的是周作人的自编集，此前也曾翻过，可能因为浮躁而未曾能读进去，反而是苦闷亦冷清的日子，竟一下子读入迷了。我觉得周作人的文章有一种古朴而清明的风格，这种风格，既古又今，审美上是古朴的，思想上却是现代的，故而颇有可学习的地方。我读了周作人的文章，之前喜欢的很多作家的文章，便不怎么能读得进去了。此后的写作，也一定程度上受到了周作人文章的影响。周氏兄弟的文章是现代白话文的两座高峰，但鲁迅很难学，知堂却是可学的。

其二，《书简三叠》，谷林著，山东画报出版社二〇〇五年九月出版。这本书是止庵先生编选的。我起初也是受了止庵先生的引导，读了谷林的《书边杂写》，乃是爱不释手。也是读后才知道，谷林和锺叔河以及止庵，都是知堂迷，但他们三人的文章风格、性格特点以及处世之道,却是大为不同的。相比之下,锺叔河先生更令我敬佩,止庵先生令我欣赏,而谷林则令我亲切。我虽然并未与谷林老人有过交往,但他在书信中与友人谈书论文的蔼然态度,令我颇感如沐春风。他并不是一位职业的读书人,但却有专业的水平,靠的纯粹是个人的兴趣,这是很难得的。这种非功利的读书和写作态度,令我心生景行。我起初喜欢读谷林的文章,但后来更为喜爱谷林的书信。书信本来是朋友间的私密絮语,是没有公开发表需要的,故而也没有经营和雕琢。谷林的书信写得收放自如,亦很隽永有味。作为一个民间读书人,谷林的文章现象实际是很值得研究的。《书简三叠》已经出版快二十年了,此后又陆续出版《谷林书简》《扬之水存谷林信札》《谷林锺叔河通信》多种,如果尽可能收集整理,编选一册《谷林书信》的全集,该多好。

其三,《珠还记幸》(修订版),黄裳著,生活·读书·新知三联书店二〇〇六年四月出版。黄裳先生以作为藏书家闻名,其实藏书之外,他还收藏了不少的名人手迹,《珠还记幸》一书中的主要文章,便是黄裳关于收藏墨迹的记录。黄裳的散文写得很漂亮,但我以为他的《珠还记幸》和《来燕榭书跋》两本,是他人很难写得出来的,因为这两本书都涉及他的收藏,又饱含了十分丰富的个人情感。我也是受黄裳先生的影响,偶尔会收藏一些喜欢的文人的墨迹或者签名本,觉得是很有意思的事情。中国人有睹物思人的传统,有了这份带有温度的墨迹,自然是一份特别的精神寄托。我一度曾想研读中国传统书画，兴趣很浓，后来逐渐淡然了。我更多关注的是人，而不是那种高妙的专业技艺。《珠还记幸》先后有三个版本问世，其中三联的初版版式最佳，小巧而清秀，再版彩页印制，很见雅趣。我觉得很有必要重新印制一册《珠还记幸》，以小开本彩色印制这些珍贵的藏品墨迹，删去原书第一部分和第三部分与此无关文章，保留新序，保留第一部分《张奚若与邓叔存》和《〈别时容易〉续篇》两篇。因此书第二部分有小引，故而可将此两篇文章另外编排。

二〇二三年四月二十一日

我的第一本书

整整十年前的事情了。我因偶然获得一点材料,并以此写成了一篇文章《小识蔡登山》,介绍了蔡登山先生和他主持的台湾秀威资讯科技公司,并因此而引发了一系列的意外事件。其中有很多,都是我当时所无法想到的。先说这篇《小识蔡登山》。起因是学者谢泳先生的一册书稿《何故乱翻书》,因话题小众而少有问津,便先由秀威印出来了。我当时对于谢先生的写作很是关注,故而想读读这册《何故乱翻书》。由此就关注起出版此书的蔡登山先生,这一关注,竟然发现当时蔡先生已在不少报刊上撰写文史随笔,多是"有一份证据说一份话",采用充足的材料作为内容,令人耳目一新。我在那篇"小识"文章中写道:"我颇为喜欢阅读这些具有第一手资料的文章,因为作者常常能够抉隐发微,如侦探高手断案,读来十分痛快。但这些文章的写就常常颇为困难,每个论断都要有可靠材料支撑,否则一个环节断裂,则搜索的推断都没有意义了。这不但是辛苦的劳作,也需要耐心和智慧的精神付出。我将散落在杂志上的蔡登山文章逐个阅读之后，真有些相见恨晚。"

当时，蔡先生虽已写作了大量的文史随笔，但大多尚未结集出版。他的著作《鲁迅爱过的人》应是在大陆出版较早的一册著作，我因写了那篇《小识蔡登山》，获邀出席在鲁迅博物馆举办的新书发布活动。那天，先是在博物馆播放了他早年主持拍摄的纪录片《作家影像》系列之一《鲁迅》，是较为陌生的另外一种视角。记得其中有一个场景，在上海的虹口公园，鲁迅的雕塑被高高竖立，旁白的大意是鲁迅生前是反对这种被神化的偶像的，也是最不愿到公园去的。相比这个电视纪录片《鲁迅》，著作《鲁迅爱过的人》就显得温婉了很多，蔡先生将视角投向了鲁迅的亲人、朋友、老师、学生等等，显示出鲁迅在"剑拔弩张背后的温柔"，可以说，他的这些文章，既写得生动有趣，又有学问家的功底，很是好读。也是在这个新书发布会上，我认识了时为鲁迅博物馆馆长的孙郁先生，并得到了一册谢泳的著作《何故乱翻书》，这些都是之前没有想到的事情。

《鲁迅爱过的人》新书发布会后，蔡先生约我到茶馆一叙。我很好奇这样一册关于鲁迅的著作，却是出自一位当代台湾学者之手，因为鲁迅在台湾的很多年里，都是处于被禁止的行列的。蔡先生在聊天中告诉我，在台湾，除非是很专业的文史学者，对于鲁迅，大多是很陌生的，而在解禁之前，他就曾偷偷阅读过鲁迅的不少著作，从而深深喜爱上了这位现代中国文人。

无论拍摄《鲁迅》的纪录片，还是写作这本《鲁迅爱过的人》，其实最初都是向台湾读者介绍和普及鲁迅的一种方式。那天聊天结束，蔡先生说可以把文章收集一下，先在秀威出版，有了第一本著作的出版，以后就会慢慢变得容易起来了。蔡先生的主动邀请，在我是颇为意外的，或许也是他的一种客气。那天，新婚不久的爱人也和我一起出席了蔡先生的新书发布会，她对蔡先生的印象甚好，以为其文质彬彬，颇有风度。这让我鼓起勇气给蔡先生发去了一份邮件，随后有了我的第一本著作《精神素描》的出版。此书果然引起了一些反响，后来经过增订，又由安徽教育出版社出版。

我在秀威出版了第一册文集后，信心大增，在蔡先生的帮助下，又出版了第二册文集《遥远的完美》。这两本书都是很浅稚的，但对于一个写作者来说，迈出的第一步，却是至关重要的。随后又向蔡先生推荐了一些朋友的书稿，也多获得了出版，这些朋友又推荐新的朋友，很多一时因各种原因难以出版著作的师友，都实现了他们出版著作的心愿。在我的推荐之下，记得就有李静的文学评论文集《刺猬札记》和《不冒险的旅程》，江子的散文集《回到乡村中国》，李浩的短篇小说集《蓝试纸》，胡学文的中篇小说集《飞翔的女人》，段炼的散文集《有狼的风景》，颜榴的批评文集《京华戏剧过眼录》，司敬雪的学术专著《二十世纪晚期中国小说伦理》，等等。秀威采取小众出版的形式，按需印刷，对于活跃学术文化，探索了一种新的路径。后来认识的很多师友，几乎也都在秀威出版过著作。秀威究竟出版了多少大陆作家和学者的著作，以后可能会成为一个值得研究的学术现象。

《精神素描》和《遥远的完美》出版后，给我的工作和生活带来了很大变化。当时原本已决定在工作的那个小地方读书写作，但因为一些意外情况的发生，使我经历了诸多波折，并最终离开了那个城市。当时，处于困境之中的我，曾给蔡先生写过一封邮件，告知这两本书带来的意外，此后我们就中断了联系。现在想来，我的那份书信或许夹杂了不少的情绪，应该是伤了蔡先生的心，这是令我追悔莫及的事情。但蔡先生给我留下的风度，令我很难忘怀。记得《精神素描》出版前，我曾想请他作序一篇，他说书由他主持出版，再由他作序，似乎不妥。于是我便冒昧给孙郁先生写信，请其作序，没想到竟得到了满足，此亦是一件意外的事情。而我读了蔡先生赠送的那册谢泳的著作《何故乱翻书》，作了一篇文章《前辈学人有遗风》，记读谢泳著作的一些心得。我将文章发给蔡先生，他读后很是赞赏，又推荐给了谢泳。当时我与谢先生还不认识。在出版第二册文集《遥远的完美》时，也就顺理成章地请谢先生为我作序了。

蔡先生在《鲁迅爱过的人》出版之后，各类文史著作纷至沓来，显然已经成为一种独特的出版风景。他的研究著作，多有资料的发掘，实地的踏访，特别是对一些被外在因素遮蔽人物的发掘，弥补了历史的空白，颇有新异之处。诸如近来在北京出版社出版的一册《一生两世》，专门写了一些近现代史上有争议的人物，诸如钱稻孙、沈启无、朱朴等，这是少人梳理的，却是极为重要的。他还写过一篇文章《遗落的明珠：寻访三十年代的女诗人徐芳》，便是谈曾经受到过胡适器重的一位女学者徐芳，而蔡先生不但结识了这位隐居的文化老人，还为其出版了尘封近七十年的著作《中国新诗史》和《徐芳诗文集》，真正为历史留下了一份可靠的资料佐证。徐芳老人去世时，我曾收到蔡先生的一封电子邮件，在信中他向我通报了这个不幸的消息，言语之间颇有些许的忧伤。我想，在蔡先生的眼中，徐芳的离去，正是一位历史见证者的离去，其背后连接的，正是她所熟悉的胡适以及那个正在逐步远去的时代。这正是蔡先生的深情之处。

二〇一八年九月十三日

逛冷摊，拨寒灰，访师友

《群言》朱橙青君约我谈谈过去几年的成绩，当时略有犹豫，后来应允了。这话题应是名流所乐谈的，自己凑个热闹，想来也还有话可说。我在少年时，总是梦想着笔下生花，能用文字影响世界。几年来，人近中年，诸事侘傺，或许还值得一说的，便是在工作之余，依然读书如恒，并因此编写了几本小书。二〇一七年，在花城出版社出版了随笔集《读抄》，收录在此社策划的"书蠹丛书"之中；二〇一八年，在上海文汇出版社出版了随笔集《木桃集》，又在浙江古籍出版社出版了随笔集《立春随笔》，前者收录在了读书圈中颇有些人气的"开卷书坊"，后者则收录在颇为清雅的"蠹鱼文丛"之中。幸运的是，这两册书都赶在二〇一八年上海书展前问世，我则在书展期间，应邀参加了两本小书的发布会。在那两场新书发布会上，我见到了上海的陈子善教授、南京的徐雁教授以及苏州的王稼句先生，座中相谈，品茶论书，乃是如沐春风。二〇二一年，随笔集《雨窗书话》问世，收录在南大社策划的"斯文"丛书之中。这几本小书，都是谈买书、读书和藏书的事情，其中《雨窗书话》有幸在大学读书的旧地出版，这是很值得纪念的。

二〇二二年的夏日，我的另一本小书《杖藜集》在浙江古籍出版社问世。这是一册十分特别的文集，它记述了我所交往的四十余位师友的著述与掌故，并得到了他们的支持。这本新书以诸师友的书房照片作为插图，可谓增辉不少。《杖藜集》由止观文化的许石如先生策划，得他青睐，将此书纳入"中国书房当代名家文丛"第一辑的第一册，并以十分隆重的装帧予以面世。王稼句先生也应我之请，为这本小书写了深情的序言，颇得我心。诸如稼句先生的这番议论："他写的都是当下的事，读来距离感很近，没有什么隔膜，也就可以跟着他逛冷摊，拨寒灰，访师友，一盏茶，一盅酒，一席话，周游于书的世界了。""他用'杖藜'命集，乃是谦辞，在他想来，古今中外的人和书，都有他借鉴的地方，都会给他力量的支撑，就像是藜杖一样，帮助他登高涉远，向前行进。"我还请扬之水老师为小书题签，幸得她以小楷书法题写"杖藜寻学舍，抠衣向讲堂"，系她抄写唐初王绩的诗句。扬之水老师的小楷，静雅娟秀，款款风流，颇得晋人古意。

在《杖藜集》的后记中，我这样写道："近年来，我的读书编书，极力倡导古朴清明的文章气象，这是我在诸多'五四'以来的前辈文人中，感受到的一种苍翠生机，而在这本书中所写及的师友及其著作，也多有我所仰慕的风神。我亦有所感受的是，我所相交的人物，并非一时无两的风流人物，但自有性情率真的一面，亦是我分外欣赏的。中国文章的写作，在我看来，一定是基于传统文史的广阔根基之上的，取其朴茂、雅趣与深邃，又不能拘泥于传统，而是必须面向世界，得思想之清明，我以为这亦是现代中国文人的一种特别的情怀。"在近几年的写作中，我反复强调自己所追慕的一种美学格调，乃是"古朴清明"的文章气象。这种写作的追求，乃是思想的通达，也是文章的朴素，郑州的马国兴先生认为这是一种回归"五四"的写作。我也暗暗以此为目标，但少有企及，而我近年来为花城出版社编选《中国随笔年选》，遴选文章则多有此类佳作。在编选完《2020中国随笔年选》之后，我深深感叹，这些文章及他们的作者，乃是"我们这个时代的一溪清流"。

《中国随笔年选》从二〇一二年起开始编选，到二〇二〇年终止，期间共编选文章三百余篇。此项工作令我对中国当代文章的写作面貌，有了更为清晰的认识，也更加坚定了我对中国文章的信心。我为黄山书社策划的"松下文丛"，亦系对我追慕的"古朴清明"文章美学的一次实践，其中收录了我敬佩的几位前辈的文集，均甚可观。诸如张中行先生《留梦集》，乃是负翁生前自述其"最偏疼爱的孩子"；再如汪曾祺先生的文集《桥边集》，由我的朋友李建新编选，我们都认为，汪先生的文字之佳，当下难有匹敌；出版家锺叔河先生的《念楼话书》，则是由我来编选。我敬重作为出版家的锺先生的执着，以及他笔下厚朴而明澈的谈书文字。我的老师陆文虎先生的文集《一子厂闲话》和相交多年的孙郁先生的《椿园序跋》，他们的文章温润又朴实。还有策划中的张宗子、沈胜衣、何频诸位师友的文集，亦是我所欣赏并推重的。对我来说，编读他们的文章，便是追怀一段美好的记忆。我亦希冀在黄山的松荫下，有更多师友来相聚。

在闲余之时，买书、读书、写书、编书，都是令我感到充实的事情。读书人的所谓做事，也不过如此。疫情稍有缓和，我曾寻访京城的特色书店，并记录了这个特殊时期的书业情状。电子商业时代的到来，实体书店在迅速消亡，我的购书渠道，也已跟随潮流，但亦深深地为这些书店礼赞。因为它们的存在，不仅仅是为我们这个城市多了一份诗意的点缀，更多的则是对一种传统精神交流方式的固执，这是虚拟的网上购买行为所不可替代的。那些曾经存在的美好，即使已经消失了，我们则更应该记住。去年的立冬前夕，北京忽然下起了初冬的雪，我去佟麟阁路上的模范书局，并意外见到了书局的老板姜寻。我们互留了联系方式，并在那个雪天愉快地交流。那天他很热情地向我推荐几册极少见的新书，其中颇见他的态度。归来后，我写了篇小文《雪天访书》，记录了这一天的特别记忆。文章写成后，还未转给姜先生看，却听到了他意外离世的消息。就在写这篇文章的时候，我从网上偶然得知，那座建在教堂里的美丽书店，却已在几个月前闭门了。

我曾为自己的一本小书命名为"一枕书梦",感慨人生犹如梦境,又希冀永远能与书为伴。在小书《一枕书梦》的序言中,我曾回顾自己的读写生涯,其中有这样一段话:"工作之后,虽然好读书的习惯没有改变,但读书的时间却是少了,甚至变得愈来愈少。说来这是一件相当困扰我的事情,后来经历了许多事情,也竟然慢慢平复下来,并习惯利用业余来读点自己喜欢的书。由此也终于想明白了一个道理,人的爱好都应该是业余时间来完成的。"我曾经是多么希望能够成为一名职业的写作者,并为此而付出了很多努力,终究没有实现。这是自己不得不面对,也终于想明白了的一件事情。但也在业余的读写中,品尝到了一种特别的享受。余时读写是忙里偷闲,也是生活的诗意点缀,更是一种精神的寄托。在依靠文字很难谋食的时代,文化却在走向商品化,此刻,业余或许才是一种最纯粹的状态。我在遗憾的同时,又感到许多的庆幸。我庆幸对于个人爱好与志趣的坚持,亦庆幸找到了一个属于自己的小小园地,从而能够真正"周游于书的世界"。

二〇二二年七月二十四日

雨窗闲话书

二〇二一年初夏，我去望京拜访刘柠，其间我们谈到一起出一套随笔文丛，刘柠是收藏颇丰的书话家，我们多年前曾一起写过专栏，并在安徽教育出版社出版的"独立阅读书系"中出版过一套书。不久，刘柠约我和陈卓见面，那时陈卓刚从北京到南京大学出版社任职，拟策划一套丛书，主要收录他熟悉的一些学界师友的文集，当时丛书的名目还没想好。倒是刘柠对此套丛书的装帧颇有想法，认为南大社曾经出过一套小开本的精装丛书，十分别致，可以参考。我恰好有这套南大小精装中的一册《周作人》，是南大文学院余斌老师的作品，不到十万字，但做得非常别致典雅，令人耳目一新。对此，我双手赞同，亦十分期待。还记得那个晚上，我们从一个日式的小酒馆出来，已是深夜了，望京的小路旁，槐花馥郁，暗香袭人。随后，丛书便列入出版日程。后来，这套丛书，名为"斯文"丛书，据说是余世存老师的高见，很有味道。也是在拙书快要出版的时候，我才在另一位朋友处得到了"斯文"丛书第一辑的书目，除了拙作，还有西闪的《巴黎综合征》、刘柠的《中日短长书》、黄恽的《茗边怪谭》、凌越的《为经典辩护》、沈沣的《脱序时代的历史与文本》、柏琳的《跋涉书》、夏榆的《无与伦比的觉醒》、沈伽的《窗前犹点旧年灯》。

陈卓在到南京大学出版社之前，策划出版了一套影响较大的"陈乐民作品新编"，我恰好看过，而我们在多年前还合作过一次。那时陈卓还在新星出版社编书，他策划过一套"新人文丛书"，收录过当下学界有影响力的中青年学人的文集，影响也比较大。我在新星出版社出版过一册文学评论集《咀华小集》，便是由陈卓编辑，他还邀请著名设计师周伟伟担任装帧设计，这本书的内容虽然不足道，但装帧设计，现在看来都是清新脱俗的，有书友在网上留言，称赞这本书的装帧为"逸品"。故而这次在"斯文"丛书中出版新作，也算是老友见面。二〇二一年十月中旬，我拿到了《雨窗书话》样书，还是由周伟伟先生装帧设计，书衣的设计感很强，采用了小三十二开的精装本，虽然没有采纳之前刘柠推荐的竖长型精装开本，不过也是很舒服的感觉。值得提及的是，我为这套书订制了两百本的毛边本，其中一百二十本交给北京的布衣书局销售。后来收到订制的毛边书时，发现并不是常规的毛边书，而是一种毛边状的书。布衣书局在销售时，特别写道："此中书口打毛工艺曾被用于'世界最美的书'《江苏老行当百业写真》。"后来又特别加了一句："这种独特的制作工艺，与此书古朴雅致柔软的书卷气息十分契合,是设计师的一种创作作品。"

《雨窗书话》是我迄今出版的第六本书话文集,也是比较满意的一册文集。我爱凭借兴趣去读书,也喜欢在读书之余,写点与书有关的文章,姑且称之为书话吧。目前来说,书话类著作多是介绍一些珍稀的藏本,或者发现一些冷落的作家,或者打捞一些被淹没的资料,这些书话文章对于主流的研究,具有补充的作用,如果文笔能够生动一些,则很有一些趣味。遗憾的是,虽然我也特别爱书,但并不是收藏家,没有浸泡旧书摊习惯,也没有拍卖场寻觅书刊的实力,故而是很难写出有料有味的书话的。这种书话的写作,多是以唐弢开创的书话作为范本的。但对我来说,我更喜欢的是一种美文式的书话写作,或者试图以散文随笔的方式,来谈我对于书的热爱与认识,故而我认为我的这种写作,是一种与书有关的散文,而不是唐弢式的书话。其实,在唐弢的书话写作之前,已经有周作人、郑振铎、周越然、叶灵凤等人写作书话散文,其中知堂的书话散文,我是最为推崇的。锺叔河先生编选的《知堂书话》,我是常常翻阅的,虽然知堂老人也写了很多"读抄类"的书话散文,但他并不以介绍稀见资料为己任,而是更多关注和摘抄书中具有启蒙思想的内容,我将周氏的这种散文追求,称之为一种"古朴清明"的文章之美。

当然,周作人也写过不少关于书的散文,涉及买书、淘书、访书、写书等方面的内容,也是很有味道的,诸如《东京的书店》《厂甸》《厂甸之二》《买洋书》等,我都非常喜欢,也一直想将他写的这种与书有关的文章,编选成一册《苦雨斋书话》,可惜至今未能实现。故而在这本《雨窗书话》中,也更多是这种关于访书、读书以及谈书的文章。第一辑"记事珠",主要谈我在北京买书的纪事,其追慕的,便是周氏在东京和北平淘书的文章;第二辑"掌故谈",主要谈自己所读书的点滴收获,多少还是受到了周氏"读抄体"的影响,所谈的书都是较为常见的,但又多少能够有一些特别的感受和发现,亦是快乐的事情。当下喜欢周氏文章者,我以为文章古朴者,可以达到,但能够达到周氏文章中"清明"之美,则是少有。"掌故谈"一辑文章中,只有一两篇文章或有这样的尝试,其他不过略具趣味罢了,或许对于了解近现代以来的文人面目有所补充。但把书话作为一种散文随笔的文体,我觉得自己做到了。苏州的王稼句老师在给我的另一本书的序言中,特别写道:"航满的书话,不但不让我感到'厌气',而且还格外欢喜,他写书人书事,正是唐弢说的'独立的散文',却未入四个'一点'的窠臼,那是具有自己独立思考、行文风格、语言习惯的。既给人思想,又给人知识,正是文章的正道。"稼句先生之言,深得我心也。

其实,我在之前的一本书《立春随笔》中,就曾写过,"'书话'这个词,这些年来在读书圈中被议论的甚多,但似乎有一些圈子化、江湖化和商业化的倾向,这却是我一直以来所厌恶也力图避免的事情,我便向春锦提出,将书名改为'立春随笔'。他问何故,答之曰,我并非想成为一名书话家,不过是爱好读书,闲闲地写了一些文章,名为'立春随笔',似更为妥帖。"其实,我并不是反对"书话",也并不是真正的厌恶"书话家",而是对那些无趣、狭隘、单薄和缺乏美的所谓书话写作的厌恶,就像稼句先生所说的"厌气"一样。《雨窗书话》的后记只有四百字,当时编完书,似乎无话可说,老友陈卓倒是很喜欢这段话,将其中的文字摘录了出来,放在了封底。这段话很能代表我目前的写作状态,故而亦抄在这里:"记得小时候,如果下雨,我总喜欢半躺在床上,听窗外的雨声,翻翻杂书和报刊,感觉整个世界都很安静。那时候书少,凡能见到的书刊,都读得津津有味。遗憾的是,我的故乡是一个少雨的地方,能得享这样的安闲,并不容易。后来去外地读书,再到上班,理想中的读书生活并没有实现,但这也挺好,不必做个为谋生而读书的人,可以按自己的兴趣和喜好来读写。现在有机会将这些偷闲所得的文字结集成册,且都与书有关,我觉得'雨窗书话'这样的书名,真是最合适不过。"

二〇二一年十二月二十五日

跋

我并非生在书香人家,但祖父对于书却是极为敬重的。听说我们家中曾有一座二层阁楼,楼上有很多书,大约可以装小半卡车,但在"文化大革命"时期,这些书都被我祖母私下里销毁了。祖父是老中医,没有上过什么学,认字是在村旁的一座小寺庙,被一个老和尚发了蒙,他自己后来信了一辈子的佛,也吃了一辈子的素斋。祖父对于书的敬重,一方面是他节衣缩食,买了不少自己喜欢的书;另一方面,也有敬惜纸张的缘故,他对印有字的纸张都十分爱惜,对于书上东西都很信服。曾有很多次,他把家中幸存下来的几本民国时期出版的书,拿给我看,态度非常虔敬。祖父的藏书以中医、佛教和老黄历之类的旧书为主,其中应该也有一些可能有版本价值,后来有书贩专门上家中来收购,被他严词拒绝了。祖父生前总是在抄抄写写,但从未曾发表过东西,他自己研究了一个治疗某种常见皮肤病的中药偏方,记得收录在《陕西验方新编》之中,算是一种认可。

也许受祖父的这种影响，我很小就爱书。但家中的书实在是少得可怜。我父亲是种菜的农民，因为被"文革"耽误，没有读过什么书。我买的第一本书是由路遥的中篇小说《人生》改编的连环画，是在小学校门口的地摊上，印象很深，大约是五分钱。小学快毕业时，一位在西安上班的亲戚送我了一堆《故事大王》旧杂志，我在田间地头逐页读完了。这是一种迟到的阅读，我以后的读书，大约都是这种补救般的节奏。我曾一度把村子里能借的书全部都借来看看，当然其中有很多乱七八糟的东西，诸如通俗小说、相命占卜、传奇杂志之类的印刷品。偶然在村中借到一册《中国民间故事集》，封面都被翻破了，但里面有很多有趣的民间传说，大多故事曲折也很有趣，许多内容至今还记忆尤深，令我爱不释手。后来我大哥考上了大学，偶尔会给我带一些他读过的书，印象很深的就有钱锺书的小说《围城》和路遥的长篇小说《平凡的世界》，尤其是后者，一度给我很大的激励。

我的阅读习惯大约就是这样培养起来的，但在我们那个小镇，是无书可读也是无书可买的。我读高中时，有次读到一篇文章，写列宁临终前曾让他的妻子给他朗读美国作家杰克·伦敦的小说《热爱生命》，这让我极想读到这篇小说。后来一位出差到西安的老师替我买了一套《杰克·伦敦文集》，这大约是我平生第一次买到一套像模像样的书。我第一次自己在书店里买书，还是到县城参加高考时，在县城的新华书店里买过一册浙江文艺出版社出版的《张爱玲散文全编》,记得是贾平凹曾在一篇散文中提及过,这本书我至今还留在身边。那时我也常常向同学借书,借到的主要是一些世界文学名著,记得借过歌德的《少年维特的烦恼》、司汤达的《红与黑》之类小说名作,外国人的名字看着很吃力,但还是硬着头皮来读。有次我带了其中一本书回家,母亲看到了,对我说,你现在还有时间看这种东西,眼神是比较失望的,我从此未再敢将闲书带回家。

  读书的高中在一个小镇上,有时会有一些卖盗版书的小摊贩出没于学校附近。我在书摊上买到过几本书,其中一本书是《古文观止》,一本是《鲁迅文集》,这两本书大约也是在什么地方读到过推荐,于是下决心买了。只是鲁迅的书当时读着颇为吃力,后来我带到大学才陆续读完,同时还读了一本王晓明的《鲁迅传》。王晓明写鲁迅"横站"的战斗姿态,深深地感染了我。年轻人读鲁迅,可以变得特立独行,但一定也会因此而碰壁不少,这至少是我的一点感受。还有一本书摊上买来的书,其实本不值得一提的,但当时对我的影响太大了。此书名为《在北大等你》,大多都是各地考上北大的状元谈自己的高考心得,使我间接地对于北大充满崇拜。我后来自然没有考上北大,但这本书直接改变我的是,在距离高考还有不到半年的时候,我执意从理科转到文科,因为梦想读北大中文系,这种冲动现在看来也是一种头脑发热。不过后来我也有机会在北大中文系旁听过一阵子的课,也特别关注过不少北大学人的著作,算是这本书带来的一些影响。

一九九八年,我到南京去读大学,临行前,去西安的六路看了看,才真正见识了什么叫书的世界。六路是西安批发图书的一条街道,一家书店连着一家书店,我在其中流连了很久,最终只买了一本书,就是《贾平凹散文自选集》,漓江出版社出版,这本书由西安带着去了南京。贾平凹以《废都》名世,有"鬼才"之称,在陕西影响极大,祖父有次在广播上听了他的一篇散文《秦腔》,很是佩服,对我说,贾平凹这个人了不起,名字起得也很有水平。我后来很有一段时间都喜欢贾平凹的散文小说,直到他的长篇小说《秦腔》出版,我刚起头来读,便感到了一种厌倦,后来便很少读贾氏的作品了。现在想想,或许在我的思想深处,已渐渐对那些意淫传统的内容有了警惕。那年在西安,我还去了钟楼书店,它坐落在最繁华的城市中心。我买了一本魏明伦的杂文集《巴山鬼话》,薄薄的一个小册子。拿着那本小书,坐在公交车上埋头翻读,悄然从这座千年古城中穿过。

在南京读书时,因为有国家补助,可以衣食无忧地读书。我走过的地方不多,但南京是给我留下美好印象的一座城市。有时读书到夜深人静之时,可以聆听从长江上传来的汽笛声,若隐若闻。校门口的法国梧桐,郁郁葱葱,遮盖着马路,也见证着历史的沧桑。如果留心的话,在南京街头则不时可以发现一些旧书店,其中有不少是大学教授的旧藏。记得从旧书店淘来一册《俄罗斯作家小传》，编著者已经忘记，墨绿色的封面，内容系介绍俄罗斯十九世纪的作家生平，诸如托尔斯泰、赫尔岑、涅克拉索夫、别林斯基等人，真可谓星汉灿烂，一时为之心热。后来又接连读了别尔嘉耶夫的《俄罗斯思想》和以赛亚·柏林的《俄罗斯思想家》，都是大受震撼。二十世纪末大约是图书出版的一个短暂黄金期，我也跟读过不少流行的学人著作，诸如朱学勤的一册文集《书斋里的革命》。当时恰逢朱先生曾经任教的那所学校也与我就读的这所学校合并，令我深感到即使再不济的地方，或许也有藏龙卧虎之人。

大学毕业后，可以挣工资了。由于没有什么经济负担，常买一些自己想看的杂书。刚毕业时在石家庄郊县的一个小山沟里工作，进城是很困难的，但几乎每周都要进城去买书，就像采购粮食一样。经常买书的书店先是一家连锁的席殊书屋，后来则常去友谊大街图书批发市场，还有河北日报社旁的嘟嘟知识书店。嘟嘟店面虽小，但品位颇不俗，后来才得知店主原来是学者邓正来的弟弟，我当时拟出版一册随笔集，他答应出版后可以在那里寄卖，但那本书一时没有印出来。"非典"肆虐的那一年，单位封闭管理了三个月。无聊之际，发现单位有个封闭已久的小图书室，其中大多藏书与我的兴趣无关，但竟然有一本加缪的小说《鼠疫》，于是借来读了一遍。那种在社会危机中读书的感受，以后很少再有了。当时办公室有个已婚同事，因为"非典"，很久没有回家，疫情解除后，他的第一件事情便是立即洗澡。而我则是将三个多月来记下的书单整理出来，立刻准备去城里的书店逐一买来阅读。

可以说，在此之前，我对于书的需求，基本上处于饥馑状态，要么之前根本没见过那么多的书，根本不知道该读哪本，又该买哪本，要么就是没有太多钱去买自己想要买的书。而自己对于书的需求，基本上也属于恶补的状态，毫无厌倦，从不满足，见什么书都可以读得津津有味。这样的状态直到自己读了研究生之后，才慢慢有了一定的偏好和趣味，并渐渐摸索出了一些门道，也培养了一些分辨的能力。研究生是在北京一家艺术学院就读，后来获得诺贝尔文学奖的莫言先生是我的师兄。我曾在学校的图书馆里翻到一册一九八三年四川文艺出版社出版的《聂鲁达诗选》，书后的借书卡上便有一个"管谟业"的签名，我悄悄地留藏了这张小卡片。研究生的课业相当轻松，买书和读书算是常态。可惜那时虽是带薪读书，但工资毕竟不高，而想买的书又实在太多，常常有见好书而掉头的怅然。记得《鲁迅全集》新版刚出来时，售价近千元，故而只能一声叹息。我有位师兄，也极为爱书，但他有个办法，就是整本整本的复印，费资甚少，这个办法我也尝试过几回。

北京不愧是文化中心。虽然是穷书生，但不少文化场所倒是提供了读好书的可能。诸如距离学校很近的国家图书馆，那时新馆还没有建成，老馆在紫竹院公园旁边，可以借了书到公园里来看，也不失为一种特别的享受。有时在国图老馆的开架阅览室里看书，每到夜幕降临，工作人员会将很大的窗帘逐一轻轻从上拉下，此刻你会油然而生一种阅读的肃穆与神圣。还有坐落在圆明园旁的单向街书店，店名取自本雅明的著作《单向街》，颇有些现代情调，书店几乎每周都会有讲座，听完讲座，有兴致的话，可以买本签名著作，然后再到圆明园遗址去看看风景，也不失人生的一种乐事。还有万圣书园、国林风、风入松、盛世情等书店都不太远，也常能在课余去看书。印象很深的是某次去鲁迅博物馆拜访孙郁馆长，在馆内的鲁博书屋里翻书，店主极力向我推荐刚刚由河北教育出版社出版的《周作人自编文集》，于是买了一套，这也是我后来研读知堂的开端。

我读研究生时，有一段时间也是好读奇书，这也是值得一记的事情。当时偶然读了高尔泰的《寻找家园》，真是颇为震惊，于是逢人推荐。学校附近有一家很小的书店，名为城市季风，我常常在课业之余去那里翻书，但多看不买，后来和那家书店的店主也熟悉了。有次我推荐他这册《寻找家园》，后来再去，便见他果然进了不少册，当时真是颇为兴奋。因为攻读文艺学的研究生，一时立志要做文学评论家，以苏珊·桑塔格（Susan Sontag）为偶像，也很喜欢英年早逝的学者胡河清。一直想买一册胡河清的评论集《灵地的缅想》，但遍访不得，后来在国家图书馆复印了一册。还有一册奇书，便是我久闻捷克剧作家哈维尔（Václav Havel）的著作而不得，某次拜访社科院的徐友渔，他得知我不曾读过此书，送了我一册崔卫平翻译的《哈维尔文集》。此书内部印刷，徐先生说他自费买了一些分赠师友，我有幸得到一册。后来我在网上的读书论坛结识了一位书友，我们相约在万圣相见，他赠我了一册台版《哈维尔自传》复印本。

我的研究生导师是与钱锺书先生交好的陆文虎先生。但我迟钝，读书时并没有怎么钻研"钱学"，说实话，对于《管锥编》和《谈艺录》之类的著述，当时真是如对天书。直到离开学校之后，才磕磕绊绊地读了一些。但从读周作人和钱锺书开始，我逐渐喜欢上了这种"抄书体"著作，那种书山探幽的兴奋与新奇，影响了我的择书趣味。后来读到德国学者瓦尔特·本雅明（Walter Bendix Schoenflies Benjamin）的论文集《启迪》，由汉娜·阿伦特编选，也是大为喜爱。不过，最受影响的还是周作人晚年所写的"抄书体"文章，令我感受到了中国文章的古朴与清明，并被一种特别的气息所慑服，我把这也看作一种"五四"的遗风。我后来读书，几乎都是围绕这两位作家展开的，诸如由钱锺书而关注吴宓、杨绛、郑朝宗、鲲西、胡河清、谢泳等学人，由周作人则进而关注废名、丰子恺、张中行、黄裳、谷林、锺叔河、舒芜、扬之水、李长声等文人。对鲁迅的热情虽在慢慢降低，但与鲁迅有关的人与书，却也并没有失去关注的兴趣。诸如台静农、唐弢、王瑶、孙犁、邵燕祥、林贤治、钱理群、陈丹青等学人作家，也都曾集中读过不少。

以上大约是我的买书与读书琐忆，因为再后来，基本上便是网上购书了,也少有什么特别的故事和感受。我对于书的梦想,之前是无书可读,再后来是无钱买书,都是颇为无奈的事情。前几天和一位也爱书的朋友谈起,乃是这十多年中国人的工资水平普遍提高了,但书的价格似乎涨得不太多。现在的书,大多都是能够买得起,但很多人反而不买书了。诸如那套曾经让我叹息定价太高的《鲁迅全集》,后来又过了近十年,网上书店竟以半价出售,我虽然已经有了多种关于鲁迅的著述,但还是毫不犹豫地购下了一套。我甚至以豪举的行为,先后在网上购买了《胡适全集》《周作人散文全集》《周作人译文全集》《丰子恺全集》《沈从文别集》《汪曾祺全集》等不少大部头著作,但似乎没什么特别可说的。可以说,以前对于书的痴想现在都已经解决了,但新的问题似乎也就产生了。工作之后,虽然好读书的习惯没有改变,但读书的时间却是少了,甚至变得愈来愈少。说来这是一件相当困扰我的事情,后来经过了许多的事情,也竟然慢慢平复下来,并习惯利用业余来读点自己喜欢的书。由此也终于想明白了一个道理,人的爱好都应该是业余时间来完成的。

也或许正是这种因故,我对于身处专业机构之外的作家和学者分外关注。诸如声名并不彰显的谷林先生,便是我所喜爱的一位。谷林的那本《书边杂写》我时常会找出来翻翻,这位一辈子从事会计工作的爱书人,好读知堂,善写文章,又能在细微之间阐发他人难以见识的滋味。更为难得的是老人淡泊宁静的修为，真是吾心向往之。我至今都遗憾没有与谷林有所接触，而这样的机会并不是没有。后来在孔夫子旧书网上买到一册谷林的签名本《答客问》，才算了却一件心事。我在旧书网上买书的开端，就是收集黄裳和汪曾祺生前出版的各类版本的集子，后来基本上在这里收纳齐全了。曾在山西作家协会任职的谢泳也是我关注的一位作家，他的《杂书过眼录》三册均是我喜爱的，谢泳研究胡适、储安平、陈寅恪、钱锺书等学人，他利用自己搜罗和收藏的资料，以小见大，见微知著，写了不少实实在在的好文章。而谢泳坚持独立研究的精神，便是很得前辈学人遗风，乃也是我所向往的。谢先生曾给我的一册集子写序，我后来在孔网上买到一册郑朝宗的《海滨感旧集》，竟然还是他的旧藏，也算是一件小小的书缘。

拉杂写了这么多，起因还是与书有关。去年春天，我在家中书房把这些年买到的书重新整理了一番，并借此机会陆续将一些感兴趣的旧书又重翻了一遍。有些书读后颇有感慨，就随手写了一些笔记。虽然这些文章大约并没有多少特别的见识，但其中一些自己读过的心得，或许对于还未读过这些书的朋友，会多少有一些启发，而我对于这些书的感情，或许也会引起一些朋友对于书的兴趣，我把这也看作是一种人生的书梦。安徽何客兄很有出版情怀，他热心出版了《胡河清文集》，很令我敬佩。几年前，他还为我出过一册随笔集《书与画像》，彼此都很愉快。这次承蒙他的青睐，又邀我加入他主持的"渡"书系文丛，我便将这些文字以时间为序，结为一集，作为一种纪念。倒是为这本小书取个名字，竟颇费了些心思。说真的，连黄裳先生要给书话集子取个好名字，都感到有些苦恼，他在《银鱼集》的序言中感慨好名字都被他人用过了。后来我忽然忆起这些年买书和读书的往事，竟也有了"一枕书梦"这样的感慨，于是不妨用作书名也好。祖父生前曾预言我将来会写书，如今我果然出了好几本书，可惜他一本也未见到。

二〇一七年六月二十三日

补记：此书编成，交广西师范大学出版社多马兄和多加女史出版。书名原定为《结缘豆》，乃是借用周作人的一篇同名文章，意在珍惜一份对于书与文章的特别情缘。书稿在出版社审批中，反馈建议另换一个便于读者接受的书名，虽有些遗憾，但很快想起几年前，我曾编过一册随笔集，拟名为"一枕书梦"，并为这本书写了一篇序言。这本书后来另取名字出版了，但"一枕书梦"这个书名，我却是很喜欢的，很有些"三更有梦书当枕"的意味，也有些书生清梦的寄托。如今，我把这本书的书名改成"一枕书梦",也便将这篇序言作为这本书的跋文,算是一个迟到的纪念。多马兄建议请客居纽约的张宗子先生为此书作序,这在我是十分高兴的事情。宗子先生的文章我关注多年,喜爱有加,我们也算是结缘多年的老朋友,故而一并致谢了。

二〇二四年三月二十七日

一枕书梦
YI ZHEN SHUMENG

图书在版编目（CIP）数据

一枕书梦 / 朱航满著. -- 桂林：广西师范大学出版社，2025.1. -- ISBN 978-7-5598-7557-0

Ⅰ．I267.1

中国国家版本馆CIP数据核字第20240PH208号

广西师范大学出版社出版发行

广西桂林市五里店路9号　　邮政编码：541004

网址：http://www.bbtpress.com

出版人：黄轩庄

全国新华书店经销

天津裕同印刷有限公司印刷

天津宝坻经济开发区宝中道30号　邮政编码：301800

开本：787 mm × 1 092 mm　1/32

印张：9.5　　　字数：160千

2025年1月第1版　　2025年1月第1次印刷

印数：0 001~5 000册　　定价：72.00元

如发现印装质量问题，影响阅读，请与出版社发行部门联系调换。